AMOR
EN
CUATRO
PUNTOS

JUAN M. GARCÉS

AMOR
EN
CUATRO
PUNTOS

UNA NOVELA

PRIMERA EDICIÓN

Copyright © 2020 por Juan M. Garcés

Amor en cuatro puntos es una novela de ficción producto de la imaginación del autor. Los personajes de la obra son imaginarios y juegan papeles ficticios aunque estén relacionados con las cartas en código descubiertas por el autor o con la historia contemporánea, que sirve de trasfondo para la novela. Los personajes históricos mencionados en la novela también juegan papeles ficticios.

Publicado por Amazon en papel como libro de bolsillo por Kindle Direct publishing, impresora de Amazon Kindle, una división de Amazon.com Inc. 2020.

El autor agradece el permiso otorgado por la Fundación José Ortega y Gasset-Gregorio Marañón (FOM), para usar unas citas de las *Meditaciones del Quijote*, de José Ortega y Gasset y por HMH Books & Media, para una cita tomada de *The Unexpected Universe* de Loren Eiseley.

Garcés, Juan M., 1945–.
Amor en cuatro puntos / Juan M. Garcés.
   p. cm.
Incluye referencias.
ISBN 978-1-73-474780-5

Fotografía de la cubierta y documentos históricos por Donald Boys

Diseño del libro Martha Garcés

Printed in the United States of America – Impreso en los Estados Unidos de América
10 9 8 7 6 5 4 3 2 1

Para Linda

El amor

De este modo va ligando el amor cosa a cosa y todo a nosotros, en firme estructura esencial.

—José Ortega y Gasset, *Meditaciones del Quijote*

Índice

Introducción

La novela *Amor en cuatro puntos* nació de seis cartas escritas en código, con puntos hechos con lápiz entre las líneas del tomo III de una vieja edición de *Don Quijote* de 1844, que descubrí en mis días de estudiante en Cali en los años sesenta. Las escribieron, Federico, preso político liberal y Sofía, su amante y correveidile en Popayán, Colombia, durante la Guerra de los Mil Días (1899–1902); tal vez la más sangrienta contienda civil de la historia del hemisferio occidental.

Hasta principios del siglo XX la ciudad de Popayán fue la capital del llamado Antiguo Estado del Cauca, un territorio inmenso que ocupaba cerca de la mitad de Colombia, con una extensión territorial comparable a la de España o a la del Estado de Texas. Limitaba con el Océano Pacífico al occidente, el Mar Caribe y Panamá (entonces parte de Colombia) al norte, el Ecuador, el Perú y el Río Amazonas al sur, y por el oriente con parte de Colombia, y con Venezuela y el Brasil. La ciudad jugó un papel clave en la historia política y cultural durante la evolución de Colombia desde el siglo XVI hasta finales del siglo XIX. A principios del siglo XX, su hijo adoptivo, el general Rafael Reyes Prieto cambió la división territorial de Colombia y la ciudad de Popayán pasó a ser la capital del Departamento del Cauca, cuya área territorial es apenas un diez por ciento de lo que fue el Antiguo Estado del Cauca.

La Plaza Mayor ha sido el centro histórico de Popayán desde su fundación en 1537. La gobernación al norte, es sede del poder estatal; al sur, la catedral y el Palacio Arzobispal junto a la Torre del Reloj, son

sede del poder eclesiástico y del tiempo; al este, la alcaldía y los bancos,
alojan el poder civil y el económico; y al oeste, están algunas residencias
de ciudadanos locales y varios negocios. Se conoce a Popayán como la
Ciudad Blanca, el color de sus edificios y viviendas, y la Ciudad Literaria
de Colombia, cuna de muchos de los presidentes del siglo XIX y otros
más, y de renombrados poetas e intelectuales.

La Torre del Reloj, una masiva estructura de ladrillo, donde presuntamente están escondidos los restos de don Quijote, es la metáfora ideal
del alma de la ciudad, rige el tiempo desde el año de 1682 desde un antiguo reloj inglés de bronce, con una sola manija que cuenta las horas y con
seis campanas que las cantan.

Amor en cuatro puntos, es una novela ficticia que se ajusta al contenido
de las cartas escritas por Sofía y Federico. Es el fruto de mi imaginación,
ayudada de datos históricos modificados para ajustarlos a la trama de la
obra. La materia prima usada para crear la novela incluye las seis cartas
en código, memorias de mi niñez, oídas de mis familiares, leyendas de
las sirvientas de la casa de mis padres, y de fuentes varias de dominio
público.

Las cartas en código de Sofía y Federico las transcribí siguiendo su
ortografía original, pero añadí puntuación para facilitar su lectura. Las
citas y frases del *Quijote* son copias textuales con la ortografía original
del texto de 1844 o de la versión digital del *Quijote* del Centro Virtual
Cervantes (CVC). Las traducciones del inglés al español son mías, en
colaboración con mi esposa y mis hijas.

Tal vez, la característica más notable de las cartas entre Sofía y Federico puede ser que incluyen un segundo código secreto, basado en los
propios diálogos de Sancho y don Quijote en las páginas donde fueron
escritas las cartas con puntos con lápiz. La interpretación de éste segundo código es, por definición, subjetiva, lo que determina que cada persona puede llegar a la suya propia. Es un ejercicio fascinante.

DESCUBRIMIENTO

Un punto de un lápiz fue una intrusión sin precedente en ese universo.

—Loren Eiseley, *The Unexpected Universe*

I: Un maravilloso hallazgo

En mi mano está un libro: *Don Quijote,* una selva ideal.

—José Ortega y Gasset, *Meditaciones del Quijote*

Aquel día no pude resistir la tentación. Empujé la añosa puerta, entré al zaguán y esperé a que mis ojos se adaptaran a la penumbra del túnel, cuyos empinados escalones me llevarían, paso a paso, hasta *El Oasis,* una compraventa de antigüedades, libros viejos y artefactos precolombinos situada en el centro de Cali. Hernando Tancredo, antropólogo retirado con pinta de mosquetero, era el dueño y alma del negocio. Allí ejercía con natural don de gentes de vendedor de libros, decorador de interiores a distancia y, más que nada, de gran conversador sobre lo que sus visitantes necesitaran o les pudiera vender. Los recibía con tal amabilidad que los forzaba a comprar algo antes de salir. Al verme, extendió su mano amiga y, mezclando saludo con negocio, me dijo:

—Ramón, ¿cómo estás? ¿En qué te puedo servir?

Su pregunta sobraba. Sabía lo que yo buscaba. Había estado muchas veces en *El Oasis,* siempre en busca de libros interesantes y al alcance de mi presupuesto de estudiante. Hernando no olvidaba a ningún cliente que le hubiera comprado algo y siempre recordaba sus intereses y flaquezas.

Cambiamos un par de palabras de cortesía, y cuando llegó otro cliente aproveché para perderme entre las estanterías atiborradas de libros buscando, una vez más, algo que cautivara mi atención; uno de esos libros sin precio.

En la parte más alta de un estante divisé un librito que me intrigó a primera vista por su tamaño. Al abrir la página titular, vi que era el tomo III de *El ingenioso hidalgo D. Quijote de la Mancha,* imprenta de don Alejandro Gómez Fuentenebro, publicado en Madrid en 1844. Repasando su contenido descubrí que tenía preciosos grabados en aguafuerte (fig. 1). Me

D. Quixote á despecho del ama y la sobrina recibe á Sancho con los brazos abiertos.

Fig. 1—Fotocopia de un grabado de la edición de *Don Quijote* de 1844.

llamó la atención al instante, una obra *sui generis: Don Quijote,* el libro ideal de la lengua castellana, en un ajado volumen de bolsillo con los grabados más bellos que había visto hasta entonces. Me imaginé sus copias enmarcadas decorando las paredes de mi casa y decidí comprarlo.

El librito tenía pastas de imitación de cuero de color marrón y le faltaba el lomo, donde las costillas quedaban expuestas: un típico libro viejo que, como perro sin casa, buscaba un amigo que lo cuidara. Feliz con mi hallazgo, salí de *El Oasis* y en el viaje en bus a mi casa pensé en cómo fotografiar los grabados y enmarcar las ampliaciones en blanco y negro.

✳   ✳   ✳

UN FIN DE SEMANA DEL VERANO SIGUIENTE, agobiado por el calor del mediodía en Cali, estudiaba para un examen final. En un descanso, mientras tomaba un café frío, vi una lagartija que corrió por la pared, atrapó una mosca con la boca y se quedó inmóvil junto a la ventana, como haciendo la digestión o la siesta después de su almuerzo. La miré por un rato para ver qué más hacía hasta que perdí interés en sus cacerías y pasé a ocuparme de las mías.

Necesitaba cambiar de tema. Repasé los títulos de los libros de la biblioteca y alcancé a ver el pequeño tomo del *Quijote* donde lo había dejado antes. Entonces, lo bajé del estante y me senté en una silla plegable, herencia de mi inolvidable abuelo materno —don Antonio Ramos.

En mis manos, el libro se abrió por el capítulo VIII de la segunda parte, donde leí:

> Donde se cuenta lo que le sucedió á don Quijote yendo á ver á su señora Dulcinea del Toboso.

Se me ocurrió que el libro guardaba en su lomo la memoria del sitio por dónde alguien lo había abierto varias veces. Continué y leí las líneas que decían:

> ...desde este punto comienzan las hazañas y donaires de don Quijote y de su escudero: persuádeles que se les olviden las pasadas caballerías del ingenioso hidalgo, y pongan los ojos en las que están por venir, que desde ahora en el camino del Toboso comienzan....

La insinuación del texto me obligó a meditar por un instante y me incitó a seguir a don Quijote por el camino del Toboso, en busca de aventuras, de *las que están por venir*. Antes de ir muy lejos en el capítulo, me tropecé con un maravilloso hallazgo.

En la primera línea de la página siguiente leí las palabras de Sancho, quien presuntamente había llevado una carta de don Quijote a Dulcinea, que decían:

> ...vez prime<u>r</u>a, cuando le llevé la carta donde iban las nuevas de las sandeces y locuras que vuesa <u>m</u>erced quedaba haciend<u>o</u> en el co<u>r</u>azón de la Sierra.

Noté entonces que debajo de ciertas letras (subrayadas arriba) habían tenues puntos hechos con lápiz negro. Eso me intrigó y por curiosidad, enlacé las primeras cuatro letras encima de los puntos del texto en ésa página y leí:

amor

Quedé estupefacto. Sentí como si alguien me estuviera espiando por encima del hombro mientras leía. ¿Sería una clave secreta? La pregunta me dejó pensativo, y me llenó de algo entre emoción y temor. Enseguida, mis ojos buscaron más puntos y al ir encontrándolos comencé a unir las letras que señalaban para crear más palabras que ensamblé en un papel para formar las dos primeras frases de una historia que apenas comenzaba:

Amor mío, dueño de mi corazón.
Tengo la dicha de volverte a escribir.

Asombrado, suspendí la lectura. Era consciente de haber hecho un descubrimiento. Había entrado en la intimidad de dos amantes que, de alguna manera para mí oculta, habían encontrado cómo volver a escribirse usando el *Quijote* como vehículo de sus mensajes secretos. En mi imaginación de adolescente volví al kínder de 1938, cuando a los cinco años aprendí la magia de conectar las letras con las ideas: el secreto de leer. Maravillado, me pregunté «¿Quiénes fueron los amantes de los puntos? ¿Quién es este amor y de qué corazón es dueño? ¿Será otro don Quijote a quien su Dulcinea añora? ¿Cuándo le escribió y qué le causaba tanta dicha?», y muchas preguntas más.

Era testigo de una creación. En un momento eterno pasé por una secuencia de escenarios, comenzando por mis estudios, me distraje viendo la lagartija que se comió a la mosca, tomé un sorbo de café frío y leyendo el libro me encontré con los amantes escondidos entre sus líneas, tal vez esperando por años para escapar de su prisión, como el genio de la lámpara de Aladino.

Siguiendo a don Quijote y a Sancho por el camino del Toboso, poniendo atención a lo que estaba *por venir,* había descubierto la clave para exhumar una historia sepultada en el vientre del viejo libro.

Intrigado por lo que presentía, repasé afanado el libro entero y encontré más y más puntos. La sensación de que alguien estaba a mi lado era casi insoportable.

En un verdadero frenesí, copié todas las letras sobre los puntos y algunas más, que sus autores habían escrito al margen de ciertos párrafos o en medio del texto, y las transcribí en hojas de papel de borrador. Al ponerlas en orden, se convirtieron en palabras, frases y, al fin, en seis cartas de amor. Al verlas por primera vez saltaron a mi mente otras preguntas: «¿Cómo intercambiaron las cartas? ¿Quién les sirvió de correo para que pasaran el libro del uno al otro? ¿Habría otra persona que les ayudaba? ¿Cuándo y dónde las escribieron?».

Las cartas, al parecer consecutivas, habían sido escritas tan solo en las zonas intermedias del libro. Nada al principio ni al final ni en el medio; tal vez para evitar que alguien, al ojear el libro por curiosidad, pudiera notar los puntos. Eso me hizo apreciar la suerte que tuve al abrir el libro en el capítulo que contiene el principio de la primera carta. Sus autores, creí, habían tomado precauciones especiales para ocultarlas. Sospeché que las mismas palabras de la carta sugerían que fue la primera carta en clave que escribieron los amantes. Además, al leer el párrafo del *Quijote* donde están los primeros puntos que contiene el texto que dice «... vez primera, cuando le llevé la carta donde iban las nuevas de las sandeces y locuras que vuesa merced quedaba haciendo en el corazón de la Sierra», vi que el punto de partida de la primera carta estaba en la a de la palabra primera en el texto del *Quijote,* que a su vez está en la a de amor en la primera carta de los amantes. Vi que la escogencia del punto de partida no era accidental. Además noté que lo que dice el texto del *Quijote* y lo que dicen las cartas de los amantes parecen estar conectados de una manera muy artificiosa, así que no solamente debía leer lo que me decían los puntos, sino también lo que decía el *Quijote* en los párrafos que contienen los puntos y letras escritos con lápiz. Esta idea me llenó de una emoción tan grande como la que sentí al descubrir la palabra, *«amor»*. Jamás pensé que las cartas incluyeran dos códigos secretos.

En efecto, casi al final de la carta, la mujer que la escribió me reveló su nombre en la frase que dice: *«Te lo ruega tu Sofía».* La *f* de la palabra *Sofía* la escribió ella de su puño al margen de la página. Más adelante firmó con una *S* manuscrita encunada al final de la frase que dice: *«Créeme siempre tu amante y fiel S.».* Leyendo la carta una y otra vez sentí algo parecido a la ansiedad del niño que mira por el ojo de la cerradura algo que no debe ver; pero, como niño, miré más y más; el espectáculo era irresistible. Era adictivo. Tenía que seguir leyendo.

Sentí que era el operador de un aparato de radio donde llegaban —desde el éter— voces lejanas. Mi mano, en busca de una señal, se detuvo en una mágica frecuencia y encontró voces que llegaban desde el pasado —como la luz de las estrellas llega a la placa fotográfica del astrónomo— para contarme su historia. ¿Sería la voz de la bella mujer que me espiaba? No podía hablarme pero había dejado sus palabras y sus pensamientos escondidos en el libro para compartirlos conmigo, quién sabe cuántos años después. Usaba ella la luz de su estrella para hacerme llegar su historia.

Ese día, la luz llegó a las páginas del *Quijote*, se reflejó en mis ojos y se convirtió en las letras, palabras e ideas de los amantes que las escribieron. Leer es amar, entrar en relación con lo amado.

Además de apellidos y nombres sueltos, las cartas tenían varios nombres completos, entre ellos el más importante e informativo resultó ser el de Pedro Lindo[1], quien, según pude comprobar al investigar la historia del Antiguo Cauca, vivió en Popayán durante la Guerra de los Mil Días y murió allí en 1907 de una enfermedad que le transmitió un paciente de caridad. Además, el lenguaje y el contenido de las cartas me hicieron pensar: «esto pasó en Popayán». El lugar de origen estaba definido. Era un lugar familiar. Popayán está muy cerca de Cali —donde compré el libro— y buena parte de mis familiares y amigos tenían sus orígenes en Popayán.

Al pensar más sobre Pedro Lindo y su suerte recordé que cuando era muy niño, por allá entre 1938 y 1940, mi abuelo Antonio me había contado que durante la Guerra de los Mil Días él había caído preso en batalla y lo habían llevado a la cárcel —descalzo y encadenado— por las calles de Popayán. Para mi mente de niño, imaginar a mi abuelo encadenado era como ver a Cristo arrastrando la cruz camino del Calvario. Cuánto no hubiera dado por tenerlo a mi lado en ese momento. Aunque él había muerto en 1945, pensé que debía haber estado de pie junto a mi, cuando sentado en su silla plegable descubrí las cartas. A lo mejor, fue el ánima de mi abuelo quien abrió el libro por el capítulo VIII cuando encontré la primera palabra: «*amor*».

Pensando en todo eso, reviví las historias que me contaba mi abuelo a la madrugada, cuando, sentado en su cama, tomaba café tinto y me invitaba a entrar —a través del espejo encantado de su armario— al mundo de sus memorias y cuentos. Creo que alcancé a oír de nuevo el eco de las balas que pasaron cerca de mi abuelo cuando se protegía, escondido detrás de algún muro o agachado en un barranco, muerto de miedo. En efecto, en mi imaginación me convertí —sin darme cuenta— en veterano de la Guerra de los Mil Días.

Como niño, no podía distinguir entre memorias y cuentos: todo lo que me decía mi abuelo era algo traído del mundo de las maravillas. Era la época mágica cuando —como El principito— estaba recién llegado al planeta y todo lo que veía, oía y sentía, era nuevo. Era la época de *la primera vez,* que de cuando en cuando nos vuelve a visitar y nos llena de felicidad. Es el mundo de los niños, de los artistas y los creadores; el reino de la imaginación.

*   *   *

LAS CARTAS —MEZCLA DE MENSAJES AMOROSOS e intriga política— las firmaron *S* y *F.* Por fortuna, *S* usó su nombre en la primera carta y el de su amante al iniciar su segunda carta, dejando dos huellas en las arenas del tiempo: Sofía y Federico. Pero no reveló sus apellidos.

Federico era liberal y estaba preso. Sofía era su amante, aliada y mensajera, a cargo de llevar y traer correos confidenciales, al tiempo que cambiaban amorosas y tiernas palabras en su correspondencia secreta. Ambos eran parte de la guerra: él adentro y ella afuera. Eran soldados que ponían su cuello en el filo de la espada enemiga, tomando riesgos que podrían costarles la vida.

Una vez que descifré y saqué en limpio las cartas, resolví volver a visitar a Hernando en *El Oasis* con la esperanza de encontrar otros libros con punticos de la misma fuente; los *otros libros* mencionados por Federico en su tercera carta a Sofía cuando le dice: «*Supongo que ya estarán en tu poder los libros que dejé en la otra casa*». Abrigaba la esperanza de que la misma persona que le había vendido el librito a Hernando le hubiera vendido —o tuviera— otros, tal vez los que Federico había dejado *en la otra casa.*

Volver a la librería fue otro paso en la aventura en la que andaba embarcado. Después de subir una vez más las empinadas gradas, tomé un respiro y entré al gran espacio lleno de libros de *El Oasis*. Saludé a Hernando —sin mencionarle mi secreto— e inicié una furiosa búsqueda por todos los estantes. Pasé parte de ese día ojeando obras que pudieron ser de la época de las cartas, pero no encontré nada con puntos.

Vencido, me acerqué al escritorio de Hernando y le pregunté:

—¿Quién te vendió el librito del *Quijote* que te compré por una fortuna hace como un año?

Hernando me miró con cara de curiosidad, tal vez pensando por qué había pasado tanto tiempo buscando algo en su negocio, comenzó a voltear páginas en su libro de contabilidad y cuando llegó a la que buscaba, corrió el índice hasta encontrar el dato y dijo:

—Aquí está; se llama don Emiliano Rimas, es un viejo muy querido que me compra y me vende libros. Él me vendió ese *Quijote* de 1844.

Una vez que Hernando me describió a su cliente, salí para la Plaza de Caicedo —la plaza principal de Cali— en busca del teléfono y la dirección de la casa de don Emiliano en el Palacio de Gobierno. Estaba pensando qué hacer cuando los encontré y pasó un taxista que adivinó mi necesidad, arrimó al andén su flamante automóvil —un Chrysler 1942 azul oscuro— y me dijo:

—¿Adónde lo llevo, don?

Me subí al Chrysler y le di la dirección al taxista, que me llevó hasta la casa de don Emiliano sin parar de hablar.

Era una casa nueva, de esquina, con dos plantas y un pequeño jardín separado del andén por una verja ornamental de hierro forjado. Clase media alta. La placa de bronce indicaba que don Emiliano vivía en los altos. Timbré varias veces. Miré mi reloj y limpié mis anteojos. Nada... Era la hora de la siesta y tal vez dormían. Esperé un largo rato, volví a timbrar y entonces escuché los golpes lentos de unas chanclas; alguien bajaba las gradas.

Abrió una anciana mujer, alta y robusta, de cara noble poblada de lunares y con un moño de pelo blanco muy apretado. Vestía bata blanca de algodón con puntos negros que le llegaba hasta los tobillos. Le pregunté a la señora si don Emiliano vivía allí y si estaba en casa. Ella asintió moviendo la cabeza —sin decir palabra— mirándome desde sus ojos nublados. Me preguntó mi nombre y le dije quién era:

—Ramón Bastos Ramos. —La vieja me pidió esperar, cerró la puerta muy despacio, sin dejar de mirarme, y subió arrastrando las chanclas.

Hacía calor. Eran como las cuatro de la tarde y aún no bajaba la brisa fresca de los Farallones de Cali. Esperé impaciente y, al fin —cuando sospeché que la mujer no volvería—, las chanclas sonaron otra vez, se abrió la puerta y la vieja dijo:

—Que suba, dice don Emiliano.

Subimos. La seguí mirándole los callos amarillos de los talones que se asomaban de las chanclas cada vez que daba un paso con dificultad para subir otra grada. Ella no tenía ningún afán; debía tener unos ochenta años.

Arriba, en el cuarto de estar, don Emiliano me recibió de pie, me saludó con un apretón de manos y dijo:

—¿Quién lo mandó aquí?

—Hernando, el de *El Oasis*. Me ha dicho que usted le vende y le compra libros viejos. Somos amigos y tengo interés en obras que ya no se consiguen. Libros antiguos, ediciones raras.

El viejo confirmó que era cliente de Hernando y me preguntó quiénes eran mis padres. Cuando le contesté, dijo:

—Ya sé quién es usted —afirmando con movimientos de cabeza, sonriendo y achispando la mirada. Me hizo sentir en casa. Me había aceptado como a alguien conocido, de confianza. Un buen muchacho interesado en libros viejos.

Don Emiliano era un típico personaje de Cali Viejo. Algo así como un Nelson Mandela caleño. Me invitó a seguirlo por un corredor estrecho y entramos a su biblioteca —que ocupaba casi la mitad del piso—, con estanterías de distintos tamaños y estilos, atiborradas de libros de todos los temas imaginables. En el piso de mosaicos amarillos había montones de revistas y libros, hacinados en pilas inestables que desafiaban la gravedad como la Torre Inclinada de Pisa. Olía a libros, a papeles de cien años.

Allí mismo —en la gran biblioteca— don Emiliano tenía un angosto catre de hierro con tendido blanco de algodón, anidado en un rincón. Junto al catre reposaba contra la pared una lápida sepulcral de mármol blanco, con todos los datos de la dueña, que no me atreví a leer ni a decir palabra.

«Traída después de sacar los restos del cementerio».

Contra la lápida había un retrato de una mujer —¿la mujer de don Emiliano?— descansando en santa paz en el ataúd con la cabeza sobre una almohada blanca con encajes. Ni se me ocurrió preguntarle al viejo quién era la del retrato. Disimulé la sorpresa, cambié de sitio y continué buscando libros con puntos en las estanterías, como si no hubiera visto nada. Jamás había visto algo más tétrico. La biblioteca de don Emiliano era un verdadero cementerio.

En el centro del cuarto había puesto una silla de brazos de cuero de vaqueta con el espaldar muy vertical. Sobre la silla pendía del cielo raso una bombilla sin pantalla que iluminaba el cuarto. Libros, revistas y periódicos, en montones separados por vericuetos muy estrechos, decoraban el entorno. Un ambiente ideal para un amante de los libros. Allí se sentó don Emiliano ese día y luego en cada visita que le hice con un libro en la mano —¿a vigilarme?— mientras yo curioseaba por los estantes mirando y esculcando los libros en los inestables estantes. Al fin, sentí que el viejo quería que me fuera y me despedí dándole las gracias. Me invitó a volver otro día. Debía ser agotador tener que vigilar a alguien dedicado a revolcar todo su santuario.

Poco a poco, en las siguientes visitas, don Emiliano me tomó confianza y entablamos conversación sobre temas y gentes. El viejo lo había leído todo y conocía a medio Cali. Me localizó completamente en el espacio de las generaciones de las familias de Cali y, a pesar de la gran diferencia de edad, me trató de igual a igual. Teníamos intereses paralelos. Nos gustaba leer y éramos amigos de los libros. Me contó que tenía propiedades de alquiler —locales de almacenes y casas— en la zona comercial entre el centro de la ciudad y el barrio de San Nicolás.

Cuando lo visité debía tener entre 70 y 80 años. Exudaba la independencia de los que han llegado a ese punto en la vida en que la opinión de los demás les importa un bledo. Pasaba sus tiempos de ocio dedicado a la lectura en su silla preferida. Su ocupación favorita era leer. «Es la mejor compañía», me dijo, plasmando sus preferencias en pocas palabras.

Su rutina comenzaba a las cuatro de la mañana y se prolongaba hasta las diez de la noche. Tomaba descansos entre comidas, para hacer la siesta o para ocuparse de sus diligencias de arrendamientos. Sabía dónde estaba cada libro y también cuáles eran las ideas claves que traía el libro en cuestión. Cada tomo de su gran biblioteca tenía anotaciones de su puño. Bastaba con mirar en la cubierta o en la página titular para saber qué valía la pena, según don Emiliano. Usaba números y letras que lo guiaban al sitio exacto, como me demostró más de una vez. Curiosamente, el tomo III del *Quijote* —que estuvo en su posesión por cierto tiempo— solamente tiene una anotación de su mano. Por fortuna, don Emiliano no notó los puntos. A su edad, ya debía sufrir de cataratas.

Con el tiempo, don Emiliano —a su manera— me trató como a un amigo más y me regaló varios libros de historia y otros temas que aún conservo con gratitud. En cada visita exploré otra parte de su gran biblioteca. Al fin, en la que fue mi última visita en los meses que lo visité —siempre durante un fin de semana— el viejo, en una voz que señalaba impaciencia, me dijo:

—Ramón, dígame, ¿qué es lo que anda buscando?

Sorprendido y nervioso al ver que él sospechaba algo que no le había compartido, le contesté con una pregunta:

—¿Recuerda el librito del *Quijote* que le vendió a Hernando?

—Sí, lo recuerdo muy bien. Se lo vendí porque solo tenía el tomo III.

—Ese mismo. Se lo compré a Hernando porque me enamoré del libro y ahora ando en busca de los otros tomos para tener todos los grabados que son preciosos —le dije, insistiendo que lo que más me interesaba eran las ilustraciones.

El viejo me miró intrigado, como sopesando mi respuesta, y achicando los ojos en busca de algo en la memoria, dijo:

—Se lo compré al Cojito hace años. Es un pobre librero amigo que vive y tiene su negocito en los altos de una de esas casas viejas de varios pisos, cerca del Parque de Santa Rosa. Hace tiempo que no lo visito. La última vez que lo vi andaba como alelado. Ni sabía quién era, creo. Le compré el librito que tenía en las manos porque me dio lástima, me dijo que eran las tres de la tarde y que no había desayunado, que le diera cualquier cosa por el librito. Entonces se lo compré. No puedo soportar ver a un hombre viejo sufriendo de esa manera.

Don Emiliano no me dijo más, pero era evidente que no había quedado contento con mi respuesta. Sentí que era demasiado astuto para tragarse mi cuento. Fue la última vez que nos vimos. No fui capaz de volver a visitarlo. Me di cuenta de que había perdido su confianza y sabía que no tenía los otros libros que yo buscaba. Pero me había dado una nueva pista: el Cojito. Tenía que encontrarlo.

*   *   *

AL DÍA SIGUIENTE, A PRIMERA HORA, tomé un bus para ir a buscar al Cojito entre los libreros del Parque de Santa Rosa. Era día de mercado. Los andenes y todo el parque, llenos de gente, unos matando tiempo sentados en las bancas de cemento a la sombra de los carboneros, y otros en busca de diversión o de algo que comprar. Los cocheros de las Victorias y sus caballejos cansados esperaban clientes, compitiendo con los buses que pasaban frente al parque perfumando el aire con sus humores diésel. Recorriendo los negocios, les pregunté a los libreros si sabían dónde podría encontrar al Cojito o su librería. Nadie me dio razón. Al fin, casi a punto de abandonar la búsqueda para irme a casa, le pregunté a una anciana mujer muy arrugada, que vendía libros y devocionarios en el andén sentada en el suelo, y ella, mirando hacia el cielo con dificultad como si la luz la molestara, dijo:

—No, joven, al Cojito lo mató un bus, allí en la esquina del parque. De su negocio no quedó nada. Eso se acabó. Era un hombre muy noble y muy bueno. Un verdadero caballero. Pobrecito, andaba distraído o preocupado por algo y ni cuenta se dio de que el bus lo mataría. Fue algo horrible. Que mi Dios lo tenga en su gloria.

Allí mismo —mirándola rodeada de libros viejos y devocionarios de cincuenta centavos—, creí que se me habían agotado las pistas. Ni Hernando ni don Emiliano tenían libros con punticos ni el Cojito vivía para decirme de dónde había salido el librito. Le di las gracias a la mujer y me subí al primer bus de mi ruta que paró junto al andén.

Una vez que llegué a la casa, saqué en limpio las seis cartas y las guardé junto con las copias de los fotografías de los grabados con la idea de seguir buscando a sus autores o alguna otra pista cuando tuviera tiempo. La historia de las cartas pasó de obsesión a ser tema de conversación en días de tomar cerveza con mis amigos de la universidad o con personas que me pudieran ayudar a resolver todas mis preguntas. Eventualmente, mis estudios y mi carrera me llevaron fuera del país y aunque tenía siempre el libro conmigo no me quedaba tiempo para ocuparme sobre el tema con la seriedad que demandaba. Luego mi propia familia pasó a dominar mi vida por muchos años. No era el momento para andar siguiendo huellas en las arenas del tiempo. Pero tampoco logré escaparme de las preguntas que, de tarde en tarde, me asaltaban y me hacían sentir culpable. Cuando menos lo sospechaba llegó el día en que *lo que estaba por venir* vino a buscarme en mi propia casa.

II: Otra gran sorpresa

...y no hay que hacer caso destas cosas de encantamentos...
que, como son invisibles y fantásticas...

—*Don Quijote,* primera parte, capítulo XVII

Un bello día de invierno cuando gozaba del calor del fuego que había prendido en el hogar de la sala, el librito del *Quijote,* que estaba en el estante de libros junto a la chimenea, atrajo mi atención de nuevo. Fue algo parecido a lo que me sucedió el día que encontré las cartas en clave, pero esta vez mi interés nació de otra fuente. Pronto me jubilaría y había comenzado a pensar en escribir algo sobre la historia de las cartas, aprovechando de la llegada del Internet y de la maravillosa facilidad de encontrar información que hasta entonces demandaba más tiempo del que yo tenía disponible. Mi mente, mi subconsciente sería más apropiado decir, estaba mejor preparada para llevarme una vez más por el camino del Toboso.

Afuera, el viento alborotaba la nieve levantando remolinos de cristales que danzaban sobre el helado paisaje y revoloteaban entre los rígidos fresnos, los verdes pinos y las siemprevivas del patio.

Con el libro en la mano me senté junto a la fogata y volví a mis años de estudiante. Me pregunté si entonces habría tenido suficiente madurez para estudiarlo con seriedad. Dudándolo, volví de nuevo al párrafo del capítulo VIII de la segunda parte del *Quijote,* que dice:

> ...desde este punto comienzan las hazañas y donaires de don Quijote y de su escudero: persuádeles que se les olviden las pasadas caballerías del ingenioso hidalgo, y pongan los ojos en las que están por venir, que desde ahora en el camino del Toboso comienzan....

Motivado por el mensaje de las palabras que acababa de leer, resolví volver a estudiar en serio al tema de las cartas, poniendo mis ojos en lo que estaba por venir. Siguiendo mi vieja costumbre de ojear libros y revistas de la última página hasta la primera, comencé a mirarlas a contraluz contra la lámpara de leer y, al fin, en la página titular, vislumbré una firma en letra clara e inclinada, que decía:

Miguel Wenceslao de Angulo

Miré una y otra vez y no lo pude dudar. La firma era tan real como el texto del libro, pero solo era visible al trasluz; alguien había escrito su nombre allí con tinta invisible (fig. 2) debajo de POR MIGUEL DE CERVANTES SAAVEDRA.

El apellido Angulo era conocido, sabía que lo había visto antes en alguna parte. Recordé que tenía entre mis papeles personales una copia del viejo libro —*Geografía General de los Estados Unidos de Colombia,* del general Tomás Cipriano de Mosquera, editado en Londres en 1866— regalo de mi padre, el profesor don Joaquín Bastos Romero. Me pregunté si él lo habría comprado en alguna librería de viejo en la Plaza de Santa Rosa. En efecto, allí en el documento con el árbol genealógico encontré el nombre del señor Angulo y lo confirmé en la obra de Gustavo Arboleda sobre las genealogías del Antiguo Cauca mencionada antes.

En el mismo libro aprendí que don Miguel Wenceslao de Angulo Días del Castillo[2] murió prematuramente en Popayán en 1864 debido a los maltratos que sufrió como prisionero de los liberales en Cali durante la violenta guerra de 1860. Era contemporáneo de la edición del *Quijote* de 1844 y era bien posible que fuera el primer dueño del tomo III —como lo sugería su firma— y tal vez de los otros tres más que corresponden a esa edición. De mayor interés para mi búsqueda fue que don Miguel Wenceslao de Angulo se casó con doña Antonia Lemos Largacha, distinguida dama de Popayán, y que su hija Sofía An-

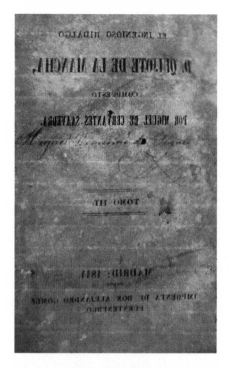

Fig. 2—Foto del reverso de la página titular del *Quijote* de 1844, editada para mostrar la firma invisible.

gulo Lemos se casó en Popayán con don Rafael Reyes, quien después de la Guerra de los Mil Días fue presidente de Colombia de 1904-1909.

El encuentro de Sofía Angulo Lemos era inquietante debido a la coincidencia de su nombre con el de la autora de las cartas y a que su padre hubiera sido el dueño del libro de las cartas y que su esposo llegaría a ser presidente de Colombia. Pero pronto me enteré de que Sofía Angulo de Reyes había muerto en Bogotá en octubre de 1890, mucho antes de la Guerra de los Mil Días y por eso ella no podía ser Sofía, la autora de las cartas, aunque tal vez tuvo el libro en sus manos, pues fue de su padre.

Poco después, en la misma familia Angulo encontré otras posibles candidatas que coincidían con el tiempo de Pedro Lindo y con la Guerra de los Mil Días. Mas ellas tampoco pudieron ser la Sofía de las cartas y las descarté. Una vez más me saltó en la mente la pregunta de siempre: ¿Quién sería la maravillosa mujer que escribió las cartas?

Aunque no logré encontrar a Sofía, la pista nacida de la firma invisible me abrió las puertas del espacio-tiempo de Popayán y su gente a finales del siglo XIX, cuando leí las *Memorias 1850–1885*[3] del general Rafael Reyes, personaje clave en los eventos históricos de importancia mundial que antecedieron y siguieron a la Guerra de los Mil Días.

Rafael Reyes, por su conexión con el signatario del tomo III del *Quijote* y por su papel histórico durante la época de las cartas, se convirtió en otro foco que podría iluminar el camino para encontrar a Sofía y Federico. Sus *Memorias* ofrecieron un contacto más cercano con personajes claves de la historia de Popayán a finales del siglo XIX que pudieron ser vecinos y/o conocidos de las familias de Sofía y Federico. Su hija Sofía Reyes Angulo y Sofía, la amante de Federico, bien pudieron ser amigas cuando eran niñas, antes de que Reyes y su familia salieran de Popayán al perder él su fortuna, basada en los negocios del caucho y de la quina, en la regiones del Putumayo y del Amazonas. Reyes fue un puente entre la Colombia de la Independencia y la de las guerras civiles y la Colombia del siglo XX; un genio en los negocios, caudillo, aventurero y dictador; también personaje clave en las negociaciones diplomáticas y políticas en Bogotá, Washington, Londres y París, en relación con la pérdida de Panamá y la conclusión del canal por los norteamericanos por decisión del presidente de los Estados Unidos, Theodore Roosevelt[4] (1904–1909).

Amalgamando los relatos de Reyes y los de otras fuentes históricas con memorias de familia, comencé a adquirir una imagen más clara del mundo en que vivieron Sofía y Federico que me llevó a los orígenes de Colombia[5] en el siglo XIX y luego hasta la aurora del siglo XVII de la mano de don Miguel de Cervantes.

Tenía el escenario, la audiencia y el libreto. Faltaban los actores. ¿Cómo encontrarlos?

Mi mente siguió buscando respuestas mirando en todos los rincones de mis recuerdos y en los datos de interés de mis lecturas. De Popayán venían las cartas y la fibra que había ido hilando al revivir en mi imaginación las vidas que, aunque pasadas, seguían vigentes y vivientes entre las líneas de la obra y en las venas de nuevas generaciones. Me pareció maravilloso que después de viajar el libro desde España, por los mares y los desfiladeros andinos, para llegar al despacho del jurisconsulto Miguel Wenceslao de Angulo, a las manos de una mujer bella y apasionada, a las de un preso en la cárcel de Popayán —tal vez, la misma cárcel donde había estado mi abuelo Antonio Ramos— y a librerías de libros viejos de Cali, hubiera llegado, al fin, a las mías.

Pero no pude encontrar descanso. Aún no tenía idea de quiénes eran Sofía y Federico y sabía poco de sus vidas y luchas durante la Guerra de los Mil Días y lo que vino después; mas había comenzado mi búsqueda y pronto tendría libertad para dedicar mi tiempo a la intrigante historia que había descubierto en mi época de estudiante universitario.

Era el momento con que tantas veces había soñado. Quedaban muchas preguntas por contestar y era necesario invitar a mi imaginación a llenar el vacío histórico que sería casi imposible recuperar después de cerca de cien años desde que las cartas se escribieron en Popayán. Tenía un misterio por resolver. Con esa idea en mente, era el momento de partir, guiado por la edad de la información y por la imaginación, para ver adónde me llevarían mis nuevas andanzas por el camino del Toboso. Tendría que volver a comenzar por el principio y sin temor de mezclar los datos históricos con las ideas que surgieran en mi imaginación. Y eso hice. Me puse en marcha con la confianza que el mismo camino que me había llevado hasta el libro, las cartas y muchas cosas más, me llevaría hasta conseguir un término feliz al final de la aventura en que estaba embarcado. Había comenzado a escribir una novela.

SEGUNDA PARTE

En el siglo XIX

En América, todo el Mundo es Popayán

—Policarpo del Pando[6], Visitador de la Corona Española, Siglo XVIII

III: Encuentro en Popayán

Pero un día, cansado de ese lugar monótono,
y del nocturno diálogo con el Cura capcioso,
me embarqué para América, que era el fácil recurso,
de los desesperados, como entonces se dijo. [...]
y llegué a Popayán, solar tibio y pacífico, [...]
Fue sepultado en una esquina de la Plaza
Mayor, bajo los muros de una torre canónica...

—Rafael Maya, *Poesía* (Don Quijote muere en Popayán)[7]

POPAYÁN, 1889

El día de año nuevo de 1889, Don Nicomedes Lemos se caló su nuevo sombrero de jipijapa, regalo de su nieto Federico y salió de su librería —*El Libro*— en busca del corrillo de amigos en la Plaza Mayor. Su nieta Mariana quedó a cargo del negocio. Cuando llegó a la esquina norte, vio a su viejo amigo el doctor Juan Francisco Usuriaga esperándole debajo de un enorme árbol de carbonero. Le traía noticias.

—Don Nicomedes, qué placer verlo de nuevo —dijo el viejo médico ofreciéndole su mano, que se fundió con un caluroso abrazo de año nuevo entre los dos amigos. No se habían visto por cuatro años, desde cuando el doctor Usuriaga y su familia se exiliaron en el Ecuador huyendo de la guerra civil de 1885.

Se miraron intrigados sin saber por dónde comenzar; tenían mucho de qué hablar. El viejo librero fue el primero en tomar la palabra.

—Federico nos llegó de sorpresa el día de Nochebuena. Desde 1882 estaba en Panamá trabajando como ingeniero de La Compañía Francesa del Canal que a finales del año se declaró en quiebra y él quedó cesante. Fue una gran experiencia, Federico había soñado con hacer el canal desde que entró a estudiar ingeniería en la universidad por consejo del general Mosquera. Se vino para su casa para decidir qué hacer en el futuro y creo que esta vez es para quedarse del todo. Aquí no le faltará tema. Todos estamos felices con su llegada.

—Pues me alegro mucho de que lo tenga en casa. Pronto pasaré por la librería para saludarlo. Tengo un afecto especial por Federico desde el día que lo traje al mundo con mis propias manos.

Colombia gozaba en ese momento de relativa prosperidad. El presidente Holguín inició la modernización de Colombia con la instalación de los primeros teléfonos y la luz eléctrica en Bogotá y el mejoramiento del transporte por tierra y por los ríos principales del país. La estabilidad, entre otras cosas, facilitó el regreso de las familias exiladas que habían emigrado fuera del país por la guerra del 85.

El doctor Usuriaga le contó de su exilio en el Ecuador y del problema que él y doña Julia Carrasco tenían entre manos desde antes de salir de Quito. Tenía que ver con su bella hija, Sofía, que al nacer, dada la edad de su madre y del profesor, había sido un doble milagro del cielo.

—¿Qué tiene la niña?

—Sofía sufre de una crisis sentimental pavorosa desde que su amigo y admirador, Alberto Carrasco, su primo, que estaba en el exilio en el Ecuador con su familia, se graduó de bachiller en julio pasado y salió para Bogotá a estudiar jurisprudencia en El Colegio del Rosario. En Quito la visitaba a diario, sin falta. Ahora, sin él, la pobre no sabe qué hacer. Nada le interesa. Se pasa los días esperando correo de Alberto y cada carta se demora más que la anterior. Ella le escribe misivas de diez pliegos, que él contesta en cuatro líneas sin preocuparse de responder a las mil preguntas que ella le hace sobre su vida, amigos y estudios en el Colegio del Rosario. Julia sigue empeñada en que Sofía formalice su relación con Alberto, como ella aspira. No quiere que su hija tenga que esperarse hasta los cuarenta años como le pasó a ella. No sé cuál de las dos es peor. Ambas me preocupan y me sacan de quicio.

Don Nicomedes, que conocía por experiencia con sus tres nietas de los males del amor no correspondido, le recomendó que le consiguiera algunas novelas románticas que le servirían de antídoto contra la nostalgia por su Romeo ausente.

—Dígale a doña Julia que se pase por la librería y allí Mariana y Lola o Rosita le pueden recomendar algunas novelas que la saquen de su depresión. No se olvide de que *Don Quijote* es la mejor obra para entretener a viejos y jóvenes y contiene sabios consejos para todos los males, incluyendo la depresión.

El doctor Usuriaga tomó muy en serio las recomendaciones de don Nicomedes y esa misma tarde le pidió a doña Julia que buscara algún pretexto para llevar a Sofía a la librería. Prefería que los problemas de mujeres los resolvieran ellas mismas. Carecía del tacto y la paciencia necesarios para convencer a su hija de lo que le convenía.

Doña Julia escuchó a su marido y, siguiendo con su costumbre, ignoró lo que le pedía hacer. Sabía que al día siguiente se habría olvidado del tema, como en efecto sucedió.

Sin embargo, cuando llegó mayo, el profesor le pidió que se pasara por la librería a recibir unas obras que había encargado para sus cátedras en la universidad. Como Sofía estaba pasando por uno de sus peores ataques de depresión resolvió que era el momento de hacer algo por su hija.

Una calurosa tarde, doña Julia se apareció en la librería en compañía de Sofía que acababa de cumplir dieciséis años.

Mariana, la mayor de las nietas de don Nicomedes, estaba sola en la librería y cuando las vio, dijo:

—Qué gusto verla por aquí doña Julia. Supongo que esta es Sofía. Es toda una mujer. La última vez que la vi era una niña. ¡Cómo cambian las muchachas en un santiamén! ¿En qué las puedo servir?

—Tienes razón Mariana, Sofi se ha estirado mucho. Ando en busca de unos libros de medicina que Federico tiene para Juan Francisco.

—Federico salió ayer a hacer un trabajo de agrimensura de una propiedad en las cercanías de Calibío, al norte de Popayán. Puede llegar en cualquier momento. ¿Les provoca algo de tomar? Hace un calor horrible.

—No gracias. Tomamos un refresco antes de salir de casa. Mejor nos entretenemos mirando libros. Sofi acaba de cumplir los dieciséis años y le quiero regalar algunas novelas que le queden de recuerdo.

—¿Has leído la novela *Don Quijote*? —preguntó Mariana.

—No, pero una de mis amigas en Quito la estaba leyendo y le encantó. Me gustaría leerla.

—La tenemos en edición de lujo, empastada en cuero rojo. Mis hermanas y yo la hemos leído y nos gustó mucho.

El comentario de Mariana le agradó a Sofía. No la trataba como si fuera una niña de cinco años, como sus padres.

—¿Me puede mostrar el libro?

Mariana sonrió, notando la inseguridad de la muchacha.

—Con mucho gusto Sofía. Pasa y mira otras obras de interés.

Sofía se acercó a las estanterías y Mariana le alcanzó varias novelas, ideales para mujeres jóvenes. Cuando estaban mirando los libros, llegó Federico, en compañía de Clodomiro, que le servía de ayudante en sus trabajos de ingeniería. El no perdía oportunidad de usar el catalejo que Federico le había traído de Panamá. Mariana, al verlos llegar, dijo:

—Federico, llegaste justo a tiempo. Doña Julia anda en busca de unos libros que tienes para el profesor y no tengo idea de dónde están. Mira, esta es Sofía, la hija de los Usuriaga, acaba de cumplir dieciséis años. ¿Puedes creer cómo ha crecido?

—Doña Julia, Sofía, buenas tardes. Espérenme mientras me aseo un poco, y ya regreso con los libros. Los tengo arriba en mi estudio.

—No te preocupes. Vamos a ver unos libros. No puedo creer cómo has cambiado, no te veía desde que te fuiste para Panamá hace marras.

Sofía había oído a sus padres mencionar a Federico varias veces. Se lo había imaginado como un muchacho de anteojos muy gruesos y cara de monaguillo. Al verlo y oír el timbre de su voz dirigiéndose a doña Julia y a ella como personas conocidas se le doblaron las piernas y casi deja caer el libro que tenía en las manos. Lo que más le gustó fue que la llamara Sofía, no Sofi. Mariana la observó divertida. No era la primera vez que una clienta reaccionaba así al ver a su hermano Federico.

Sofía escogió *Don Quijote,* en edición de lujo, como regalo de cumpleaños de su mamá. Federico bajó de su despacho con unos libros para el profesor Usuriaga. Mariana notó que doña Julia frunció el ceño al ver el nerviosismo de Sofía y las numerosas observaciones que Federico le hacía sobre los secretos de la obra de Cervantes.

La bien cuidada barba de Federico, el timbre de su voz y el conocimiento profundo de las obras cautivaron a la tímida adolescente. Sintió que la miraba de una manera que era casi una caricia. Había una atracción misteriosa entre ellos. Jamás había experimentado algo semejante. No sabía qué hacer. Doña Julia la observó y se dio cuenta de que Sofía no podía dejar de mirar a Federico. La expresión de su cara no se le escapó ni a Mariana ni a doña Julia.

La reacción de doña Julia no tenía nada de raro. No quería ni pensar en una descendiente de don Juan de Argüello, uno de los fundadores de la ciudad, parándole bolas a un don Nadie como Federico Lemos. Alberto Carrasco, su favorito, era el elegido para la boda con Sofía en la catedral. Eso no se podía ni se debía discutir en su presencia.

Desde ese día, la nostalgia de Sofía por las cartas de Alberto y la depresión desaparecieron. Se convirtió en asidua lectora de novelas y se las ingenió para inventar excusas para ir a la librería con su mamá, con el profesor o con su madrina, Ana María Carrasco.

Con el pasar de los días, Sofía se hizo muy amiga de todas las hermanas Lemos, que la adoptaron como a una hermana menor y Mariana se convirtió en su confidente.

En una de esas visitas, Federico notó que mientras Mariana atendía a doña Ana María, Sofía lo observaba con disimulo, pretendiendo ojear un libro. Él se dio cuenta y se sintió halagado y, como para atraer su atención, le preguntó:

—¿Qué es de la vida de Alberto Carrasco? Me dicen mis hermanas que está estudiando jurisprudencia en el Rosario.

—En realidad, no sé mucho. Recién se fue para Bogotá me escribía con frecuencia, pero ahora escribe poco. Además, con la demora de las cartas, que se tardan hasta dos meses, hace tiempo que no sé nada de él. Creo que me ha olvidado. Federico dijo:

—¿Te molesta que te ignore? —Ella lo miró, sonrió, y dijo—: Ya no.

Federico no necesitó de más para sentirse invitado a continuar la conversación. Desde ese día, las visitas de Sofía a la librería se tornaron más frecuentes y más largas. Tres de cada cuatro veces la acompañaba su madrina en quien confiaba más que en nadie. Era su aliada.

Mariana se preguntó cuál de las dos estaría más interesada en Federico. Si la soltera o la casada. Ambas competían por la atención de su hermano y él jugaba con ellas, tal vez por curiosidad o porque estaba interesado en la una o en la otra, o en ambas. «Así son los hombres», pensó.

*   *   *

La vida de Mariana no era fácil. Había pasado por las duras y las maduras desde su adolescencia. Tuvo que crecer antes de tiempo. A los quince años pasó a ser madre, *de facto*, de sus hermanas Rosita, de siete años y de Lola que ya tenía nueve. Su hermano Federico, de once años entonces, no le servía de mayor cosa pero tampoco le pedía nada, era muy independiente. Su madre, doña Micaela Beltrán, murió de complicaciones de un aborto natural a principios de 1868. No le sirvieron los baños de agua de hinojo y bicloruro de mercurio sublimado, ni las visitas diarias del doctor Juan Francisco Usuriaga —el médico de la familia— ni los rezos del padre Paredes y de las sirvientas, pues al fin de cuentas, la mató la fiebre puerperal.

Delirante, entre la vida y la muerte, doña Micaela dejó a Mariana, su primogénita, a cargo de su prole y de su marido, el profesor Gallardo Lemos Lorenzo. Sabía que hombres como él no servían para ser madres y menos para cuidarse de ellos mismos.

El profesor Lemos, de temperamento inestable desde su participación en la funesta guerra de 1860 y herido de viudez, cambió el amor a doña Micaela por el amor a la botella y se dedicó a beber chicha y aguardiente en la fonda de Delfina, en la calle de la Alegría, hasta perder las ganas de comer, la memoria y al fin, las ganas de vivir. En una de sus constantes borracheras entró al gallinero en el patio de la casa y en medio de un ataque de *delirium tremens* se acostó con la idiota Carlota, pensando que era su Micaela, pues Carlota llevaba ese día un vestido que le había heredado a su patrona. Don Gallardo violó a Carlota sobre los huevos quebrados de las gallinas, peleando con el gallo don Clodomiro que defendía a su descendencia. Carlota se le escabulló aterrada y le echó la culpa de los huevos quebrados al gallo don Clodomiro que la había asustado.

Días después, el profesor Lemos —en un momento de lucidez— descubrió que Carlota estaba preñada y que la había confundido con su Micaela en el gallinero, y entró en una depresión tan profunda que rayaba en la locura. Atormentó a toda la familia y a los vecinos por meses, recitando a gritos en varios idiomas poemas interminables debajo del naranjo agrio del patio, o dictando clases de filosofía y fragmentos de historias, de lo poco que le quedaba en la memoria marchita, a las gallinas que lo seguían por el patio. Un cierto día, aterrorizado por alucinaciones de insectos enormes que lo perseguían, corrió y corrió alrededor del naranjo dando manotazos al aire hasta caer fulminado por un espasmo cardíaco. Don Nicomedes lo encontró tendido en el suelo con los ojos muy abiertos mirando al sol del mediodía rodeado de naranjas agrias que se podrían en la tierra a su lado. No le quedaron sino los huesos, los ojos muy abiertos y una sonrisa beatífica. Tal vez murió viendo a su Micaela que lo recibía amorosa en la otra vida. Desde ese día Mariana quedó de madre de familia y don Nicomedes pasó de ser abuelo a ser padre de sus nietos.

En diciembre de 1868 —el día de Inocentes— cuando hacían el velorio y los preparativos para el entierro de don Gallardo, Carlota dio a luz a un niño cabezón con manos enormes y cara con ojos de gallo. Mama Pola, la más antigua y más sabia de las sirvientas, dijo que era hijo del gallo —Clodomiro— que pisó a Carlota confundiéndola con las gallinas. Las muchachas del servicio le pusieron Clodomiro al recién nacido, y Clodomiro se quedó. Otro de los milagros y tragedias de Popayán, la ciudad bíblica.

Carlota amamantó al niño hasta que descubrió que era un enano. Desde ese día lo ignoró y se dedicó por exclusivo a cuidar a sus loros amaestrados que sabían insultar a los visitantes en varios idiomas que habían aprendido escuchando al profesor don Gallardo Lemos cuando andaba preparando clases o recitando versos por los corredores de la casa o debajo de los árboles frutales del patio.

De allí en adelante, Rosita adoptó a Clodomiro como si fuera su muñeco y hasta que ella cumplió los 15 años durmieron juntos en la misma cama. Rosita era feliz leyéndole cuentos para niños. El enanito gozaba con las atenciones de su niñera y sin que nadie se diera cuenta, un buen día, cuando Clodomiro aún no tenía cinco años, descubrieron que había aprendido a leer de tanto escuchar a Rosita.

Desde entonces Clodomiro pasó sus ratos de ocio leyendo cuanto libro caía en sus manos. Leía como Rosita, señalando las letras con el dedo índice y después las palabras, y con el tiempo apenas pasando la mano por los párrafos que devoraba con la mirada brillante de sus ojos saltones. Jamás lo mandaron a la escuela, mas su erudición llegó a ser asombrosa. Igual acumulaba conocimientos escuchando con gran atención todo lo que se dijera en la librería. No se le pasaba nada por alto, e inclusive aprendió todas las palabras que sabían las loras amaestradas de Carlota. De allí nació su interés por los idiomas. Su cabezota tenía espacio para todo lo escrito, visto y oído. Pero pocos lo sabían. No compartía sus ideas sino con personas especiales. Su mejor amigo llegó a ser Pedro Lindo, un joven ayudante de la librería que don Nicomedes contrató para ayudar a su familia cuando Federico estudiaba ingeniería antes de irse a trabajar en Panamá en 1882.

Pedro era un niño del pueblo, de origen humilde, que con el pasar del tiempo descubrió que Clodomiro era la persona más inteligente y mejor informada de la familia Lemos Beltrán. Claro que siendo especial, él tampoco se lo dijo a nadie. Los intereses comunes los convirtieron en grandes amigos.

Pedro Lindo, como Clodomiro, se leía cuanto libro caía en sus manos, en especial todo lo que tuviera que ver con medicina, contabilidad e idiomas que estudió con el Dr. Benjamín Lenguas, asiduo cliente de la librería. Entre 1881 y 1883 entró a estudiar medicina en la universidad e hizo las prácticas como ayudante de varios médicos locales, y terminó por convertirse en experto cirujano. Clodomiro lo acompañó en las clases de idiomas, que practicaron en sus ratos de ocio para irritar a los demás, que no entendían una palabra de lo que decían, fuera en griego o en latín. Solo las loras no se irritaban y antes bien, agachaban la cabeza como para oír mejor lo que decían. Tal vez recordaban algo que habían oído escuchando a don Gallardo.

Cuando Federico regresó de Panamá en la Navidad, Pedro Lindo se dio cuenta de que su presencia en la librería era redundante y aceptó una oferta como contador en la Gobernación del Estado del Cauca, al servicio del gobernador don Manuel Antonio Sanclemente quien más tarde llegó a ser presidente de Colombia (1898–1900), posición que ocupaba cuando estalló la Guerra de los Mil Días. Mariana quedó entonces a cargo de la contabilidad del negocio, otra de sus tantas responsabilidades.

Clodomiro hacía mandados, entregaba pedidos y cobraba cuentas pendientes a los clientes olvidadizos, cuando no estaba ocupado en algún proyecto urgente en el taller de encuadernación, que manejaban Lola y Rosita. Entre oficios, amaestraba a las loras que había heredado de Carlota enseñándoles varios idiomas. Su ambición era llegar a entender cómo piensan las loras para poder comunicarse directamente con ellas.

Federico se encargó del manejo de la librería en colaboración con Mariana y desde principios de 1889 participó en reuniones secretas del directorio liberal invitado por su viejo profesor y rector de la universidad, el doctor Cajiao, que lo recibió con sus copartidarios como si nunca hubiera salido de Popayán.

Con el pasar de los días y las frecuentes visitas de Sofía a la librería a visitar a sus hermanas, y a pesar de la diferencia de edades, Federico comenzó a interesarse seriamente en ella y no perdió oportunidad de llamarle la atención sobre alguna obra que pudiera ser de su gusto. Su relación tomó un carácter más complejo, no por ella, que también estaba más y más enamorada de él, sino por la persistente oposición de doña Julia que no aprobaba las frecuentes visitas a la librería o del profesor que se había dado cuenta de que su hija estaba enamorada de Federico, algo que él tampoco podía concebir. Doña Julia no podía imaginarse a su hija como la esposa de un don Nadie. Sofía no podía consentir que sus padres quisieran controlar su vida y su futuro, y se las ingenió para seguir viendo a Federico cada vez que podía. Estaba totalmente enamorada de él y, por fortuna, su madrina Ana María la apoyaba en secreto. Ambas admiraban a Federico y él, a su vez, estaba interesado en ambas.

*   *   *

EL 10 DE ENERO DE 1894, DÍA DE SU SANTO, después de celebrar sus 90 años con un buen almuerzo en familia, don Nicomedes se sentó en su silla de brazos acompañado de una copa de brandy. Llevaba el traje de paño negro con que vino de Galicia en 1832, y que Mariana le había planchado. Su intención era dormir la siesta como de costumbre. Pero esta vez no se despertó a las dos de la tarde, hora de abrir de nuevo la librería. Se quedó tan profundamente dormido, y con tal imagen de tranquilidad y paz en el viejo rostro surcado de arrugas bien ganadas, que no lograron despertarlo. Había muerto en paz con los vivos y los muertos, vestido, para que lo enterraran sin tener que cambiarlo de ropa, y satisfecho después de haber comido bien y de haber celebrado su vida en compañía de su familia. El doctor Usuriaga declaró muerto a su viejo amigo y autorizó su entierro. Hubiera preferido ser él el difunto, no su querido amigo.

Esa noche, el ánima de don Nicomedes se paseó a gusto por las calles de la ciudad en compañía del general Tomás Cipriano de Mosquera (1798–1878), que vino a darle la bienvenida al más allá. En la Plaza Mayor se encontraron con otros notables—que gozaban del descanso eterno desde el siglo XVI, entre ellos don Juan de Ampudia, primer alcalde de la ciudad, acompañado de otros fundadores. Después, sentado en una banca en Santo Domingo, conversó hasta el amanecer con don Francisco José de Caldas—el gran científico a quien el barón Alexander von Humboldt vino a visitar en Popayán antes de ir a visitar a Thomas Jefferson, presidente de los Estados Unidos. Caldas fue fusilado en octubre de 1816, por el general Morillo, el Pacificador, enviado por el rey Fernando VII a acabar con los intelectuales criollos opuestos a la corona. El sabio Caldas le explicó a don Nicomedes su método para medir la altura de las montañas midiendo el punto de ebullición del agua con un termómetro calibrado al nivel del mar. La sorpresa más grande fue encontrarse con las ánimas de don Quijote y Sancho acompañadas de don Miguel de Cervantes, que andaba de vacaciones en las Indias porque no soportaba el frío de Madrid. La iniciación a la otra vida le pareció a don Nicomedes de lo más interesante que le había sucedido hasta entonces. Cuando las ánimas tomaron posesión de las mentes de los ciudadanos locales al alba, las imitó para asistir a la velación de su cadáver. Fue muy divertido; jamás había oído tantas mentiras en tan poco tiempo.

El doctor Usuriaga no logró recuperarse de la tristeza de haber perdido a su viejo amigo de toda la vida. El viejo doctor no podía vivir sin libros y sin hablar de ellos con alguien a quien estimaba y respetaba. Decidió entonces acompañar a su amigo don Nicomedes. El 24 de julio de 1894 no se levantó. Se encontró en sueños con el ánima de don Nicomedes que hacía su ronda nocturna y le recomendó que lo mejor para morirse era hacerse el muerto hasta quedar totalmente convencido. Fue el mejor consejo que recibió en sus ochenta y cuatro años en el mundo de los vivos de carne y hueso. El reverendo padre Juan María Cadavid se encargó de autorizar que le dieran cristiana sepultura, después de la ceremonia fúnebre en la iglesia de San Agustín, donde había ido a misa todos los días desde que cumplió cuatro años. En números redondos, alcanzó a oír misa, al menos una vez al día, por casi treinta mil días. Como privilegio especial por su devoción, consiguió autorización de San Pedro para continuar sus trabajos de investigación sobre el origen de las lenguas ocultas que había iniciado en 1834. Desde ese 24 de julio dedicó todas las tardes, después de la siesta, a trabajar en su oficina donde tenía todos los documentos pertinentes en sus archivos. Doña Julia siguió acompañándolo fielmente, después de tomarse su tisana con galleticas al levantarse de su siesta.

A Sofía, la muerte de su padre le dio esperanza en su vida sentimental. Era un enemigo menos en su lucha por llegar a ser la esposa de Federico. Sin embargo, todavía tenía que convencer a doña Julia de que Federico era su amor, no Alberto. Para colmo de males, don Emilio, su tío, el único hermano de doña Julia, la apoyaba en la campaña de oposición contra Federico. ¿Por qué sería?

La relación platónica de Sofía y Federico continuó sin mayor problema hasta que Alberto regresó de Bogotá en 1896 como magistrado de la corte de justicia cuando volvió a descubrir su amor por Sofía, que para entonces se había convertido en toda una bella mujer; la elegida por su familia y por doña Julia para ser la madre de sus hijos. Sus visitas con Alberto, apoyadas por su madre y don Emilio, alternaban con los encuentros con Federico en casa de la madrina cada vez que podían hacerlo en secreto.

IV: La Guerra de los Mil Días

A nuestros nietos... costará trabajo comprender el género
de insania que nos llevó tantas veces a la matanza entre
hermanos... y por qué somos los últimos representantes del
fanatismo político, intransigente y cruel... que duró más de mil
días y nada dejó en pie....

—Rafael Uribe Uribe[8]

POPAYÁN, 1899

Estalló la guerra¡ ¡Estalló la guerra! —gritó el telegrafista de Popayán, Constantino Zambrano, desde el portón de la oficina del telégrafo frente a la Plaza Mayor. Era la guerra que todos esperaban en cualquier momento. En la plaza la frase se repitió decenas y luego centenares de veces: ¡estalló la guerra, estalló la guerra!

La noticia había viajado a saltos, de telegrafista a telegrafista, por las quebradas tierras de Colombia, hasta llegar a Popayán. De la Plaza Mayor, voló de boca en boca y calentó, como lava hirviente del volcán de Puracé, la sangre de las juventudes de los dos partidos tradicionales, que salían de clase de la universidad y de los colegios. El aroma de muerte y pólvora —que la ciudad de los próceres bien conocía— flotó una vez más en el aire y las mujeres y los viejos sintieron el horrible y frío presagio de otra guerra. Era el frío del hambre y de la muerte. Pero nadie se imaginó que esa guerra que apenas comenzaba bañaría en sangre a toda la nación. Tampoco pensaron que llenaría de luto a cada familia y sería la más larga y la más sangrienta de todas las guerras del siglo XIX. A la agonía del siglo se sumaría la agonía de todo el pueblo de Colombia.

La Constitución de 1886 del gobierno de don Rafael Núñez dividió el poder estatal en tres ramas: la ejecutiva, la legislativa y la judicial. Abolió el antiguo estado federal y creó la nueva República de Colombia, con un gobierno centralista a cargo de la administración social y económica, y dividió el territorio nacional en departamentos. El período presidencial pasó a ser de seis años y se declaró como religión oficial la católica con la Iglesia libre de impuestos.

Éstos cambios constitucionales atacaron en sus raíces las aspiraciones claves del liberalismo y fueron la semilla de la guerra de 1895 y, después, de la nefasta Guerra de los Mil Días (1899–1902), que acabaría con toda una generación de jóvenes colombianos.

El llamado *telegrama mortal*[9] que la Dirección Liberal de Bogotá envió a los jefes regionales, fue ignorado por los revoltosos de Santander. La sangre caliente de los jóvenes prevaleció sobre la buena razón de los viejos líderes, fundada en las memorias de sus propias guerras y las de sus padres y abuelos. El 18 de octubre de 1899 estalló la guerra en la región de Santander y todo cambió en un santiamén.

Federico corrió hasta la plaza y confirmó la noticia con Constantino, el telegrafista. Ambos captaron la importancia del telegrama; los liberales locales tendrían que entrar en acción. En efecto, esa misma noche tenían una reunión en casa de don José María del Pando.

Federico se encaminó por la calle del Callejón hacia la casa de los Usuriaga. Había quedado de verse con Sofía, que lo esperaba, ignorante de la gravedad del momento. En el camino una idea atormentaba su mente:

«Mi relación con Sofía será en adelante más difícil, si no imposible».

—¡Qué cara la que tienes! —le dijo ella, entre juguetona y curiosa, esperando la noticia que traía.

Desde el andén, cogiendo los barrotes de las rejas de la ventana, Federico los apretó hasta que los nudillos se pusieron blancos, y exclamó:

—¡La guerra estalló en Santander!

—¡Qué locura! Entra y nos cuentas y te tomas un café. Mi madrina está aquí de visita con mi mamá. Tienes que contarles lo que está pasando.

—Lo siento, pero hoy no puedo. Solo quería darte la noticia en persona. Te veo pronto —dijo, y siguió su camino, mientras ella quedó pensando en qué les pasaría a ellos. En realidad, Federico no quería enfrentarse con la madrina, pues su marido, el general Luis Enrique Zorrilla acaba de ser nombrado como gobernador.

Sofía le sopló un beso desde la ventana y, muy angustiada, lo siguió con la vista hasta que volteó en la esquina, pero antes de voltear él la miró por un instante y le dijo entre labios:

—¡Adiós, mi amor! —Como si hubiera sentido el beso que la había soplado su amada.

Ella lo quería con toda su alma desde el día que lo conoció en la librería de su abuelo, don Nicomedes, cuando cumplió diez y seis años. En ese momento Sofía no alcanzó a comprender todo lo que implicaba la noticia, pero, como mujer, lo intuyó perfectamente. Estaban entre la espada y la pared. No sabía qué decirles a su mamá y su madrina.

La madrina tenía a Federico en un pedestal muy alto y ponía de lo suyo tratando de convencer a doña Julia de que Federico, aunque fuera liberal y librero pobre, era educado, culto y bien parecido, y no dejaba de ser un buen partido para Sofía. Federico, aunque apreciaba su apoyo, se sentía incómodo con ella. Era una mujer complicada. Vivir con un militar no era fácil para ella. En realidad, vivía muy sola y se sentía abandonada. Era mucho más joven que su marido y necesitaba atenciones que él ignoraba. Según decían las malas lenguas, era amiga íntima de Antonio Ramos, uno de los mejores amigos de Federico.

Federico se alejó sintiendo que como novio de Sofía, su posición era ahora insoportable. Como liberal, no podría evitar ser parte del conflicto en marcha, y de pretendiente de Sofía, hija de una Carrasco Argüello y ahijada de la mujer del gobernador, estaría luchando contra la familia de sus futuros hijos. Tenía la mente llena de preguntas y temores que solo el tiempo contestaría. Perdido en sus inquietudes, caminó como un espectro por la calle de Santo Domingo y luego por la calle del Empedrado hasta la casa de los del Pando. El grupo de radicales incluía personajes claves del liberalismo del Cauca y a varios invitados, amigos de la causa. El doctor Cajiao dirigía el evento.

Tenían que tomar decisiones críticas y allegar recursos de inmediato. Los godos* no los dejarían en paz. Estaban en guerra. La mano pesada del gobierno nacional impondría más impuestos arbitrarios a los liberales para ahorcarlos con su propia soga.

Calle abajo, hacia el oeste, los arreboles vestían el cielo en sangre, presagiando los horrores de la guerra que empezaba. Pronto sería de noche. El fresco de la tarde lo forzó a abotonarse el chaleco. Todo olía a guerra, hasta la mierda en los andenes. Tocó la puerta de los del Pando con el aldabón de cabeza de león, miró a ver si alguien lo espiaba y esperó a que le abrieran.

Ese día la partida de tresillo —juego de cartas con baraja española— se quedó en veremos. El tema del momento era la política y el impacto de la inminente guerra en sus vidas. Animados por unas copas de brandy, discutieron qué papel jugaría cada uno, fuera como combatientes o en la resistencia. A la medianoche, Federico se despidió de sus copartidarios y tomó una ruta distinta hacia la librería. Mariana no había podido dormir esperándole. Había oído la noticia del telegrama y sospechaba en qué andaba su hermano.

En menos de un mes, los jóvenes de las familias liberales más distinguidas de Popayán comenzaron a partir, protegidos por la noche, a

---

*Godos, término para referirse a los conservadores en Colombia

unirse a los distintos grupos de las fuerzas liberales del sur que llegaron
a ser —con el pasar del tiempo— la última esperanza del liberalismo en
la Guerra de los Mil Días.

*   *   *

AL TIEMPO QUE LOS LIBERALES JÓVENES desaparecían para unirse
a las fuerzas de los Radicales, algunas familias de ambos partidos buscaron refugio en el Ecuador, donde contaban con la simpatía del presidente Eloy Alfaro o tenían parientes y amigos que los acogerían por la
duración de la guerra. Muchos nunca regresaron.

Los exiliados del Cauca formaron un grupo de apoyo de la causa
liberal en el Ecuador. Las primeras noticias de victorias liberales en
Santander, los incitaron a atacar Popayán por sorpresa el día de Navidad.
Los payaneses acompañados de sus familias y sirvientes irían a las iglesias
a celebrar el nacimiento de Cristo. Habría retreta a cargo de la banda del
regimiento Junín, acuartelado en la calle de la Moneda junto a la Casa
de Gobierno. Era el día de paz en la tierra para los hombres de buena
voluntad. No menos importante, sería el último día de Navidad del siglo
XIX. La Navidad ofrecía un paréntesis de paz. Nunca sabremos si, por
exceso de ánimo o de inocencia, los revoltosos no se imaginaron lo que
los esperaba.

La magnitud de las victorias liberales en las batallas de Peralonso y
Terán[10] creció entre Cúcuta y Quito. El heroísmo del general liberal Uri-
be-Uribe en Peralonso y el impacto de la derrota del general Villamizar,
se inflaron con la distancia. Cada muerto en Peralonso se convirtió en
diez en los correos. En Quito, la victoria liberal parecía estar al alcance
de la mano. Era el momento de aprovechar la confusión del gobierno
capitalino y para apoderarse de Popayán. Los viejos guerreros acordaron
atacar el día de la Navidad. Una creciente romería de patriarcas liberales

con sus hijos y dependientes, partió desde el sur a mediados de diciembre, moviéndose como una culebra de colores por los senderos embarrados de la montaña, enganchando hacendados liberales y campesinos por el camino. El alcohol del guarapo, la chicha y el aguardiente ayudaban a matar el frío y hacían las cargas más livianas y el andar más alegre pensando en la victoria en Popayán.

Entretanto, los espías del gobierno los seguían por las fondas y estancos de los pueblos y caminos del sur y daban parte al prefecto y al gobernador de la amenaza que avanzaba hacia la ciudad de Popayán. La sorpresa sería la de los liberales.

El prefecto y el gobernador citaron a los concejales para una reunión secreta del Concejo Municipal en la Casa de Gobierno para preparar la defensa de la ciudad contra el ataque liberal. El coronel Pinto, aguerrido combatiente, propuso emboscar a los revoltosos a unos veinte kilómetros al sur de la ciudad. Fuerzas del batallón segundo de Timbío darían la batalla y los efectivos del Junín, acuartelados en la ciudad de Popayán, quedarían de reserva para entrar en combate si fuera necesario. Para evitar sospechas, la banda de músicos del batallón Junín continuó con su plan para las festividades del domingo 24 y del día de Navidad. Todo parecía estar en orden. Reinaba la normalidad.

Mientras la romería liberal caminaba hacia Popayán, el coronel Pinto salió de la ciudad con un selecto grupo de oficiales durante la noche del 10 de diciembre para organizar la emboscada. Desde la víspera del 24 —día de Nochebuena— las tropas a su mando ocuparon posiciones sobre los flancos del camino, en las afueras de la población de Flautas. Eligieron un pasaje rocoso, poblado de densa vegetación, donde los soldados podían ocultarse y estar protegidos del posible contraataque. Un hombre cada diez metros, a tres niveles distintos, con cincuenta hombres por nivel a cada lado de la calzada. El grupo más cercano al enemigo quedaría a cien metros del camino, distancia a la que no fallarían los tiradores. El resto del batallón, un centenar de hombres más, estaría cerca de Flautas para acabar con los que lograran escapar o para contener la avanzada liberal, si fallaba la emboscada.

La madrugada del 25, una mañana gris y lluviosa, los rebeldes se levantaron temprano a comer para entrar en calor y prepararse para la batalla. La espesa neblina matinal parecía estar a su favor. Partieron alegres, al pasitrote, pensando llegar a tomar la ciudad al mediodía, justo en medio de las fiestas de Navidad.

Inocentes —como las víctimas de Herodes— se acercaron a la trampa del coronel Pinto. Los soldados los esperaban —escondidos tras las rocas y árboles de las laderas del monte— apretando sus nuevos rifles máuser, ansiosos por acabar con el enemigo. Solo faltaba disparar en el momento escogido por el coronel Pinto. Cinco tiros por cargador. Veinte cargadores por soldado.

Los nuevos rifles máuser, con un alcance de centenares de metros y pólvora sin humo no delatarían a los francotiradores. El aire estaba tenso. Las manos sudaban a pesar del frío. De pronto, el camino se llenó de la alegre vanguardia de rebeldes, armados de lanzas, machetes, escopetas hechizas y rifles Remington. Las fuerzas de retaguardia los seguían de lejos junto con las mujeres y los hijos de algunos de los combatientes.

En el momento más propicio, el coronel Pinto dio la orden de ataque. La llamada del corneta desató la balacera. El tiroteo era atronador. Las balas de trescientos fusiles llovían sobre los aterrados romeros de ambos lados del camino. Las descargas se repitieron sin descanso, cada vez más mortales. Abrieron pechos, quebraron piernas y brazos, despedazaron cabezas y rebotaron contra las piedras creando más confusión. Los heridos de muerte agonizaban, impotentes, saboreando la rabia mezclada con sangre. Los oficiales caían de sus monturas con la sorpresa de la muerte inesperada pintada en la cara. Las bestias —asustadas por los disparos— tumbaron a los jinetes y salieron encabritadas al sentir el aguijón de los balazos, huyendo despavoridas al galope, sin jinetes que las controlaran o arrastrando a sus dueños, heridos de muerte, por el camino. No había dónde esconderse. La sorpresa fue total.

En desordenada retirada los liberales buscaron amparo del enemigo invisible que mataba o hería a quien se movía. De los mil doscientos revoltosos se salvaron unos seiscientos, muchos de ellos heridos. Otros no alcanzaron a entrar en la emboscada o huyeron despavoridos retirándose hacia el sur para prevenir a la retaguardia y a sus familias o buscar amparo en el monte. La estampida desordenada los salvó del desastre total. De los líderes, unos murieron sin saber cómo, otros recibieron un tiro de gracia o un machetazo que dio término a su agonía y muchos fueron fusilados sumariamente. Los presos fueron pocos y muy selectos. No había mucho espacio en las cárceles. Su rescate sería costoso.

En Popayán el gobernador y el prefecto recibieron el parte de la victoria después de la siesta e iniciaron de inmediato una gran redada para detener a los comprometidos.

Los creyentes e inocentes continuaron celebrando el día de Navidad en santa paz. Otros buscaron escondite.

El día de Inocentes, Popayán recibió las tropas del batallón Timbío con arcos triunfales de vistosas flores y las alojó en la Plaza de Mercado donde les ofrecieron un gran banquete. Decenas de prisioneros descalzos, amarrados con rejos o encadenados, las seguían cabizbajos y humillados. La banda del batallón Junín celebró el evento con una gran retreta en la Plaza Mayor. La librería *El Libro* no abrió sus puertas. Federico había escrito un aviso con tiza en una pizarra negra que colgada de un clavo en la puerta principal, decía:

Cerrada hasta el próximo siglo

V: Visita a la madrina

Esto de las cartas me lo dijo también mi madrina.

—Segunda carta de Sofía a Federico

Ese día a principios del nuevo siglo —como todos los martes desde que tenía memoria— Sofía fue a visitar a su madrina, Ana María Carrasco, la prima favorita de su madre. Antes de salir, desde el portón miró a diestra y siniestra por precaución. Los refugiados de la guerra estaban en todas partes: en la Plaza Mayor, en las iglesias y colegios, en los andenes o arrimados en casa de parientes y amigos. Popayán no daba abasto para mantener a los desplazados. La escasez de alimentos, tres semanas después de la batalla, era cada día más trágica y había vecinos —pudientes en otros tiempos— que apenas tenían lo suficiente para no pasar hambre.

Al llegar a casa de su madrina, Sofía tocó el portón con insistencia. La aterraban los mendigos sucios y andrajosos que la perseguían pidiendo limosna. Amelia —la muchacha de adentro— miró por la ventanilla y le abrió la puerta. Sofía se metió al zaguán tan rápido como pudo, huyendo —a duras penas— de los mendigos que ya venían en su busca. Amelia cerró dando un portazo para borrarlos de vista.

—¡Qué susto, Niña! Casi la alcanzan.

Sofía, una vez adentro, respiró aliviada el aire fresco del zaguán. Olía a yerbabuena. El simple acto de respirar ese aroma tan familiar la calmó. Se compuso, sonrió y preguntó a la muchacha:

—¿Ya se levantó mi madrina de la siesta?

—Sí, Niña, la está esperando en el patio.

Sofía entró al corredor y miró hacia el patio —un rectángulo con una fuente en el centro y piso de piedra redonda traída del río, atiborrado de materas con begonias, violetas, helechos y buganvillas en flor, acompañadas de orquídeas y fucsias multicolores, colgadas de las vigas del techo a lo largo de los corredores— y encontró a su madrina, con la mirada atenta en su labor, bordando el mantel para su boda. La madrina le hacía cuarto en su relación con Federico, en contraste con doña Julia, que solo tenía ojos para Alberto.

Ana María era una mujer pequeña, delgada, estrecha y derecha y bien hecha, como todas las Carrasco. Sus zarcillos hacían juego con el anillo que llevaba en la mano izquierda. El peso del oro y las esmeraldas le deformaban los lóbulos de las orejas, pequeñas y muy delgadas. Sus labios —el superior delgado y muy derecho y el inferior carnoso y prominente— delataban un carácter dominante y sensual. Las aletas de la nariz, ligeramente aquilina, revelaban su estado de ánimo moviéndose como las branquias de los peces en busca de más aire. Reinaba desde sus ojos del color del chocolate con una mirada imperiosa que lo había visto todo. Sofía se parecía mucho a ella, aunque era más alta y tenía los ojos verdes.

—Siéntate —dijo la madrina, sin saludarla ni hacer comentarios amables sobre sus vestidos o su apariencia como hacía siempre. Sofía, se sentó al pie de la mesita de costura y arrugando la frente, dijo:

—¿Qué pasa? —La madrina, viendo que Amelia las observaba desde la esquina del patio con gran curiosidad, le dijo bruscamente:

—¡Amelia, tráenos un café!

Amelia obedeció, y dio media vuelta para esconder su disgusto. Todo eran secretos en la casa del gobernador desde que comenzó la guerra.

La madrina miró a Sofía con una amarga tristeza.

—Es algo muy grave —dijo bajando la voz y tragando saliva.

—Luis me informó, en confidencia, cuando vino a almorzar, de que el prefecto, Saturnino Belalcázar, va a encarcelar a Federico. Sospechan que estaba comprometido en el asalto a la ciudad del día de Navidad.

—¿Federico comprometido? —dijo Sofía desmadejándose al oír la noticia. No pudo decir más. Se quedó mirando a la madrina con ojos de miedo, llenos de lágrimas. Sintió como si el alma se le saliera por los poros sin poder detenerla. El labio inferior le vibraba al ritmo del corazón. Se puso fría, desorientada, y casi se desmaya.

La madrina —viendo la reacción de su ahijada— dejó el mantel sobre la mesa y acercó su silla a la de Sofía para tomarla de las manos, que puso entre las suyas.

—Estás helada. —Murmuró.

Sofía miró a la madrina con una intensidad nueva para ella y comenzó a sollozar. Se ahogaba. No podía hablar. No le salía palabra. Al fin, balbuceando, sin poder contener las lágrimas, dijo:

—Es... la maldita guerra.

Desde hacía días sentía que Federico andaba en algo. Era un presentimiento, una inquietud, un no sé qué, que la había invadido desde antes de Navidad, cuando él comenzó a desaparecer sin dar razón de dónde andaba. Hasta temió que estuviera abarraganado con alguna cualquiera. No era el mismo.

La madrina le pasó un pañuelo y dijo:

—Toma, sécate las lágrimas. Huele a café, déjame llamar a Amelia.

Sofía le recibió el pañuelo, que olía a agua de Colonia, y se secó las lágrimas muy, muy despacio, poseída de sospechas y preguntas.

—¿Algo más señora? —dijo Amelia cuando llegó con el café— ¿Qué le pasa a la niña? —No consentía ver a nadie llorando.

—No, eso es todo. ¡Cosas de mujeres! Vete, —dijo la madrina, molesta con la muchacha.

Amelia, volviendo a mirar a Sofía, dijo:

—Perdonen, lo siento mucho y no sé qué hacer.

Amelia levantó los hombros en señal de impotencia o rebelión. No la podían engañar.

Sofía sorbió el café gozando del calor de la taza entre sus manos y aspirando el aroma en busca de alivio, volvió a sentir el pulso y recobró el color de las mejillas. Miró a la madrina y dijo:

—¿Qué podemos hacer? Estoy dispuesta a todo. A lo que sea. No voy a tolerar que lo metan a la cárcel, ni que lo maten como a un perro.

—Cálmate— dijo la madrina.

Sofía obedeció, tomando sorbos más y más largos al tiempo que apretaba la taza entre sus manos. Seguía ensimismada, buscando respuestas a mil preguntas que le saltaban entre las sienes.

La madrina, después de una larga espera, se levantó, puso su taza en la bandeja y dijo:

—El prefecto y Luis son responsables por todos nosotros. Desde la batalla de Flautas los tienen locos las familias de los que murieron defendiendo la ciudad, que les piden justicia. Ni qué decir de los parientes y amigos de los comprometidos en el asalto. Las religiosas están aterradas pensando en lo que pudieran hacer esos salvajes. Imagínate lo que les podrían hacer.

Sofía la miró con atención, esperando respuesta a sus temores. La madrina continuó.

—Gracias a Dios, el coronel Pinto y sus tropas los derrotaron. El hospital no da abasto. No tienen con qué atender a los heridos. Llevan meses sin recibir un centavo del Consejo y con la guerra cesaron los auxilios del gobierno. Según Luis, capturaron a cerca de sesenta radicales, algunos son gente bien de la ciudad. A Antonio Ramos lo trajeron descalzo y encadenado. Su novia está enloquecida. Le tocó verlo pasar hacia la cárcel hecho una miseria, me dijo. Los de su casa no saben qué hacer. ¡Pobre gente! Dependen de él para todo.

—¿Quién más está preso? —Creía que su madrina sabía lo pasado y lo por venir. Era una biblia. Lo que no sabía, lo adivinaba. Podía leer el porvenir como se lee un libro.

—Que yo sepa, de gente bien, tienen al doctor Cajiao. El prefecto lo hizo detener poco después del asalto. Era lo más lógico, si te pones a pensar. Es el jefe del Directorio Liberal. Supe que lo interrogaron por horas y que se negó a hablar. Luis dijo que el doctor Cajiao es un duro. Dizque no cede una línea y no le tiene miedo a nadie ni a nada. Creo que se dejaría matar antes que comprometer a sus copartidarios. Pero a mí me parece un horror que lo tengan preso, es un hombre tan culto, tan suave y tan amable. No hace mucho era el rector de la universidad. No es una bestia, ni un asesino.

Sofía, pensando en Federico mientras oía a su madrina, dijo:

—¿Sabes si los torturaron? Me aterra que encarcelen a Federico, es muy discreto y no hace nada sin pensarlo muy bien y en mi corazón sé que no está comprometido. Pero, tan enfermo como ha estado, se moriría en esa pocilga en un santiamén si se lo llevan preso. No tienen ni qué darles de comer. A duras penas comen los soldados.

—¿Te sientes mejor? —dijo la madrina evadiendo la pregunta sobre las torturas para no angustiarla. No podía compartir con ella todo lo que le había dicho Luis. Sabía ser discreta... cuando debía.

—Sí, ya me pasó. Tengo que ir a ver a Federico para contarle lo del prefecto. Me aterra que vayan a sorprenderlo.

—Sí, dile que esto es muy confidencial. Le puede costar la cabeza a Luis. Dile que no hable con nadie y que le escriba directamente a Luis, si quiere. Que no vaya a la gobernación. Si le escribe me traes la nota en un sobre y yo se la paso a Luis cuando venga a casa.

Sofía se levantó y la abrazó con un apretón lleno de emoción. Confiaba en ella más que en nadie.

—Amelia, ven pa' que acompañes a Sofí —ordenó la madrina.

—Me voy a casa. Mi mamá debe estar esperándome. Con las calles como están, me aterra andar sola. Si no te veo antes, vuelvo el martes —dijo Sofía antes de salir con Amelia, que la miraba pensando por qué habría llorado y por qué habría terminado la visita tan pronto.

—No llore más Niña, todo se compone si tenemos fe.

Sofía asintió sin comentarios. No quería hablar con nadie. No confiaba ni en el Santo Padre. Menos en Amelia.

La madrina trató de bordar, pero no pudo. ¿Qué será de Sofía si apresan a Federico? ¿Y en qué terminará el pobre? No era tan adivina como pensaba Sofía. La quería como si fuera su hija. Todo dependía del prefecto y de Luis. Dobló el mantel y lo guardó en su bolso de costuras. Estaba tan preocupada por Antonio Ramos como Sofía por Federico. Pero de eso no podía hablar con nadie. Lo pondría en peligro de muerte. Luis solo servía para disfrazarse de gobernador. Claro que era muy bueno y pagaba las cuentas, pero como Antonio Ramos, ¡Ninguno! ¿Qué pensaría Luis si supiera que ella y Antonio eran amantes? ¿Pero qué más podía hacer?

VI: Sofía en casa de Federico

Tus hermanas piensan hablar con Pedro Lindo.

Lo que yo te digo no lo saben ellas

—Segunda carta de Sofía a Federico

Al volver a casa, Sofía fue en busca de su mamá para ver como seguía aunque temía tener que oír su cantaleta una vez más. Doña Julia se negaba a aceptar a Federico como el futuro padre de sus nietos. Lemos Usuriaga no le sonaban bien como apellidos para sus nietos. ¿Habiendo familias como los Argüello y los Carrasco con tantos años de historia en la ciudad, de dónde le nacía meterse con un recién llegado? Don Nicomedes podía ser tan gallego y culto como quisiera, pero en Popayán no dejaba de ser un librero. Otro ser humano sin historia. Un don Nadie.

Sofía entró a verla en el estudio de su padre, donde se refugiaba por las tardes a leer en el sofá, mientras él preparaba sus clases o buscaba el origen de las palabras en algún idioma olvidado hace mil años. Al verla en su sitio, estirada en el diván con un libro abierto en las manos, Sofía la saludó diciendo:

—Hola, mamá, ¿cómo te sientes?

—Ni me siento, hija. Cada vez que vengo a leer aquí en su despacho no puedo dejar de pensar en tu padre. Lo veo trabajando en el escritorio y le hablo pero no me contesta. Claro que no ha cambiado, antes tampoco me contestaba.

—Pero, mamá, llevas años sin él y sigues con tus visiones. Déjalo en paz. Si te pones a leer en serio y no a mirar las paredes con el libro en la mano, se levantará del escritorio y no lo volverás a ver. Te lo prometo. Concéntrate en la lectura, así como él hacía.

—Bueno hija, eso voy a hacer. Dile a Betsabé que me traiga mi tisana. Ella sabe cómo me gusta la que me calma y me ayuda a leer en paz.

Sofía fue a la cocina y le pidió a Betsabé que le llevara una taza de agua de manzanilla a su madre.

—Betsabé ya te está haciendo la tisana.

—Gracias, hija. Que Dios te bendiga. Me olvidé mencionarte que Alberto pasó por aquí cuando andabas en casa de Ana María. Me comentó que había pasado por la librería de los Lemos y que Federico no estaba bien. No sé qué es lo que tiene. No es como Alberto que nunca se enferma.

Sofía no tenía idea de que la tisana era lo que hacía a su madre ver al profesor como si estuviera vivo. Betsabé la hacía con hojitas frescas de coca y la endulzaba con panela raspada.

Se fue a su cuarto y se cambió de blusa para ir a la librería a visitar a las Lemos y a ver a Federico. Tenía que ponerlo al tanto de lo que el gobernador le había dicho a la madrina. Sin más, pasó por el despacho de su padre y le dijo a doña Julia:

—Mamá, me voy donde las Lemos por un rato, voy a ver unos libros y a devolver otros, me llevo a Betsabé. Ponte cómoda y tómate la tisana. Si algo te falta, toca la campanilla para que venga Griselda, que está lavando la ropa. Tócala duro, pues no sé si ella es sorda o es que se hace. Voy a prevenirla, para que no tenga excusa.

Su madre asintió con la cabeza, sorbiendo la tisana de a poquitos, con el libro abierto en las faldas. No demoraba en aparecer el profesor. Sofía le envió un beso soplado y con la misma mano le dijo adiós. Al salir, encontró a Betsabé que estaba barriendo el andén frente a la puerta.

—Vámonos antes que nos coja el agua. Parece que va a llover. Hay agua en el aire. Si nos movemos, llegamos sin mojarnos.

Al llegar a la iglesia de Santo Domingo comenzó a llover y les tocó pasar la calle a la carrera para no mojarse.

Betsabé anunció su llegada a la librería riendo a carcajadas. Mariana las miró desde el escritorio, sorprendida por el bullicio de la muchacha y la presencia inesperada de Sofía.

—¡Sigan, sigan que se mojan! —dijo Mariana levantándose a saludar a Sofía. Betsabé, sin dejar de reírse, puso los libros sobre el mostrador y se fue a la cocina a visitar a las del servicio.

—Siéntate. ¿Qué te trae en carreras? —dijo Mariana llevando a Sofía del brazo hasta la silla que tenía junto a su mesa de trabajo.

—Vine a ver cómo sigue Federico y a traerte las novelas.

—Estoy preocupada con su malestar. Sigue con escalofríos. Hoy amaneció mejor y ahora está leyendo arriba, en el estudio. No le gusta que lo acompañen cuando está mal. Es un ogro. Lola y Rosita salieron, pues él no quiere ni verlas. Hacen mucho ruido. No demoran, están de visita donde unas amigas. ¿Por qué no subes a verlo? Será una grata sorpresa. Le has hecho mucha falta.

Sofía subió las gradas ágilmente y encontró a Federico en la mecedora con una manta de lana sobre las faldas, leyendo *Dos tratados sobre el gobierno civil*, de Locke. Cuando la vio llegar con las mejillas coloradas no pudo contener una sonrisa de gusto y sorpresa.

—El taconeo en las gradas me hizo pensar en Rosita —dijo Federico. Sube como un huracán. ¡Qué sorpresa verte por aquí! Siéntate, esa silla de mimbre es muy cómoda.

—¿Cómo estás? Mariana me dijo que mejor, pero te veo muy pálido. Tienes que cuidarte —dijo Sofía y se acercó para darle un beso en la frente, aprovechando que no había moros en la costa. Notó que tenía fiebre.

Federico la miró con ternura, sin decir palabra. Ella se sentó a su lado observándole con ojo clínico. No le gustaba nada su semblante. Olía a enfermo. Sin dejar de mirarlo, resolvió darle la noticia:

—Después de la siesta fui a visitar a mi madrina y me dio los informes más negros. Luis le dijo, confidencialmente, que el prefecto piensa apresarte por estar comprometido en el ataque del día de Navidad en Flautas.

Federico hizo lo posible para no mostrar sorpresa alguna y dijo:

—Eso no puede obedecer sino a intrigas de algún malqueriente mío.

No tengo compromiso alguno con nadie. Pero, si deciden apresarme, lo van a hacer, con o sin pruebas. El prefecto está encarcelando a todo el que no sea gobiernista o chupamedias declarado.

—Mi madrina sugirió que le escribieras una nota a Luis para ver qué podía hacer por ti. Ella cree que te puede ayudar. Si le escribes, ella me ofreció entregarle tu nota en la casa, para que nadie se entere. La aterra que Luis sea acusado de traición.

—Déjame pensarlo. Dale las gracias y mis saludos a tu madrina. No es algo que yo deba hacer sin medir las consecuencias. No quiero ni comprometer al gobernador ni dar la impresión que soy culpable de algo.

Sofía puso su mano sobre la mano de Federico mirándolo con una mezcla de ternura y lástima. En eso, escuchó el taconeo de Rosita y Lola que subían a saludarla.

—Debo irme. Mándame razón con Clodomiro. Si te decides por la carta, yo se la llevaré a mi madrina de inmediato. Cuídate.

Sofía salió para recibir a Lola y Rosita que la saludaron y abrazaron con gran cariño y la invitaron a bajar a la librería.

Una vez salieron las tres mujeres, Federico, amargado por la noticia, puso el libro sobre la mesa y se preguntó quién lo habría traicionado.

Tenía que ser alguien muy cercano, un enemigo o un mal amigo, cerró los ojos y se hundió en sí mismo. Allí mismo decidió que escribiría al gobernador para solicitar su ayuda ante el prefecto.

No le quedaba de otra. No podía escapar, ni abandonar a sus hermanas y a Sofía en medio de la guerra. Además, tenía un papel muy importante en el partido liberal. Pero era incapaz de escribir en el momento y sin darse cuenta se quedó dormido.

VII: Federico escribe al gobernador

Disen los mismos godos que tu no tienes compromisos
que probarte.

—Primera carta de Sofía a Federico

Al día siguiente, Federico se despertó más temprano que de costumbre. Sin duda, no había dormido muy bien. Lo sentía en los huesos. La idea de escribir al gobernador solicitando su ayuda para evitar que el prefecto lo encarcelara lo tenía muy inquieto Aún no tenía una idea clara de lo que quería decirle ni tampoco estaba seguro que pedir ayuda fuera la mejor opción que tenía. Resolvió levantarse y tomarse un café en su estudio para despejar su mente y tomar una decisión. No podía seguir viviendo en la incertidumbre y la única solución era actuar.

El café surtió su efecto y Federico resolvió que tenía que comenzar la carta defendiendo su inocencia y culpando a sus enemigos de acusarlo en estar comprometido en el ataque del día de Navidad. En seguida, tenía que defender su orgullo propio y declarar su respeto por las autoridades cual fuera su decisión. En breve, estaba enfermo y necesitaba una tregua.

Sacó una página de papel cuadriculado del que usaba en sus trabajos de agrimensura y escribió:

POPAYÁN, 3 DE FEBRERO DE 1900

Don Luis Enrique Zorrilla, E.S.M.
Muy estimado señor y amigo:

Agradezco a Ud. muchísimo la fineza que ha tenido de avisarme la exigencia que hace el Sr. Prefecto de proseguir a detenerme, por mi supuesta participación en los eventos del asalto a la ciudad hace unos días. Comprendo que eso no puede obedecer sino a intrigas de algún malqueriente mío, supongo, que me quiere ver tras las rejas. Aunque no puedo pretender ser admirador de las ideas del gobierno, como bien saben quienes me conocen, estoy convencido que no tengo compromiso alguno que probarme.

Por esta razón, me tomo la libertad de suplicar a Ud. se digne conseguir del Sr. Prefecto me conceda unos días más, mientras me mejoro de una dolencia que me tiene incapacitado. Como ciudadano, respeto la posición de Prefecto de Popayán y estoy dispuesto a rendirme a las autoridades, si él se cree justificado para proseguir con esa determinación. Quedo a la espera de sus órdenes.

Su atento amigo y afmo. estimador.
Federico Lemos

Leyó la carta en voz alta un par de veces y satisfecho con su obra, la puso en un sobre lacrado, que cerró y guardó en la cartera que llevaba en el saco. Un momento después, llegó Clodomiro a preguntarle si quería más café, aunque en realidad quería saber que estaba haciendo en su despacho. Federico adivinó a que venía, le entregó la taza de café y le dijo:

—Hazme el favor de ir donde los Usuriaga y dile a Sofía que quiero verla cuanto antes. —El enano sabía lo que quería decir «cuanto antes», asintió y salió a la carrera.

«¿Qué pasará? Eso de "cuanto antes", tiene patas», pensó y sin perder un momento se dirigió a casa de Sofía.

Ella recibió el recado, cogió una toronja del frutero y salió en compañía de Clodomiro, que a duras penas lograba seguirle el paso. Al llegar, saludó a Mariana y le preguntó por Federico.

—Me tiene desconsolada. Van dos semanas y aún sigue con fiebre. Sube a verlo, que tú lo haces sentirse mejor. Ayer hasta se durmió después de tu visita.

—No me demoro. Quiero que sepa que lo estoy pensando. Le traje una toronja; subo, se la entrego y bajo.

—Está leyendo, le encantará verte.

Federico la recibió en el estudio. Sentado en la mecedora.

—Te traje un regalito. Pareces otro. No sabes cuánto me alegra verte de buen color. —Se acercó y le entregó la toronja, y él se la recibió tomándola de sus lindas manos que tanto admiraba, mientras decía:

—Sí, es verdad que me siento mejor. No veo la hora de salir de esta peste. Gracias por el regalo, me encantan las toronjas. —Sacó el sobre del bolsillo del saco y se lo entregó.

—Ya sabes de qué se trata. No permitas que nadie lo vea. Ni Mariana.

—Entiendo. No te preocupes. Ojalá, Luis te ayude.

Sofía guardó el sobre en el bolsillo de su falda, se acercó más y lo besó en la frente. Seguía con fiebre y con el olorcito a enfermo. ¿Qué tendrá?

—Te veo pronto. Cómete la toronja. Te hará bien. —No tenía idea qué decía la carta y Federico no le dio pista alguna. Abajo, le dijo a Mariana:

—Lo veo de mejor color a pesar de la fiebre. Asegúrate que coma la toronja. Lo ayudará a mejorarse. Me gustaría hacerte visita pero debo irme.

—¿Quieres que te acompañe Clodomiro?

—No, gracias. Prefiero irme sola, así llegaré más rápido.

Se entendían. Clodomiro la escuchó molesto, sin comentario.

∗   ∗   ∗

Sofía no perdió un momento y fue directamente a ver a la madrina. Amelia le abrió la puerta y la acompañó hasta el cuarto. Su dueña aún dormía. Era enemiga de madrugar. Sofía entró, se sentó en la cama y la despertó dándole un beso en la frente.

—Luis anda en la finca, es sábado —dijo ella, medio dormida todavía, sentándose en la cama.

—¿Qué te trae por aquí? —dijo desperezándose, estirando los brazos.

—Creo que te lo puedes imaginar. Vi a Federico hace un momento y lo encontré mejor. Pero sigue con fiebre. No sé qué es lo que tiene.

—¿Escribió algo para Luis? —Sofía sonrió. Lo había adivinado.

—Sí, a eso vine. Aquí tienes la carta. Ojalá que Luis pueda ayudar en algo. Con todo lo que oigo sobre los presos y desaparecidos no he podido dormir desde que me dijiste lo del prefecto. Pasé la noche en vela.

La madrina recibió la carta, miró el sobre y lo guardó debajo de la almohada. ¿Qué dirá?

—Se la entregaré a Luis apenas llegue de la finca. Es loco por el campo. Me encanta que se vaya, así puedo dormir hasta tarde sin sentirme culpable. Él es muy madrugador. Militar al fin y al cabo.

—Dile a Federico que cuente con mi ayuda. Me las ingeniaré —dijo, y atrajo a Sofía para darle un abrazo muy estrecho.

—Tomemos un cafecito. Sin café no sirvo para nada —dijo. Llamó a Amelia y le pidió café para las dos.

A la criada le pareció raro ver a Sofía de visita a esas horas. Nunca venía de visita por la mañana y menos durante el fin de semana. ¿A que vendría?

VIII: El gobernador y el prefecto

Dijo mi tío que fueran tus hermanas donde el Prefecto a las dos.

—Tercera carta de Sofía a Federico

El gobernador —don Luis Enrique Zorrilla— regresó de su finca al atardecer del sábado, acompañado de su amigo Delfino Alegría, el pagador del ejército. Se conocían desde niños y tenían un lejano parentesco y compartían el amor por la cacería de conejos. Era una de las pocas personas que lo llamaban por su nombre de pila.

—Nos vemos el lunes, Luis, me hacía falta el campo. No puedo esperar hasta comer conejo guisado a la cazadora —dijo Delfino, sin desmontar de su bestia, y partió hacia la Calle de la Moneda. Eran casi vecinos, desde que Luis asumió el cargo en la gobernación.

Ana María los oyó llegar y se arregló para salir a saludarlos. Mas Delfino ya había partido cuando ella abrió la puerta. Luis le estaba entregando el caballo a un paje.

—¿Cómo les fue en La Floresta? ¿Lograste descansar?

—Sí, gracias. Cada vez que salgo al campo me dan menos ganas de volver a la ciudad.

—¿Trajiste algo para la semana?

—Con Delfino matamos seis conejos. Tres para los Alegría y tres para nosotros. Te traje unos lirios, un bulto de yuca y dos racimos de plátano hartón. La papa no está de cosechar todavía. Gumersindo te mandó un queso que tenía curando y dos gallinas que dejaron de poner.

—Es un hombre muy bueno. Desde que lo contratamos, la finca no ha dejado de producir. Al menos sabemos que no se lo está comiendo todo.

—Me pidió permiso para que unos parientes desplazados por la guerra se queden allí, mientras pueden volver a sus parcelas. No les faltará qué comer.

—Supongo que se lo diste.

—Por supuesto. Era lo más natural. Hay que ser humano. Después de tener que matar a nuestros propios amigos y parientes, nada me da más gusto que poder ayudar a alguien en necesidad.

—Hablando de necesidad, Sofía vino a visitarme y me trajo una carta de Federico Lemos para ti. ¿Quieres verla?

El procedió a abrirlo. Leyó la carta y frunció el ceño. La madrina notó de inmediato que el apellido se le había subido a la cabeza. Las venas de las sienes le palpitaban. Estaba furioso. No lo podía ocultar.

—¡Carajo! Acabamos de derrotarlos y sale con su orgullo de liberal y opiniones sobre el gobierno, como si eso me sirviera para ayudarlo. Si el prefecto ve la carta lo mete a la cárcel hoy mismo— dijo, manoteando con la carta en la mano.

—Pero Luis, no te pongas así. Tienes que ayudarlo. Sofi se nos muere de tristeza si lo meten al calabozo, como está de enfermo. Él no está acostumbrado a vivir entre criminales. Sé que es inocente —dijo arrastrando las palabras para hacerle saber a Luis que lo de Federico era entre ella y él. Tenía que hacer algo.

—¡Cálmate, amor! Voy a ver qué puedo hacer por él. Dile a Sofía que no le puedo prometer nada con seguridad. Es cuestión del prefecto, que no está del mejor humor para hacerle favores a nadie. Tendré que torcerle el brazo —dijo, y dobló la carta para archivarla en el cajón secreto del escritorio de su despacho.

La madrina no se dejó amilanar por la respuesta de Luis, lo siguió al despacho donde lo encontró guardando la carta bajo llave. Él pensó que podría ser útil más tarde.

—Se me ocurre algo —le dijo ella para conseguir su atención.

Luis, volteándose, apoyó las posaderas en el escritorio, cruzando los brazos en actitud de espera para escucharla.

—¿Qué se te ocurre Ana María? —dijo arrastrando las palabras.

—Vamos donde los Belalcázar después de la comida y les llevamos unos lirios y parte del queso que nos mandó Gumersindo. No nos van a hacer mala cara. No nos demoraremos. De paso, te hablas con Saturnino para que nos ayude. Es cliente viejo de la librería y sabe que las Lemos no tienen a nadie más. Sería un crimen dejarlas sin Federico.

—Pero será tarde para hacer visitas —dijo el gobernador que no quería ir a ver al prefecto a esas horas.

—Si esperamos, los lirios se marchitan. Vamos ahora mismo, son dos cuadras y me hace falta caminar, ni pensé en salir sola en tu ausencia —dijo ella marchando hacia la cocina para poner su plan en marcha. Era celoso y sabía manejarlo para que no sospechara de nada.

«Los militares no entienden sino órdenes».

Cuando regresó con el ramo de flores y el queso envuelto en hojas de bijao, él la esperaba en el zaguán. Estaba acostumbrado a esperar.

—Toma, recíbeme esto mientras me pongo un chal. Hace fresco y no quiero resfriarme —dijo ella pasándole las flores y el queso.

Un momento después regresó abrigada. Luis la admiró satisfecho. Era una bella mujer. Lo manejaba con el dedo meñique. Era la gobernadora del gobernador.

*   *   *

EL PREFECTO Y MARISA, SU MUJER, los recibieron muy cordialmente, encantados con las flores y más con el queso.

—¡No saben cuánto les agradezco que no nos olviden! Con la guerra se acabaron los amigos. La gente ya no viene, no sé si por miedo o por odio. Entren, hay una brisa fría afuera, los lirios son una belleza —dijo Marisa.

—Saturnino, por favor, ofrécele algo a Luis mientras arreglamos las flores —dijo Marisa tomando a Ana María del brazo.

El gobernador notó que Marisa dijo: por favor a su marido. Ana María nunca le pedía favores. Era como un militar. Caminó siguiendo al prefecto hasta el salón de recibo y aprovechó para traer a cuento el tema de Federico, mientras el prefecto les servía el *brandy*.

—¡Salud! —dijo brindando con el gobernador, que levantó la copa y se tomó un trago saboreándolo con visible gusto. El prefecto lo acompañó tomándose apenas un sorbito, pensando a qué se debían la visita y los regalos.

—Tengo algo incómodo que comentarte. No sé si sabes que Federico Lemos es el pretendiente de Sofía Usuriaga, la ahijada de Ana María.

—No, no tenía idea. No me meto en asuntos de Celestinas.

—Que está muy enfermo, dijo Sofía. Quiero pedirte el favor de darle una tregua mientras se recupera. Duro será si lo detienes en salud, más podría ser fatal para él, y ni qué decir para Sofía, si lo detienes, enfermo como está.

—Es cierto. No dejo de ver el lado humano de estas cosas, mas como prefecto debo aplicar la ley a quien sea y cuando sea necesario. Más ahora, cuando los heridos que lucharon en Flautas piden justicia —replicó el prefecto con visible enojo. El gobernador replicó:

—Ambos sabemos que es liberal mas es todo un señor que ha prestado grandes servicios a la ciudad y merece esa gentileza.

—Consideraré la tregua, una vez que verifique qué tan enfermo está. La información de que dispongo me obliga a proceder como te informé.

¿Quedamos? —dijo el prefecto cortando el diálogo al oír que las damas se acercaban con el florero al tiempo que se tomaba el resto del brandy.

—Es tu decisión y como tal la respeto —dijo el gobernador sintiendo que no podía hacer más. Disgustado, puso la copa sobre la mesa.

—Vámonos, Ana María. Se está haciendo tarde. Me prometiste que no nos demoraríamos. Cambió un apretón de manos con el prefecto mirándolo fijamente, saludó a Marisa y les deseó buenas noches.

—Mil gracias por el queso y las flores y por venir aunque fuera visita de médico —dijo Marisa desde el portón cuando salían. Un aire frío venía desde el volcán Puracé.

—Con razón dijo Homero que nos cuidáramos de los griegos cuando traen regalos —susurró el prefecto. Marisa no alcanzó a oírlo y lo miró intrigada. Él se sonrió con sorna.

«Más enfermo estoy yo. Haré lo que tengo que hacer». ¿Qué haría?

IX: Federico aprisionado

Don Quijote alzó los ojos y vio que por el camino que llevaba
venían hasta doce hombres a pie, ensartados como cuentas en
una gran cadena de hierro por los cuellos, y todos con esposas
a las manos

—*Don Quijote,* primera parte, capítulo XXII

POPAYÁN, FEBRERO DE 1900

Esa luminosa mañana, Federico despertó aliviado de sus males. El
alma le había vuelto al cuerpo, se sentía mejor. Debía ser el sol.
Desayunó y bajó a la librería, donde encontró a Mariana sacu-
diendo con un plumero y poniendo papeles en orden. Clodomiro leía
un libro enorme, empeñado en la gran empresa de aprenderse todas las
palabras del diccionario de memoria.

—No sabes cuánto me alegra verte por aquí —dijo Mariana. Mentía.
No le gustaba el aspecto de su hermano. Seguía muy pálido, y las arrugas
de la frente añadían diez años a su quijotesca figura. Su ojo clínico no
fallaba. Estaba enfermo y no sabían de qué.

—Me hace falta la rutina de la librería.

—¿Si te sientes mejor? —Él la miró, molesto, y dijo:

—Sí y no. El chocolate me cayó muy bien, y vine a ver si haciendo algo
podría olvidarme de mis males. No sé qué me pasa.

Arrimó un taburete al mostrador y se sentó. Era su sitio favorito. Su trono. Mariana no quedó convencida con la respuesta, y notando que el Clodomiro espiaba su conversación, haciendo que leía el diccionario, por salir de él, le dijo:

—Clodomiro, pregúntale a Mama Pola qué hace falta, me haces una lista de compras y me la traes luego antes de irte con ella al mercado para ver cuánto necesitan.

Clodomiro salió feliz para la cocina, a encontrarse con Mama Pola, la sirvienta más antigua. El mercado lo fascinaba. Probar de todo lo que quería comprar, y regatear como si fuera turco, eran su fuerte. Apenas salió Clodomiro, Mariana le dijo a Federico:

—Desde que te enfermaste, no tengo paz. Vivo inquieta. No sé qué es peor, si la guerra o el miedo. Federico la escuchó pensativo, y dijo:

—No te preocupes. La victoria liberal es inminente. Esta guerra es cosa de meses, si no de semanas.

—Dices eso, con tanta seguridad, y los acaban de derrotar en Flautas.

—El primer maíz es de los loros —dijo Federico, quisquilloso por el comentario, y continuó ojeando el libro que tenía sobre el mostrador, como si ella no existiera. Ella levantó los hombros y siguió con sus oficios. No le creía una palabra de lo que le decía.

*　　*　　*

A eso de las nueve, llegaron Salustio Guzmán y Evaristo Rengifo, viejos amigos de Federico. A Mariana no le llamaban mucho la atención.

—Bueno verte de nuevo en pie. ¿Cómo te sientes? —preguntó Salustio.

—No tan bien como quisiera, pero parece que de esta no me muero.

—Vine por el libro de Locke, que supongo que has leído dos veces por lo menos —dijo Evaristo.

—Siquiera vinieron —Federico replicó—. Les tengo unas sorpresas.

A Salustio le entregó *La Mascota* y a Evaristo, un tomo de la *Deontología ó Ciencia de la Moral,* de Bentham y le devolvió *Dos tratados sobre el gobierno civil,* de Locke, que le había prestado.

—¿Qué te pareció? —dijo Evaristo.

—Se ajusta muy bien al momento. Sin duda, estamos más que justificados para levantarnos en armas contra el gobierno opresor que limita nuestras libertades constitucionales y nos niega los derechos más elementales que tenemos como ciudadanos.

—Mira con cuidado a Bentham; junto con Locke, son los pilares del partido liberal. Las diferencias entre Bolívar y Santander, sobre legislación civil y penal, definieron ideológicamente a los partidos, conservador y liberal. Por eso, Bolívar prohibió por decreto las obras de Bentham, con oposición de Santander, y adoptó una posición conservadora y clerical, que es la base de la constitución del 86 en la que metió la mano nuestro amigo Reyes. Allí están las fuentes del conflicto que vivimos, y las razones que justifican la guerra en que estamos embarcados.

—Las fuentes del conflicto, están detrás de las narices de don Miguel Antonio Caro —dijo Evaristo con sarcasmo, pensando en el político godo.

—Prefiero que dejen la perorata política para otro día —dijo Mariana temiendo que alguien los oyera. Hasta las paredes tenían oídos.

Clodomiro llegó con la lista de compras y alcanzó a escuchar a Mariana. Quedó intrigado con la palabra perorata. No la conocía.

—No te preocupes —dijo Evaristo a Mariana—, solo paramos por un momento para saludarlos y cambiar libros. Leer, es una de las pocas libertades que nos quedan —dijo cuando salían.

—Siquiera no se demoraron —le dijo Mariana a Federico.

—Me encanta que hayan venido, son pocos los amigos que no cambian, cuando las cosas se ponen tan duras.

—Sí, es cierto. Pero, más me gustaría que vinieran a comprar libros, no a prestarlos. Esto no es un biblioteca sino un negocio.

Su hermano era demasiado idealista, y no se daba cuenta de que apenas si tenían con qué comer. Vivía en otro mundo.

En ese momento, Mariana notó que Clodomiro esperaba con la lista en la mano. Lo miró, le dio el dinero para las compras y lo despachó con Mama Pola. La discusión sobre política la había puesto más nerviosa. No podían confiar en nadie.

* * *

CUANDO LAS CAMPANAS de las iglesias dieron las doce, Mariana cerró la librería. De la cocina llegaba el aroma de sopa de tortilla. No fueron a la misa de difuntos. La salud de Federico era una excusa perfecta para no ir y no estaban para oír sermones. Además, tenía hambre y olía rico.

* * *

A LAS DOS, DESPUÉS DE LA SIESTA, Federico y Mariana abrieron la librería de nuevo. Desde el umbral de la puerta, Mariana seguía con la vista a la gente que iba y venía por la calle, en busca de clientes o conocidos. En esas, le llamó la atención un hombre que, desde el portón de la iglesia de Santo Domingo, miraba hacia la librería. Lo había visto pasar por la calle varias veces durante la semana y lo había visto de nuevo esa misma mañana. No era conocido.

«Debe ser un espía». Como si hubiera leído sus pensamientos, el hombre notó que lo miraba y se entró a la iglesia. Mariana quedó pensativa y temerosa, pero no dijo nada y se entró a la librería. Tenía mucho que hacer. A lo mejor eran ideas suyas y no había tal espía.

Era viernes. Un día lento. Se sentó y abrió el libro de contabilidad, con la reverencia con que los curas abren el Evangelio en la iglesia. Sacó la pluma del estuche de terciopelo, y la mojó en la tinta de un grueso tintero de vidrio verde oscuro. Escurrió la pluma en el borde del tintero y comenzó a asentar cuentas en las columnas de «Pagos» y «Recibos». No era mucho lo que había que asentar. Pero las rutinas ponen la vida en orden y Mariana no podía vivir sin orden.

Escribir era para ella un placer. Adoraba su caligrafía limpia y clara, de letras redondas, muy verticales, de molde afrancesado, aprendida en el Colegio de María. Escribir con pluma, era como pintar o tocar un instrumento musical. La pluma convertía sus pensamientos en palabras y números; la historia del negocio.

«La tinta huele al espíritu de las ideas», pensó y suspendió la escritura. Aspiró los vapores de la tinta y bajando los párpados estiró el cuello desperezándose con un movimiento sensual. Faltó quien la apreciara. Era una mujer muy atractiva aunque pasaba por solterona.

A su lado, frente al usado mostrador de madera, Federico se distraía ojeando libros. Parecía hecho de cera. Las arrugas de la frente delataban la tensión que lo oprimía. Era cuestión de tiempo... Su posición clandestina en la resistencia liberal le impedía abandonar la librería. Su única opción era tratar de vivir una vida normal hasta cuando pudiera. Si lo apresaban, no tenían nada que probarle, creía..., pero no podía concentrarse. Su mente saltaba de una cosa a otra. Era la inquietud del presentimiento; del olor del peligro que se acerca y no alcanzamos a ver.

Mariana, que lo conocía desde que nació, la sintió también. Clodomiro seguía leyendo el enorme *Diccionario de la lengua española,* de don Ramón Joaquín Domínguez, en busca de algo. Acababa de encontrar la palabra *perorata,* que le había oído a Mariana, antes de irse al mercado con Mama Pola. El diccionario decía:

«Perorata: arenga enfadosa, molesta ó inoportuna».

Entonces, entraron a la librería dos oficiales uniformados, armados con revólveres de reglamento y sable al cinto. Vestían chaquetas azul oscuro de cuello alto con botones dorados. Ambos calzaban botas negras de montar. El más joven, el sargento Orlando Barbosa, un joven imberbe de piel oscura y cara juvenil, llevaba sombrero alón negro de felpa. Tenía más pinta de estudiante, disfrazado para las fiestas de estudiantes, que de militar. El otro, blanco y pálido, impecable, alto y ligero de carnes, el teniente Froilán Bordón, lucía barba azul recién afeitada y quepis negro con cinta dorada, que hacía juego con los botones de la chaqueta que le llegaba apenas hasta la cintura. Parecía un soldadito de plomo recién pintado.

—Buenas tardes —dijo el oficial Bordón alzando la voz para hacerse notar. —Mariana lo miró con desprecio. Federico pensó: «Me llegó la hora». Mariana se preguntó: «¿A qué vendrán?». Clodomiro, el más astuto y mejor informado, no tuvo que preguntarse nada. Sabía a qué venían. Se enderezó y estiró el cuello, deteniendo el vaivén de la silla.

—Don Federico, tengo orden de detenerlo y llevarlo preso —dijo el oficial Bordón, mostrándole un documento en papel sellado.

—Orden de captura, del señor prefecto —dijo agitando el papel. El anuncio creó un silencio tenso. El tiempo dejó de ser. Solo los párpados de Clodomiro se movieron, del libro al espacio del cuarto, y sus ojos salientes captaron el instante, como la placa de la cámara oscura de un daguerrotipo. Era todo ojos y oídos. Hasta la silla —al detenerse— contribuyó al dejar de ser del tiempo.

—¿Orden de captura? —dijo Federico mirando al teniente Bordón.

—Sí, señor —dijo el teniente, pasándole el papel.

Federico lo leyó y se puso frío. Dejaba de ser libre. Le pasó el papel a Mariana, cerró el libro y apoyado en el mostrador con ambas manos miró fríamente al militar enviado por el prefecto. Las venas de las sienes le palpitaban. Se irguió, y de reojo miró a Mariana, que acababa de leer la orden, y encontró sus ojos llenos de preguntas y tristeza, mirándolo por encima del papel que ondulaba en sus manos temblorosas.

—Teniente, esto es una canallada, venga del prefecto o del mismo papa —dijo ella poniéndose de pie con el papel en la mano.

—Son órdenes, señora, no es nada personal —dijo el militar moviendo las manos arriba y abajo, con voz que reflejaba inseguridad y nerviosismo. Las esposas tintinearon.

Federico extendió las manos y se sometió al sargento Barbosa, que procedió a esposarlo, temeroso al ver la furia de Mariana.

—Con su permiso —dijo el oficial Bordón mirando a Mariana. Y tomó a Federico del brazo para llevarlo a la calle. En el andén, los esperaban seis soldados uniformados de azul y blanco con sombreros alones de paja, armados de rifles máuser.

—¡Cobardes! —gritó Mariana desde el portón, inerme y ensoberbecida por el arresto de Federico. El grito le ayudó a ventear el sentimiento de impotencia que sentía al ver a su hermano, convaleciente aún, tratado como un criminal.

Federico, muy dueño de sí mismo, la miró de nuevo y le hizo una venia a manera de despedida, y partió con los militares sin volver a mirar hacia la librería. Sentía que un conocido lo había traicionado. No tenían prueba alguna para detenerlo. Sabía cuidarse.

Al salir a la calle, Federico no vio que Lola y Rosita lo observaban desde el balcón. Mariana cerró la librería, dando un portazo de rabia feroz, y subió a ver a sus hermanas.

—¿Qué hizo Federico para que se lo llevaran preso? —preguntaron, al verla llegar al salón, lívidas del susto.

—¡Nada, idiotas, nada! Los godos hacen lo que les da la puta gana. —Ellas, bañadas en lágrimas y aterradas al oír a Mariana usando palabras de ese calibre, dijeron:

—¡Ni que fueras soldado o ramera!

Las criadas, asustadas por el portazo de Mariana, subieron a ver qué pasaba y las lágrimas de las señoritas las asustaron aún más.

Mama Pola, que prácticamente las había criado a todas, no dejaba de sacudir la cabeza y santiguarse diciendo: «Santa Bárbara bendita, qué vamos hacer sin don Federico». La vieja criada lo había visto todo en medio siglo de guerras y sabía muy bien que los detenidos de hoy eran los desaparecidos de mañana.

—No se alarmen, Federico no es culpable de absolutamente nada.

Esto es para sacarnos la plata que no tenemos. Apresan a los inocentes y extorsionan a las familias —dijo Mariana. Por dentro se preguntó si volvería a ver a Federico vivo. Mama Pola levantó las cejas y entreabrió sus ojos sabios.

*   *   *

FEDERICO, INCÓMODO CON LAS ESPOSAS que le lastimaban las muñecas, trató de mantenerse tan ecuánime como podía en el caso. Los vistosos uniformes de la guardia y la presencia de Federico con las manos esposadas atraían la atención de los vecinos, mendigos y transeúntes. Algunos conocidos lo saludaron con disimulo, escondiendo el temor que sentían al verlo preso. Varios vagos y gentes de baja estofa se burlaron al verlo encadenado. Sintió por vez primera el peso de la guerra en carne propia y pasó de liberal de comité secreto a liberal de batalla. Las mismas calles que lo llevaron de la librería a la escuela y a la universidad lo llevaban ahora a la prisión. Sintió un orgullo honesto de ser parte de los que ponían su vida en juego para defender sus ideales y sus derechos. Al ir esposado, le vino a la mente el *Ecce Homo,* condenado por los fariseos locales. Tenía más rabia que miedo. El grupo volteó la esquina bajando por la Calle del Empedrado y siguió hasta el presidio por la Calle de la Cárcel. Al llegar allí, notó que Clodomiro los había seguido. No, no estaba solo.

Clodomiro, como el Espíritu Santo, tenía el arte de estar en todas partes. Mariana no lo vio bajar de la mecedora, ni seguir a Federico, ni los guardas notaron su presencia. La única que lo vio fue Rosita, a quien no se le pasaba nada de lo que hacía su enanito. El miraba a todos, cada puerta y cada ventana, quién saludaba, quién insultaba, y en medio de su angustia y del miedo que sentía, gozaba del momento. Se sentía como en el circo, viendo payasos, maromeros y fieras haciendo el espectáculo: comedia y tragedia a la vez. Esta vez el maromero se había caído de la cuerda floja.

«Eso explica que los uniformes de los militares y los trajes de la gente del circo sean tan parecidos».

Veía el mundo de una manera única; todo es distinto visto desde abajo.

El enanito correspondió a la mirada de Federico moviendo su cabezota de cierta manera que solo ellos dos entendían. Federico lo miró una vez más, asintió y entró en la cárcel. Tenían un lazo muy íntimo; les bastaba una mirada para entenderse.

Al cruzar el umbral del presidio, Federico detectó con disgusto un vaho húmedo, mezcla del tufo de los guardas y de algo más hediondo que flotaba en el aire: olía a chiquero, a sobrados de comida, mierda y orines. No pudo respirar ni abrir la boca. En el patio, el teniente Bordón entregó a Federico al guarda de turno, que lo despojó de la correa y todo lo que llevaba en los bolsillos del saco y los pantalones. De un empujón lo metió a un cuarto oscuro lleno de gente, el calabozo. El olor era insoportable. Había moscas verdes por todas partes. Los presos lo miraron con sorpresa al verlo limpio y bien vestido. Un hombre joven, de porte distinguido, con barba descuidada y descalzo, le llamó la atención entre la masa humana hacinada en el cuarto. Lo miró y le dijo:

—¿Qué te trae por aquí? —era la voz de Antonio Ramos, mugroso e irreconocible. Parecía un loco o un mendigo vestido de andrajos.

Al verlo, Federico se tranquilizó y los presos cambiaron de actitud notando que el recién llegado era conocido de Antonio. Federico dijo:

—Me apresaron después del mediodía, por mi presunta colaboración en el ataque a la ciudad. Supe que te trajeron encadenado desde Flautas, pero no esperaba encontrarte aquí.

—Veo que la derrota fue por dentro y por fuera —dijo Antonio, que estaba encadenado a un hombre oscuro, alto y enjuto como una palmera.

—¿Quién te acompaña? —Federico le preguntó.

—Pendejo, es Domingo Cervantes.

—Lo siento, tampoco te reconocí. Pero sabía de tu comisión por Constantino —le dijo Federico a Domingo extendiendo la mano.

—¿Cómo llegaste hasta aquí? —dijo Federico.

— Las tropas del coronel Pinto nos escoltaron hasta la ciudad el Día de Inocentes.

—Nos trajeron a empujones desde Flautas, amarrados con rejos y descalzos. Pasamos tres días sin bocado y desde entonces, si estamos con suerte, nos dan una agua-masa dos veces al día y café, o aguapanela con pambazo a la madrugada.

—A mí me detuvieron en la librería. No sé quién me delató. Tiene que ser alguien de confianza. Algún malqueriente, creo.

—Ten cuidado con quién hablas y qué dices —dijo Antonio en voz tan baja que apenas se podía oír—. Sigue desapareciendo gente. Dicen que los trasladan a la otra prisión o que los van a dejar libres y resulta que los fusilan o desaparecen. Hacen lo que les da la gana y luego se inventan la historia que les convenga.

✳   ✳   ✳

APENAS FEDERICO ENTRÓ AL PRESIDIO, Clodomiro se escabulló y corrió a contarle a Sofía lo sucedido. Una vez que llegó al portón de la casa de los Usuriaga, esperó por unos minutos antes de tocar. Le faltaba aire. Miró que nadie lo hubiera seguido, y tocó el aldabón dando un golpe fuerte, seguido de dos rápidos y tres más al terminar: Tan, tan-tan, tan-tan-tan. Era su clave al tocar la puerta.

Betsabé reconoció los golpes y vino a abrir. Sabía que era Clodomiro, sin duda alguna.

Sofía, que la vio pasar a las carreras, después de oír los golpes en la puerta, alzando la voz, dijo:

—Ven acá, Betsabé. —La muchacha se detuvo. Era una orden.

—Es el Clodomiro.

Los golpes se repitieron con afán. La muchacha miró a Sofía levantando las cejas como para decir ¿qué hago? Sofía, pensativa, dijo:

—Ábrele a ver qué quiere.

Clodomiro volvió a golpear: tan, tan-tan, tan-tan-tan.

Sofía pensó: «Es algo urgente».

Betsabé abrió y lo encontró colorado como un tomate.

—Hola, ¿está la Niña Sofi?

—¿Qué es el afán? ¿Qué pasa?

—Los soldados apresaron —Clodomiro empezó, en voz entrecortada por la agitación en que estaba—, ...a don Federico. ¿Está la Niña Sofi?

—Respira que te vas a morir —dijo Betsabé, y lo hizo entrar. Clodomiro la siguió hasta el cuarto donde Sofía esperaba.

—Don Federico está en la cárcel —dijo el enano apenas la vio.

—Dime lo que pasó —dijo Sofía, y mirando a Betsabé le ordenó— Tráeme una agüita aromática y algo para Clodomiro.

—Una limonada, si hay —él pidió.

La muchacha, airosa o disgustada, partió para la cocina.

Clodomiro le contó a Sofía todo lo que había visto y oído.

Ella lo escuchó conmovida, interrumpiéndole ansiosamente a cada momento con sus preguntas: ¿qué dijo Mariana? ¿quién lo apresó? ¿quién lo insultó? ¿quiénes lo saludaron?

El enano respondió sin falta a todas. Lo tenía todo en la memoria. No olvidaba nada. Le cabía el mundo entero en su cabezota de sesenta centímetros de circunferencia.

Mientras tomaban el agua aromática y la limonada, entre preguntas de Sofía y más comentarios del enano, Betsabé los acompañó sin abrir la boca. No podía creer todo lo que oía. Sus ojos se movían sin cesar siguiendo el movimiento de sus ideas. Era su manera de pensar. Debía ser agotador pensar así. Daba la impresión de estar mirando hacia adentro.

Sofía, satisfecha con el informe, dio por terminada la visita.

—Clodomiro, gracias por venir. Dile a Mariana que pronto voy a verla.

El enano se tomó el último sorbo y le entregó el vaso a la muchacha.

Betsabé lo acompañó hasta el portón y lo siguió con la mirada hasta perderlo de vista. Ni siquiera la había determinado. Ofendida, dio un portazo. «Era muy distinto cuando estaban a solas», pensó.

Sofía quedó desolada y furiosa: con su madrina, con Luis, con el prefecto y consigo misma. Se encerró en su cuarto y de bruces en la cama, lloró desconsolada hasta que se le acabaron las lágrimas.

«¿Qué puedo hacer?» —se preguntó, buscando salida de la suerte que le había tocado.

Lo primero que se le ocurrió fue ir a ver a su madrina. Ella lo sabía todo y encontraba salida de cualquier encrucijada. Llamó a Betsabé y le dijo:

—Voy a ver a mi madrina y luego a las Lemos. No me demoro.

—¿No quiere que la acompañe, Niña Sofi?

—No. Iré sola.

Betsabé notó que Sofía había estado llorando. La cosa no le sonaba bien. No era de las que lloraban por cualquier bobada.

«¿En qué se habrá metido don Federico?» —se preguntó volteando los ojos hacia el cielo, en busca de una respuesta. Miró y miró y al fin los bajó. Nada. Habría que esperar.

✳   ✳   ✳

Sofía encontró a su madrina en el salón, vestida de luto. No había tenido tiempo de cambiarse después de la misa de difuntos para las víctimas de la batalla de Flautas. Como sabía que Sofía vendría a verla apenas supiera de Federico, no la sorprendió su visita.

Durante el desayuno, Luis la había puesto al tanto de las órdenes del prefecto de detener a Federico tan pronto como terminaran las honras fúnebres. Era inevitable, le dijo. No podía hacer nada. La orden ya estaba en manos de los militares.

—Ana María, no le digas una palabra a nadie —había dicho Luis, en tono cortante, casi un mandato, poco antes de salir para Santo Domingo.

«Al paso que vamos, me voy a quedar sin terminar el mantel, la guerra está acabando con todo».

La llegada de Sofía interrumpió sus pensamientos. Sin saludar a la madrina, dijo:

—Me contó Clodomiro que Federico está preso. Que lo sacaron encadenado de la librería y que está detenido en la cárcel.

—Sí, lo sabía —dijo la madrina abrazando a Sofía tiernamente.

—Tú lo sabes todo, hasta antes de que pase. Le dijo al oído.

—¿Sabes qué pasará con Federico? —dijo buscando respuesta a la gran pregunta que la atormentaba: «¿Qué pasará?». Entonces, sintió el abrazo de su madrina y se quedó esperando respuesta para salir de su estado de nervios. Pero esta vez la madrina no contestó. Pensó en todo lo que podría pasar y no fue capaz de decírselo a Sofía. Sencillamente la abrazó con más fuerza.

—No soy capaz ni de pensar. No sé qué decirte. Háblate con Mariana para que te cuente lo que pasó en la librería. Ella debía estar allí cuando lo apresaron. ¡Qué cosa tan horrible! ¿Qué van a hacer sin Federico? Las mujeres nos estamos quedando solas. Es una tragedia. A Antonio y a Domingo también los trajeron encadenados como a criminales.

Sofía, viendo que su madrina estaba en peor estado de ánimo que ella misma, resolvió dejarla en paz. No podía esperar hasta que Mariana le diera todos los detalles de la captura de Federico.

—Te dejo. Perdona que te moleste con todos mis problemas. Mi mamá es incapaz de ayudarme. No vive en este mundo.

—Haz como ella —la madrina dijo—, consulta con los espíritus a ver qué descubres y luego me cuentas.

Sofía la miró sorprendida, se despidió con dos besos y salió para la librería. «¿Los espíritus?».

* * *

MARIANA, LOLA Y ROSITA NO SABÍAN qué hacer. Habían quedado anonadadas por la sorpresa. Mariana presentía que Federico andaba en algo, pero no tenía ni la menor idea de por qué podría ser encarcelado. Él ni siquiera le había comentado que el prefecto pensaba detenerlo. Federico tenía sus actividades políticas, de negocios y de familia en cajas aparte. Mariana —su confidente— sabía del negocio y de la familia. El secreto era esencial para protegerse a sí mismo, a sus aliados y a sus hermanas. Su discreción era absoluta. En comunicaciones con la Dirección Liberal solo usaba sus seudónimos y hasta para eso era precavido, usaba dos: Lambda y Armodio. Federico trataba a Mariana y a Clodomiro por separado. Clodomiro era su correo privado. Sabía que aunque era demasiado curioso, nunca lo traicionaría. Podía confiar en él para cualquier cosa.

Al llegar Sofía a la librería, se encontró con las tres hermanas y con Clodomiro, quien hacía que leía, acomodado en la mecedora del rincón. En realidad pensaba en cómo piensan las loras. Le parecía un tema fascinante. Si podían hablar, por qué no pensar.

—Al fin viniste, te esperábamos —dijo Mariana acercándose a Sofía para abrazarla. Eran las alidadas de Federico, y compartían sus vidas con él, en una relación decorada de mutuos celos. Competían por su atención. Mariana veía en Sofía a su futura cuñada y madre de sus sobrinos. Era su favorita entre todas las novias de Federico. La única que realmente merecería llamarse su esposa. Pero no era su esposa todavía. Tampoco era su amante. Prefería pensar que era su mejor amiga.

—No me puedo imaginar cómo se sienten —dijo Sofía a las tres hermanas Lemos, respondiendo a sus abrazos. «Parecían de pésame». Se asustó. Sus premoniciones la aterraban. «¿De dónde le salían ideas tan fúnebres? ¿Por qué tenía que imaginarse lo peor que podía pasar?».

—Estaba tan animado desde tu visita. La toronja le cayó de perlas. No sabes cómo lo ayudó.

«Habla de él como de un difunto».

—Sí, y hoy lo vinieron a detener. ¿No te parece raro? —dijo Rosita.

—Esta mañana vi a un hombre en Santo Domingo haciéndose el disimulado. Lo había visto pasar por aquí antes y me hizo sentir insegura. Presentí sus intenciones. Debía ser un espía —dijo Mariana.

—Tú lees demasiadas novelas. Piensas como un sabueso —dijo Lola.

—Creo que Mariana tiene razón —dijo Sofía y sintió escalofríos. A ella también la debían estar espiando—. ¿No se te ocurrió decirle algo a Federico sobre el espía?

—No, ni me pasó por la mente —dijo Mariana, ofendida por la pregunta—. Pero, si me hubiera pasado, tampoco le habría dicho nada. Habría sido crueldad, estando como estaba. No tenía ánimo para nada.

—Tienes razón, lo entiendo ahora —respondió Sofía.

—Cerremos, que ya son las cinco. Vamos a tomar algo y conversamos.

—Como quieras, pero no me voy a demorar mucho. No puedo dejar sola a mi mamá.

—No te preocupes. Te entiendo. Mi abuelo era por el estilo. Se le olvidó que estaba en este mundo. Eso les pasa a los viejos, comienzan a irse a pedacitos, hasta que se van del todo —dijo Mariana nostálgica, pensando en don Nicomedes. Pero esta vez él no estaba para consolarlas. Estaban solas, por su cuenta. Sin nadie. Era la guerra.

Por el camino a casa a ver a su madre Sofía no podía dejar de preguntarse: «¿Qué le va a pasar a Federico?» Esa noche mil preguntas más la atormentaron sin descanso.

X: Del presidio a la cárcel

Pusiéronme una cadena, más por señal de rescate que por
guardarme con ella..., con otros muchos caballeros y gente
principal, señalados y tenidos por rescate

—*Don Quijote,* primera parte, capítulo XI

POPAYÁN, FEBRERO A JULIO DE 1900

Amaneció. Federico estaba en cuclillas contra la pared, debajo
de la ventana que daba a la calle, tenía sed y ganas de orinar.
Le dolía todo el cuerpo. Trató de levantarse y no pudo. Miró
sobre las rodillas buscando dónde orinar. Un haz de luz se filtraba por
las rendijas de la ventana que daba a la Calle de la Cárcel y dividía el
espacio del calabozo. Miles de partículas flotaban en el aire pesado de
la celda, entrando y saliendo del haz de luz para perderse de nuevo en la
oscuridad. Eran libres. Contó diecisiete cuerpos en diecisiete posiciones
distintas. Roncaban, tosían, resoplaban. Las campanas llamaron a misa
de cinco. No supo si en San José o San Agustín. Daba lo mismo para un
hombre preso y enfermo.

Se sentía como momia en olla. Se arrodilló, y, gateando como una
araña, cruzó el cuarto a tientas tratando de no tocar a nadie. Alguien le
tiró del pantalón y le señaló un hueco en la pared de bahareque. Apoyó
la frente contra la pared y orinó. Parte del líquido se perdió en la pared y

el resto encontró los espacios entre los ladrillos del suelo. Estaba agotado. No tenía fuerzas para volver a su sitio junto a la ventana. Vencido, se arrimó a la puerta y se deslizó hasta que tocó el piso con las posaderas.

Cuando dieron las seis, un guarda abrió la puerta y tuvo que ponerse en pie. Salió en busca de aire. Hacía frío en el corredor. Varios presos tomaban agua en la fuente del patio. Se arrimó al abrevadero, como si fuera una bestia, y esperó su turno. Bebió con desespero, hasta saciarse. En eso, alguien dijo su nombre:

—¡Federico! —era el doctor Cajiao—. No tenía idea de que estuvieras preso. ¿Desde cuándo?

—Llegué ayer. Me acusan de estar comprometido en lo de Flautas.

—Estamos en las mismas. ¿Sigues mal?

—Estaba mejor hasta ayer. Hoy me siento como una plasta de cagajón.

El doctor Cajiao le puso la mano en la frente y confirmó que Federico tenía fiebre alta.

—Toma agua y come lo que te den, aunque te dé asco. El desayuno no demora. El almuerzo será a las diez y la comida a las cinco. Si corres con suerte, te dejarán recibir comida de afuera, pero no cuentes con nada por una semana. Hay que pedir permiso y pagar una cuota.

El desayuno fue un pambazo tieso con agua de panela. De almuerzo les dieron sopa de mote, muy aguada, con medio plátano cocido, dos papas y un pedacito de carne. La comida fue un pedazo de yuca cocida y café con dulce. Una dieta de hambre. Los presos de Flautas, que llevaban poco más de un mes en la prisión, estaban en los huesos. Esa comida convertía al más fuerte en un inválido que apenas podía caminar para hacer del cuerpo. Un sistema diabólico para reducir a los presos a marionetas, que solo se movían cuando los titiriteros halaban las cuerdas para jugar con ellos. En tal estado, enfermarse era una condena a muerte.

*   *   *

A<small>L CABO DE UNA SEMANA</small>, Federico recibió su primera visita. Sofía y Mariana vinieron a verlo, a traerle ropa limpia, algo de comer y un libro de poesías, *Ritos,* de Guillermo Valencia, amigo y cliente de la librería. Les dieron quince minutos para la visita.

Federico sintió vergüenza. Estaba sucio y olía a perro mojado. No se atrevió a arrimarse a ellas y guardó una distancia para no apestarlas. Sofía no sabía si reír o llorar de emoción y dijo:

—Las barbas te quedan muy bien.

—Con mi dieta, pronto pasarán de negras a blancas o amarillas.

Mariana le contó que la librería seguía abierta a diario, y que las ventas hasta habían mejorado con las visitas de gentes amigas, que venían a preguntar por él y por su salud.

—Dales saludos de mi parte. Ojalá sigan yendo y comprando.

—Vengan o no, aquí estaremos cada semana. Ya pagamos por un mes. Quítate esa ropa sucia, hay que lavarla y remendarla.

Federico se cambió la ropa detrás de la puerta, mientras ellas le daban la espalda, más por lástima que por discreción. No había dónde esconderse. Mariana le recibió el atado de ropa sucia, le dejó una toalla, un cepillo de dientes envuelto en ella, un jabón de Castilla, una bolsa de cabuya con algo de comer y el libro de Guillermo Valencia. Al entregarle la bolsa le dijo en voz muy queda:

—Que la cabuya sirve para pescar a media noche y en el lomo del libro hay un anzuelo, te mandó a decir Clodomiro. —Federico asintió sin decir palabra.

No habían dicho casi nada y el guarda les recordó que habían pasado los quince minutos.

—Adiós, hermano —dijo Mariana mirándolo con una gran tristeza.

—Adiós, mi amor. Saluda a Domingo y al doctor Cajiao —dijo Sofía.

—Adiós, Dulcinea —dijo Federico.

—¿Se te ofrece algo para la semana entrante? —preguntó Mariana.

—Tráeme un naipe, unas medias de lana y lo que puedas de comida. Dale abrazos a Rosita y a Lola y saludos a Clodomiro y a las muchachas.

—Él es quien más te extraña. No te imaginas cómo me ayuda en la librería, hace de todo.

—Dámele un saludo especial y las gracias por seguirme hasta aquí y pensar en la pesca.

—Haremos como dices. Cómete lo que trajimos.

El guarda les hizo señal de despedirse y esculcó la bolsa con la comida. En seguida, ojeó el libro y lo sacudió a ver si caía algo. Del jabón, la toalla y el cepillo no dijo nada.

Federico, viendo que el guardia podría serle útil, le dijo:

—¿Quiere probar algo, oficial?

—Sí, el queso tiene muy buena cara.

Fig. 3— Foto de la cárcel militar (a la izquierda de la foto, edificio demolido hace tiempo) y de parte de la arcada de San Francisco (a la derecha en la foto) donde hoy está el Hotel Monasterio, la única parte del antiguo monasterio que aún se conserva. Foto cortesía del profesor Tomás Castrillón Valencia, Universidad del Cauca.

Federico le pasó el queso y el guarda partió un trozo para probarlo.

—¿Puedo irme?

—Siga. Hay otros esperando —dijo el guarda, mascullando con la boca llena de queso.

Antes de salir, Federico abrió la bolsa y guardó todo lo que pudo en los bolsillos del pantalón y del saco y dejó el resto en la bolsa para compartir.

*　　*　　*

MARIANA ACOMPAÑÓ A SOFÍA HASTA SU CASA. En el camino no hablaron sino de Federico, la barba descuidada, su palidez, su mal semblante y el mal olor de la ropa sucia. Quedaron felices de verlo y furiosas por no poder verlo por más tiempo. Las visitas continuaron, semana tras semana. Por fortuna, Federico mejoró de sus males, aunque cada vez que lo visitaron estaba más flaco. Las costillas se le veían como a caballo viejo. El único consuelo que tenían era poder verlo, hablar con él por unos minutos y servir de correos con los miembros del partido que continuaban libres y les tenían al tanto de los planes de la resistencia.

A mediados de julio, los espías del gobierno informaron a las autoridades que los presos alojados en la cárcel civil estaban en contacto permanente con los rebeldes. Había rumores de un nuevo ataque a la ciudad y el gobernador ordenó que los presos políticos más importantes fueran transferidos a la cárcel militar (fig. 3) donde quedaron incomunicados con sus familiares. Las visitas de Sofía y Mariana con Federico cesaron por completo. Igual suerte corrieron el doctor Cajiao, Antonio Ramos, Domingo Cervantes y Hernandes, entre otros. Federico y Domingo fueron encerrados en la misma celda, en el segundo piso de la cárcel militar. Para colmo de males, Domingo estaba muy enfermo.

*　　*　　*

POPAYÁN, AGOSTO DE 1900

SOFÍA NO DEMORÓ EN BUSCAR A SU MADRINA y pedirle ayuda para comunicarse con Federico. La madrina la esperaba y ya tenía la respuesta para su dilema. Al verla, dijo:

—Te esperaba. Tenía el presentimiento que vendrías.

—Dime qué debo hacer. Me muero por saber cómo está Federico.

—Mira, el sargento Llaves, que es un guarda en la prisión es el hijo de Filomena, una de las criadas de mi casa desde que yo era niña. Ayer hablé con él para que te ayude en lo que pueda, pero debes tener cuidado para no comprometerlo. Le dije que sería cosa de pasarle un libro o alguna cosa de comer a Federico, así como hacían en la otra cárcel.

Sofía la abrazó admirada de su habilidad para resolverle todos sus problemas y contestar a sus preguntas. La madrina correspondió al abrazo con ternura especial llena de emoción.

—Mañana tengo que pasar por la cárcel a ver a Domingo Cervantes que está muy enfermo. Le prometí a Zoila, su mujer, que le llevaría unos remedios para sus males. Luis se comprometió a que me dejaran entrar a la cárcel para ver a Domingo. Cuando lo vea le puedo llevar una nota tuya a Federico para que le expliques lo que vas a hacer.

Sofía escribió la nota para Federico y se la entregó a la madrina. Ella cumplió con su promesa y Federico quedó enterado del plan para comunicarse con él por medio del *Quijote*. Mientras la madrina atendía a Domingo, Federico le contestó a Sofía en el mismo papel. Temía que le pudieran encontrar la nota de Sofía. La madrina, por discreción no miró la nota —pensando que sería cosa de amores— y se la entregó a Sofía sin darse cuenta de su contenido.

En la nota Federico le dio instrucciones para que sus hermanas fueran a la fonda de Delfina a solicitar su ayuda para sacar a Hernandes de la cárcel.

XI: Delfina

Don Quijote... tomando de la mano a la ventera le dijo:
Sólo os digo que tendré eternamente escrito en mi memoria
el servicio que me habéis prestado

—*Don Quijote,* primera parte, capítulo XVI

Después de la batalla de Flautas el edificio del cuartel, sede del batallón Junín, se convirtió en prisión para acomodar al creciente número de presos políticos. La prisión de presos civiles —de la Calle de la Cárcel— no tenía espacio para tanta gente y la naturaleza de los presos políticos era muy diferente.

Delfina Bocanegra Beltrán era dueña de Las Delicias, una fonda de un piso, junto al cuartel del batallón Junín, sobre la calle de la Moneda. Vendía comidas, abastos, chicha de maíz y aguardiente. Tenía dos mesas de billar y media docena de mesas de juego para los tresilleros y los amigos del dominó. En el corredor, frente al patio interior, había seis mesas con bancas a ambos lados donde comían los clientes.

La clausura de las escuelas, después del ataque de Flautas, estuvo a punto de arruinar a Delfina. La salvó la decisión del prefecto y del gobernador de convertir parte del cuartel en prisión. La prisión era de dos pisos, y contaba con espacio para alojar a unos doscientos presos en la primera planta. Los oficiales y presos políticos de importancia ocupaban el segundo piso. La guardia estaba repartida por todo el edificio para mantener el orden y la seguridad.

Aunque a Delfina no le llamó la atención tener a los presos junto a la fonda, salió ganando con la nueva clientela de parientes que venían a la ciudad a visitar a sus familiares detenidos. Sus clientes más fieles eran los tresilleros, unos jugadores serios, y otros viejos vecinos sin nada que hacer. Entre tragos de aguardiente y chupadas al tabaco, se hacían trampa y reían dando manotazos en las mesas al ganar alguna baza. De lo que oía de las mesas de juego y los visitantes, que entraban y salían, Delfina vivía al tanto de la vida y milagros de sus clientes y vecinos.

Su amante, el alguacil de la prisión, Martín Cienfuegos, le contó en la cama que a Federico Lemos lo había transferido a una de las celdas del segundo piso de la prisión.

Delfina conocía a Federico desde niño. El padre de Federico, el profesor Gallardo Lemos, había sido fiel cliente de la fonda donde jugaba billar y tresillo. Después de la muerte de Micaela, su mujer, el profesor se dedicó a la bebida para calmar sus penas. Varias veces Delfina lo mandó a su casa con una de las muchachas del servicio, pues ni sabía dónde estaba ni quien era. Delfina era parienta lejana de doña Micaela y le tenía gran pena a su familia que no acababa de salir de una desgracia para caer en otra. Lo único que les faltaba era que Federico terminara en la cárcel. Parecía que habían nacido para sufrir.

Cuando vio llegar a Mariana en compañía de Rosita y Lola, sabía a qué venían. Las hizo entrar y las dejó esperando en una de las mesas del patio. Mariana le explicó lo que pedía Federico y prometió que si ayudaba la compensarían de alguna manera. Delfina se enrojeció de la ira. Estas medio parientas, que ni la determinaban desde la muerte del profesor, como si hubiera sido culpa de ella por venderle trago, le venían a pedir que ayudara a escapar a un criminal. A Federico, hasta le habría ayudado, pero ayudar a otro, extraño y criminal, ni pensarlo. Cuando se calmó y le volvieron a salir palabras, le dijo a Mariana que no le ayudaba a ese hombre en nada, que no le pondría escalera. Sin embargo, ofreció dejar el portón del pasadizo del servicio sin tranca, para que pudiera salir a la calle, si se tiraba del tejado.

—Dile a Federico que si hay luz no se puede. Que haga lo que quiera, pero a oscuras. Ahora, es mejor que se vayan, antes que algún oficial las vea hablando conmigo.

«Esta maldita vieja solo sabe de borrachos y de cómo sacarle plata a todo el que puede. No le importa un ardite lo que le pase a Federico», pensó Mariana.

Cuando pasaron por la prisión no miraron a nadie para evitar llamar la atención y siguieron hacia San Francisco. De allí siguieron hasta la casa de Sofía que las esperaba ansiosa por saber que noticias le traerían.

XII: *Alberto*

Hoi bino Alberto. Me dijo que se hiba a interesar por ti.*

—Primera carta de Sofía a Federico

POPAYÁN, VERANO DE 1900

L as manos de Sofía manejaban la aguja con habilidad envidiable. El dedal de oro, herencia de su abuela, servía de yelmo a sus dedos, ocupados en bordar unas zapatillas para Federico. La aguja entraba en el cuero con facilidad, como la diestra lanza del *Caballero de los Leones* entraba en las carnes etéreas de los gigantes encantados del *Quijote.* Cada puntada era un canto al amor. Quería sorprenderlo en el día de su santo. La luz se filtraba incierta por los ramajes del naranjo del patio hasta las manos de Sofía. Su imagen, reflejada en el espejo del cuarto, imitaba sus movimientos con fidelidad asombrosa. Entre puntadas, ella soñaba con Federico y con la felicidad de tenerlo a su lado, caminando de brazo en la Plaza Mayor. Era vanidosa y elegante, y gozaba, pensando en la admiración que despertarían como pareja. Bordando las zapatillas, se imaginaba a Federico en la cárcel, sentado en el suelo contra alguna pared, con las manos ociosas en las rodillas, hambriento y

---

*Notar la ortografía de Sofía. Ella, como muchas mujeres de su época debió tener una educación muy elemental, lo suficiente para leer y escribir. Pero pudo ser que no podía darse el lujo de cuidar la ortografía al escribir en código, o no le importaba.

humillado. Dando unas puntadas, sentía las caricias de aquellos breves momentos de pasión en el salón, cuando lograban estar solos durante sus visitas en casa de Sofía o en su despacho en la librería.

Entre un recuerdo y otro, alguien llamó a la puerta. Betsabé, desde el portón, le dijo:

—Es don Alberto.

Sofía, sorprendida que llegara a esas horas de la mañana, replicó:

—Abre y hazlo entrar al salón. Voy a arreglarme, ofrécele un café a don Alberto mientras me espera.

Esa visita inesperada, le serviría para ayudar a Federico. Podía conseguir lo que quisiera de Alberto. Sabía cómo manejarlo, desde que la enamoró en Quito siendo estudiantes. Él no perdía la esperanza de reconquistarla. Con Federico en la cárcel desde febrero, tenía una oportunidad que cuadraba con sus intenciones. Desde muy joven, soñó verse celebrando su matrimonio con ella en la Catedral, en presencia de los notables de la ciudad.

Alberto Carrasco y Maisterrena sabía que venía de linajudo ancestro y no estaba acostumbrado a aceptar desafíos de quienes consideraba gente de menor monta. De una manera u otra, conseguiría lo que quería. Y quería a Sofía con una fuerza más posesiva que sentimental.

Mientras Alberto tomaba su café, ella se empolvó y puso algo de color en los labios. Dos toques de perfume en las muñecas y otros dos detrás de las orejas, y quedó aprobada al darse un vistazo en el espejo. Su vestido de dos piezas, de color café, con falda arriba de los tobillos y chaqueta corta de cuello alto, sobre una blusa blanca, abotonada en la espalda, resaltaba su belleza. Como único aderezo, llevaba candongas de oro proporcionadas a sus lindas orejas. Tenía el pelo recogido en un moño alto, parecido al de Mariana. Se lo había copiado.

Sofía entró al salón con energía y se acercó a Alberto para saludarlo. Él, poniendo el café en la mesita, se puso de pie y la admiró con gusto, sin decir palabra, embelesado una vez más, contemplándola con mirada juguetona, y, tomándola de las manos, le dijo:

—Palomita, qué gusto de verte otra vez.

Por su parte, Sofía no podía soportar que la llamara Palomita y que le tocara las manos. La intimidaba al ver su cara de gavilán tan cerca de la suya. Hábilmente, se escapó de sus garras haciendo un gran esfuerzo para ocultar su enojo, y dijo:

—Siéntate y déjate de bobadas, que nuestra casa no es ningún palomar.

Él la miró, desafiante, con una sonrisa entre burlona y sensual, y se sentó con la taza de café entre manos. Gozaba con las mujeres ariscas. Sofía tomó asiento en el sofá de paja tejida, donde podía acomodar mejor su falda, y se quedó pensativa por un momento, preparando su estrategia para la visita, mientras Alberto tomaba el café a sorbitos sin dejar de contemplarla con mirada lasciva. Le daba asco cuando la miraba así.

Era amigo de quien le convenía y todo Popayán sabía de su nobleza y su visita con su santidad el papa León XIII. A todos hacía saber de sus presuntas relaciones con la nobleza española, y todo Popayán sabía de su audiencia privada con su santidad León XIII, con quien compartía un cierto parecido físico —ilustrado por las estampas que trajo del Vaticano, junto con docenas de rosarios, hechos con madera del Monte de los Olivos, para regalar a sus amigos y conocidos—.

Sofía, tratando de controlar sus emociones, mezcla de odio y rabia, lo miró seriamente y le dijo con voz muy mesurada:

—Es casi un milagro que hayas venido a casa, pensaba ir a pedirte un favor y tu visita me evita tener que salir. No sabes cuánto te lo agradezco.

—¿Y de qué se trata? ¿En qué te puedo ayudar? —dijo Alberto, en tono confidencial, sin permitirle terminar su frase, inclinándose hacia ella, como para oírla mejor.

Sofía, nerviosa bajo la presión de su mirada inquisitiva a menos de un palmo de su cara, se ruborizó un poco y dijo:

—De Federico, como te puedes imaginar. Estoy aterrada por lo que le pueda pasar en la prisión. El gobierno está fusilando gente por cualquier razón y con una sospecha les basta. Para colmo de males, y esto es muy confidencial, Federico está tratando de ayudar a uno de sus compañeros de prisión a escaparse, antes de que lo fusilen. Yo temo que el fusilado pueda ser Federico, por meterse de buen Samaritano. Alberto, mirándola con insistencia molestosa que casi le saca las lágrimas, dijo:

—Eso puede ser muy peligroso o muy útil. Si se enteran que Federico está comprometido en el escape, lo puede llevar al paredón, mas, la información bien manejada nos podría servir para ayudarlo a salir de la prisión. Y a propósito de la prisión, ¿quién es el preso al que Federico quiere ayudar a escaparse?

El corazón de Sofía comenzó a palpitar fuera de control. Se encendió como un clavel y sin pensarlo más dijo:

—Es un tal Hernandes. Entiendo que quieren sacarlo por la venta de Delfina. Alberto, acercándose tanto a Sofía que ella sintió su respiración en la cara, la miró con una chispa de complicidad y con voz muy baja, entre melosa y confidencial, dijo:

—No te puedo negar lo que me pides. Me voy a interesar por él y creo que si digo algo sobre Hernandes lograré sacar a Federico. Claro que no te puedo garantizar nada, y me temo que hasta puede que todo resulte patas arriba, si sospechan que Federico está comprometido y busca salvar su pellejo. Lo pensaré bien. Lo de Hernandes es un cuchillo de doble filo.

—Haz todo lo que puedas por ayudar, pero sin comprometer a Federico. Él no es capaz de traicionar a nadie, ni al ser más infame. Y añadió, como si pudiera leer sus malignas intenciones:

—Si algo le pasara, no te lo podría perdonar nunca.

Alberto —sintiendo que había perdido la mano— cambió a una actitud defensiva para recuperar el favor de Sofía, y procedió a informarle de la seriedad de la situación y el peligro en que él mismo se pondría si trataba de ayudar a su amigo. Le dio los informes más negros sobre lo que había oído en cuanto a los prisioneros. Desde que los líderes se habían declarado guerra a muerte, ningún preso podía contar con la vida. Ella lo escuchó muy preocupada y más dueña de sí, le dijo:

—Para evitar cualquier malentendido, informaré a Federico de tu intención de ayudarle en lo que puedas y le diré de tu idea de hablar de lo de Hernandes —dijo ella con una sonrisa cautivadora, que dejó a Alberto extasiado y más determinado que nunca para hacer de ella la mujer que compartiría su lecho y sería la madre de sus hijos.

Betsabé apareció en ese momento —como si la hubieran llamado— para levantar el servicio de café y Sofía aprovechó para despedirse y acompañar a Alberto hasta la puerta. Sabía ser coqueta, si le convenía. Desde el portón le dijo:

—Espero que me traigas buenas noticias muy pronto. —Y comenzó a cerrar para que saliera.

Él, confundido al verse superado por la habilidad de Sofía, se ajustó la chaqueta, irguió la figura y marchó montado en sus botines brillantes, evitando las ofrendas que forasteros y locales dejaban como recuerdo de sus necesidades satisfechas sobre los andenes y contra las fachadas.

«Cerdos», dijo él para sus adentros.

TERCERA PARTE

LAS CARTAS

Caminando con Don Quijote y Sancho venimos a la comprensión de que las cosas tienen dos vertientes. Es una el sentido de las cosas, su significación, lo que son cuando se las interpreta. Es otra la materialidad de las cosas, su positiva sustancia, lo que las constituye antes y por encima de toda interpretación.

—José Ortega y Gasset, *Meditaciones del Quijote*

XIII: *Antes de la primera carta*

...por donde yo la vi por vez primera, cuando le llevé la carta
donde iban las nuevas de las sandeces y locuras que vuesa
merced quedaba haciendo en el corazón de la Sierra Morena.

—*Don Quijote,* segunda parte, capítulo VIII

Hacía calor de verano. Sofía se entretenía haciendo una carpeta para el florero de su mesa de noche. Bordando, se olvidaba de todas sus preocupaciones. Era como estar en la iglesia. Cada puntada era una oración y entre ellas, su mirada seguía los picaflores buscando almíbar entre las fucsias del patio. Pensaba en él al tiempo que su imaginación volaba, torturándola con saña.

«¿Cuándo saldrá? Sin él no podré seguir viviendo. ¿Qué voy a hacer si muere de alguna enfermedad horrible, o si lo fusilan porque les da la gana? ¿Habrá comido hoy? No sé en qué tantas intrigas está comprometido. Sus secretos y mensajes me ponen los nervios de punta. ¿Qué diablos estará tramando?».

Hizo una pausa, levantó la vista y vio las hortensias que Federico le había sembrado junto al estanque. En sus labios flotó el gesto de una sonrisa, entre dulce y contemplativa. Un instante después, frunció el ceño. Seguía preocupada y ansiosa. Esperaba y... no sabía esperar.

Federico llevaba más de cinco meses en la cárcel y nada que salía. Desde principios de julio lo habían trasladado del presidio a la cárcel militar, junto a la Casa de Gobierno. Ahora no podía verlo ni hablar con él como antes. Su madrina le sugirió que usaran el *Quijote* para comunicarse en clave. Le pareció genial la idea. Ambos eran amantes de la obra de Cervantes y competían entre sí recitando pasajes de memoria. Además, Federico se las daba de caballero andante. Le faltaba escribir la primera carta en clave, como se lo había sugerido su madrina. Tenía una idea que no compartiría con nadie. Sabía que sólo él la descubriría. Le escribiría en dos claves, una con puntos y la otra usando las palabras de Sancho y don Quijote. Se podían leer los pensamientos. Desde que se conocieron, los secretos eran imposibles entre ellos.

Eran casi las dos y aún no habían regresado las Lemos de hablar con Delfina. En esas, Betsabé llegó con un vaso de masato*. Era adivina. Sentía sus necesidades y leía sus pensamientos. Sabía que tenía sed y que algo la preocupaba. Con voz entre amable y juguetona le dijo:

—Niña Sofi, tómese el masato. Lo hice con hojas de naranjo. Y no cosa tanto, se va quedá ciega antes de vieja.

Sofía se tomó el masato despacio, sin darse cuenta de lo que hacía, ignorándola. Su mirada seguía ausente. Betsabé esperó paciente y, por sacarla de su estupor, dijo:

—Las señoritas están pa' llegar. Ña Mariana dijo que no demoraban ni cinco y eso fue después que salió don Alberto.

Sofía la miró pensativa, sin decir palabra, y le devolvió el vaso. Betsabé no entendía a su ama. Había días en que no paraba de hablar, y otros en que no soltaba palabra y la ignoraba, como si ella no existiera.

Betsabé era un encanto —llena de mañas, resabios y decires— y Sofía la quería como si fuera su hermana. Nadie se reía con más ganas, ni con más dientes. Habían crecido juntas y las unía un pacto más firme que la amistad. Sofía le toleraba sus picardías y a veces la trataba como aliada

---

*Masato, bebida fermentada de arroz con azúcar.

y compañera más que como criada. Era el espejo que contestaba. Pero nunca llegaron a ser verdaderamente amigas. Era imposible. Ella era la Niña y Betsabé la criada.

Sofía —animada por el masato— se puso de pie y llevó el bolso de costuras para guardarlo en el arcón del corredor. Adoraba el aroma del cedro que podía oler cuando lo abría para guardar algo. En el camino hacia el comedor, metió un dedo en la tierra de las begonias, para ver si Betsabé las había regado. Satisfecha, se limpió el dedo en la falda y después de guardar sus costuras se retiró al dormitorio. Sin saber por qué, resolvió empolvarse frente al espejo. Era vanidosa. Sonrió y aprobó su imagen. Se asentó la falda gris con las manos y metió bien la blusa, de seda violeta, debajo del cinturón, que llevaba muy ceñido para resaltar su fina cintura. Escribiría a Federico tan pronto como tuviera noticias frescas de las Lemos. Estaba aún frente al espejo cuando sonó el aldabón del portón. Presintió que eran ellas. Se miró en el espejo una vez más y corrió hacia el zaguán para abrir la puerta. Eran las Lemos. Abrió.

Las tres hermanas entraron, felices de escapar del calor de la calle. El polvo, las moscas y el olor a boñiga hacían las calles insoportables. Entrar a la casa era como pasar de la barbarie a la civilización. Las Lemos venían acaloradas y ansiosas de hablar con Sofía. Gozaban de ese no-sé-qué de la familia de Federico, una mezcla de bondad y distinción sin pretensiones. Tenía que ver con los libros. Eran únicas y distintas. Mariana, la más alta y llena. Rosita y más Lola, guardaban algo de la primera juventud y ambas eran muy delgadas. Sofía las hizo pasar al salón y todas se sentaron, muy derechas, en las sillas de paja tejida. Los mosaicos del piso, con el brillo de años de escobazos y mil trapeadas, reflejaban los bordes de las faldas. La imagen del Corazón de Jesús y una foto de don Juan Francisco con el general Mosquera en el Puente del Humilladero[11], eran los únicos adornos del salón. Doña Julia, la viuda, todavía dormía la siesta. Sofía evitaba que se enterara de la vida de Federico. No lo podía ver ni en pintura. Usaba palabras de recluta para referirse a él. En eso, Betsabé, más por curiosa —por oír qué dirían— que por ser servicial, llegó con otros tres vasos de masato. Sofía adivinó a qué venía y la mandó a moler el maíz para hacer los envueltos de choclo.

—Si no lo mueles ahora no habrá envueltos para la comida —le dijo moviendo la mano con el índice amenazante.

Betsabé salió hacia la cocina, de mala gana, al tiempo que murmuraba:

—Qué envueltos ni qué revueltos. —Sofía escuchó las quejas de la muchacha y volteó los ojos hacia el cielo.

—No tiene remedio. Genio y figura hasta la sepultura. —Las tres hermanas Lemos sonrieron al tiempo.

—Las sirvientas son, por naturaleza, curiosas. Tienen que saberlo todo. Saben más que los espejos y los confesores —dijo Mariana, secándose la frente distraídamente con un fino pañuelo de lino. Satisfecha, guardó el pañuelo en su corpiño y se tomó el masato con gusto. Estaba delicioso. Secretos de Betsabé.

—Ahora, cuéntame lo de Delfina —dijo Sofía recibiéndole el vaso. Mariana pensó por unos momentos y siguió relatando la historia:

—Apenas nos vio se puso muy nerviosa, meneando la cabeza como gallina clueca. Como te puedes imaginar, estaba enterada del traslado de Federico. Fui al grano y le dije que Federico quería que ayudara a Hernandes a escapar de la prisión. Primero, se puso como una lápida, y luego se le subió la sangre a la cabeza. Hasta los lunares se le borraron de la furia.

—¿Es que quieren que me fusilen? —dijo, poniendo cara de mártir y apoyando las manos en las caderas. Parecía matera con agarraderas de cobre. Y así por el estilo. Al fin, se calmó de su rabieta y dijo que ayudaría, pero que no le ponía escalera y que si quería que se tirara del tejado. Que si se quebraba las patas, que ese no era problema de ella. Que ese hombre ni sabe dónde está ni conoce la ciudad. Y mil cosas más. Lo único que aceptó fue dejar el pasadizo abierto para que saliera sin hacer ruido por la puerta del servicio. Dijo:

—Si hay luz, no se puede, o porque las criadas están despiertas todavía, o los tresilleros siguen jugando, y yo no los voy a echar para que ese bandido salga a hacer más pilatunas.

Lola y Rosita no dijeron ni pío. Mariana habló por todas. Se limitaron a hacer comentarios sobre la belleza de su blusa de seda. Las blusas que ellas tenían puestas eran muy caseras: hechas por Mariana con tela de algodón —en la que venía la harina— y adornadas con bordados de florecitas. Lola bordaba con hilo azul oscuro y Rosita con hilo verde claro, para no confundir sus prendas. Era por lo único que peleaban. La ropa de Mariana no les quedaba bien. Cuando salieron —poco antes de las tres— Sofía quedó como una mata de nervios.

«Federico se va a morir de la ira». Betsabé volvió de la cocina a recoger la bandeja con los vasos. La siguió el olor dulce del maíz recién molido y la panela raspada. Levantó la bandeja y le dijo a Sofía:

—Amita, no se preocupe. ¿Quién sabe qué quiere mi Dios? El decidirá lo que convenga. Y regresó a armar los envueltos.

Sofía, asombrada por el comentario, salió del salón, se asomó por la puerta entreabierta y vio que su madre seguía profundamente dormida. Cada año, desde la muerte del profesor, le añadía más tiempo a las siestas. Satisfecha, entró a su cuarto y cerró la puerta con llave. Quería estar sola y sin interrupciones. Alcanzó el librito del Quijote que tenía sobre el nochero, junto a la lámpara de petróleo, sacó del cajón un lápiz Faber de grafito, regalo de Federico, lo afiló y se sentó en el alféizar de la ventana que daba la calle para comenzar a escribir. En ese momento, una mujer pasó por la calle vendiendo papayas. El sol del atardecer proyectaba las sombras de las rejas en las baldosas del piso y su luz iluminaba el libro que Sofía tenía en sus manos. Su prodigiosa memoria la llevó al punto exacto donde quería comenzar la primera carta en clave para Federico.

Lo había pensado todo, repasando sus palabras y todo lo que quería decirle por horas. Abrió el librito en el capítulo VIII, titulado:

Donde se cuenta lo que le sucedió á don Quijote yendo á ver a su señora Dulcinea del Toboso

—Decía: «Bendito sea el poderoso Alá».

Sofía, inspirada por la invocación al *poderoso Alá,* le dio gracias a Dios y pasó a la página siguiente que conocía muy bien, donde Sancho le dice a don Quijote:

...por donde yo la vi por vez primera, cuando le llevé la carta donde iban las nuevas de las sandeces y locuras que vuesa merced quedaba haciendo en el corazón de la Sierra Morena.

Sonrió con picardía, pensando en la sorpresa de Federico al leer la carta. Mojó la punta del lápiz con saliva y puso un puntico debajo de cada letra: la *a* de primer<u>a</u>, otro en la *m* de <u>m</u>erced, uno en la *o* de haciend<u>o</u> y luego uno más en la *r* de co<u>r</u>azón. Leyó *amor* y se sintió feliz. Su primera palabra en clave era: *amor* (fig. 4). Una

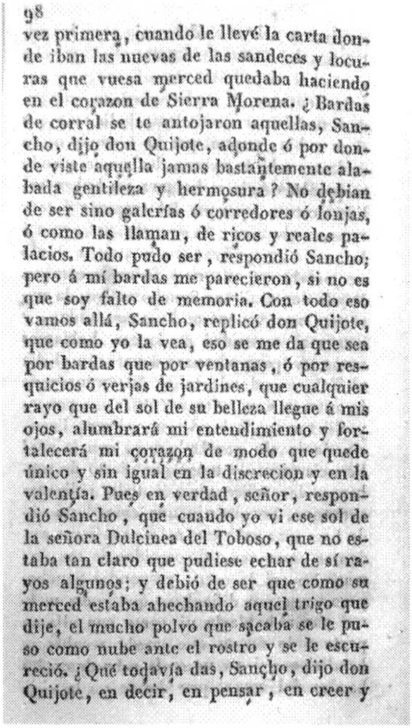

98

vez primera, cuando le llevé la carta donde iban las nuevas de las sandeces y locuras que vuesa merced quedaba haciendo en el corazon de Sierra Morena. ¿ Bardas de corral se te antojaron aquellas, Sancho, dijo don Quijote, adonde ó por donde viste aquella jamas bastantemente alabada gentileza y hermosura ? No debian de ser sino galerías ó corredores ó lonjas, ó como las llaman, de ricos y reales palacios. Todo pudo ser, respondió Sancho; pero á mí bardas me parecieron, si no es que soy falto de memoria. Con todo eso vamos allá, Sancho, replicó don Quijote, que como yo la vea, eso se me da que sea por bardas que por ventanas, ó por resquicios ó verjas de jardines, que cualquier rayo que del sol de su belleza llegue á mis ojos, alumbrará mi entendimiento y fortalecerá mi corazon de modo que quede único y sin igual en la discrecion y en la valentía. Pues en verdad, señor, respondió Sancho, que cuando yo vi ese sol de la señora Dulcinea del Toboso, que no estaba tan claro que pudiese echar de sí rayos algunos; y debió de ser que como su merced estaba ahechando aquel trigo que dije, el mucho polvo que sacaba se le puso como nube ante el rostro y se le escureció. ¡Qué todavía das, Sancho, dijo don Quijote, en decir, en pensar, en creer y

Fig. 4—Inicio de la primera carta de Sofía, páginas 98, Tomo III, *Don Quijote,* 1844

sonrisa de Mona Lisa casi le nació en los labios. Se detuvo un instante, pensó en Federico de nuevo y le sopló un beso a su retrato con corbata y cuello de pajarita que la miraba desde la mesita de noche.

En la prisión, Federico sintió que Sofía lo besaba. Era la magia del amor, que podía entrar a todas partes, hasta por las puertas cerradas.

Después del beso, le contó de la visita de sus hermanas a Delfina y de la visita de Alberto. Por un momento dudó si debía decirle algo de Alberto —temiendo despertar sus celos—, pero decidió que más importante era darle esperanza, que supiera que no estaba solo.

Sofía escribió la carta de una sentada. No paró hasta poner el punto final en la última *o*, de cautivo caballer<u>o</u>, casi al final del capítulo X, y sonrió, imaginando la cara de Federico al leer su carta. Miró el grabado en la página opuesta, titulado:

Arrodillase D. Quixote delante de la supuesta Dulcinea.

Su semblante se iluminó de nuevo. Ella no era ninguna *Dulcinea* pero sí esperaba ver a Federico de rodillas pidiéndole la mano con la misma gallardía de don Quijote, postrado frente a la aldeana a quien tomó por Dulcinea. Apreció lo bien que se ajustaba el texto del *Quijote* a las intenciones de su carta y a todo lo que sentía en su corazón. Las palabras del libro y las suyas se unían para reforzar lo que decía con los puntos entre líneas. No podía esperar un minuto más para llevarle el libro a la cárcel. La sorpresa sería inolvidable. No sabía cómo agradecer a su madrina que hubiera hablado con el sargento Llaves para que facilitara las lecturas de Federico; ventajas de tener por madrina a su tía Ana María Carrasco, la señora del gobernador.

Decidió usar el tomo III porque allí comienza la Segunda Parte del *Quijote* que abre con la dedicatoria de Cervantes al Conde de Lemos, su amigo y mentor. Federico era su 'Conde de Lemos'. ¡Qué mejor manera de escribir al 'Conde' Federico Lemos!

Eran casi las cinco, cuando las nieves del volcán de Puracé, tocadas por la magia de la luz, parecen manzanas maduras danzando sobre el espinazo de la cordillera. Sofía guardó el librito en el bolsillo de la falda, abrió la puerta con cuidado y salió en puntillas para no molestar a su madre. Pasó por la cocina y ordenó a Betsabé que despertara a su madre a las seis y tuviera la comida lista para las seis y media o siete. Dijo que salía para San Francisco a rezar el rosario. Sacó un queso de libra y unos envueltos de choclo —todavía calientes— del armario de la despensa y los guardó en su bolso. Se despidió, salió de la casa y con paso seguro subió hacia San Francisco.

Betsabé la siguió con la vista desde el poyo de la ventana junto al portón y dijo entre labios:

—¿Qué tienen que ver los envueltos y el queso con el rosario? No soy ninguna boba.

En San Francisco, el olor de las veladoras y la semioscuridad del recinto la llenaron de paz. Un sitio familiar. Se arrodilló, miró la imagen de la Inmaculada, implorando con la mirada, puso su confianza en Ella y se santiguó por instinto. En dos minutos más, salió por la puerta lateral con la mantilla sobre los ojos, para protegerse del sol, y siguió hacia la cárcel. Antes de llegar a la puerta sobre la Calle de la Moneda, se quitó la mantilla, se pellizcó las mejillas y se humedeció los labios con saliva. Entró y, saludando a los guardas de turno, dijo:

—Buenas tardes. ¿Por favor, me pueden llamar al sargento Llaves?

—Espere aquí, señorita —dijo uno de los guardas y regresó al momento con el sargento que estaba limpiándose las manos en los pantalones. Al verla, le dijo:

—En qué la puedo servir, Ña Sofía.

—¿Sargento, cómo sigue su mamá Filomena? Mi madrina me contó que no anda muy bien. ¡La pobrecita! —El sargento entendió a qué se refería cuando mencionó a la señora del gobernador.

—Está mejor, mejor —respondió entre bostezos.

—A Dios gracias. Quiero pedirle un favor: ¿me le puede entregar éste librito, éste queso y unos envueltos a don Federico?

El Sargento contempló los ojos verdes, rasgados, miró sus mejillas y sus labios rojos y le respondió embelesado:

—Con el mayor de los gustos, Ña Sofía. Ahora mismo le voy a entregar su encomienda.

—Mil gracias Sargento. Que mi Dios se lo pague. —El sargento quedó feliz de haberla tenido tan cerca pidiéndoles favores. Haría cualquier cosa por ella.

Cumplida su misión, Sofía regresó a San Francisco a dar gracias por su madrina. El rosario iba más allá del cuarto misterio. Miró de reojo a María José de Lindo —la señora de Pedro Lindo— que sonrió al verla. Era una mujer tan noble como su marido. Sofía esperó hasta que el cura terminara la última Avemaría, mientras jugaba con el rosario, pensando en Federico. Se despidió de la Virgen y le pidió ayuda. Dio gracias y se unió a las rezanderas que regresaban a servir comidas. María de Lindo la saludó y preguntó por Federico. Caminó con ella hasta el portón de la casa donde se despidieron. María siguió su camino apenada por la muchacha.

Betsabé le tenía envueltos frescos y sopa de masa con tostadas de plátano frito. Nada de carne. No se conseguía, ni robada. Su madre ya había tomado su tisana y leía recostada en el sofá en el estudio del profesor.

—Pensé despertarte para ir a rezar el rosario pero resolví que era mejor dejarte dormir —Sofía le dijo—. De todas maneras, recé por ti. Saludos te mandó María de Lindo. Está loca con el bebé. —Su madre la miró sin prestar atención a lo que su hija le decía. Vivía en el aire.

Betsabé llamó a comer y pasaron al comedor. Como de costumbre, había tres puestos con servicio completo. Uno para su madre, uno para ella y el de don Juan Francisco, quien —según doña Julia— no perdonaba la comida. Tenía muy buen apetito. Todo lo que le servían desaparecía de la noche a la mañana.

—Cosas de los espíritus —decía Betsabé.

Su abuela, Malinka, le había enseñado, desde niña, a compartir con sus antepasados todo lo que se comía en casa. De noche, a escondidas, ponía el plato de don Juan Francisco en el patio, debajo del papayo, con lo que sobraba de la mesa. A la madrugada, lo encontraba limpio, señal de que sus antepasados velaban por ella desde la otra vida.

∗   ∗   ∗

Su familia venía del más noble ancestro africano, eran del linaje de los Kangaba, legendarios soberanos del África. El bisabuelo de Betsabé, de apellido Balanta, era comerciante en oro en las costas de Guinea por generaciones cuando fue engañado por una partida de traficantes de esclavos en lo que parecía un viaje de negocios y terminó con la pérdida del oro y su libertad. Por casualidad, él y su mujer fueron vendidos a la noble familia payanesa de los Angulo, dueña de ricas minas de oro en Barbacoas. Allí, en la costa Pacífica de Colombia, se ganaron la vida lavando oro con el sudor de la frente, cambiando la libertad por la comida para sus hijos, y se sintieron como en casa en medio de la selva tropical. Desde entonces, fueron los favoritos de la noble familia entre todos los trabajadores de sus minas y haciendas, por su energía, su porte distinguido, su alegría y honradez: *Noblesse oblige*.

De la abuela Malinka también aprendió la cantaleta de su ancestro que transmitió a Betsabé en el original Mandé —el idioma de los Kangaba— como ella misma lo había aprendido de su abuela. Sin duda alguna, Betsabé era la persona de más antigua nobleza en Popayán, más antigua que las de España y tan antigua como la de los Incas. Los Kangaba eran ya reyes ocho siglos antes de la llegada de Colón al Nuevo Mundo. La cantaleta que la abuela Malinka le había enseñado, cuando Betsabé aún no tenía cinco años, trataba de los nombres y hazañas de setenta reyes de los Kangaba. Betsabé la repetía cuando pensaba en su abuela. La armonía de la cantaleta, con algo de mandé y árabe en sus notas, le daba un sentido de paz muy especial y la unía con todo su ancestro, aunque no entendiera una palabra de lo que decía. Parecida a la paz que le producía la cantaleta de los latines de la misa del padre Paredes, de los que tampoco entendía una palabra.

*   *   *

DESPUÉS DE COMIDA SOFÍA SE RETIRÓ A SU CUARTO. No podía dejar de pensar en la impresión de Federico cuando recibiera su carta. Tendría que contarle a su madrina de la manera como el Sargento Llaves la había mirado cuando le entregó el libro. ¿Se lo habría entregado? ¿Descubrirían su carta en clave? Ni pensarlo, matarían a Federico.

XIV: Primera carta de Sofía

Escríbala vuestra merced dos o tres veces ahí en el libro,
y démelo, que yo lo llevaré bien guardado.

—*Don Quijote,* primera parte, capítulo XXV

POPAYÁN, AGOSTO DE 1900

Amor mío, dueño de mi corazón.
Tengo la dicha de volverte a escribir.

Hablaron con Delfina. Dicen que es mui difícil tanto
por las criadas que al menor ruido disen que son los
presos como por los tresilleros. Que ella no le ayuda a
ese hombre en nada. Que si quiere se suva al tejado de
las siete a las ocho i media. Que si hai lus se baje porque
es señal que están las criadas i no se puede. Que si está
oscuro de deje caer sin haser ruido. Que ella no le pone
escalera. Que si se mata que se mate. Que le dejará el
pasadiso abierto. Que ella no saldrá i que donde irá ese
hombre sin conocer. Que lo cojen. Esto dijo ella.

Ahora, óyeme.

Desde que me dijiste esto... una cosa en el corasón. Como que presiento que este hombre al balerse de ti te tiende algún laso. Lo mismo les pasó a tus hermanas.

Te ruego mi amor que no le hagas ese favor. Es el ser mas infame. Lo sé por personas verídicas. Disen los mismos godos que tu no tienes compromisos que probarte. No dudo que es laso que éste hombre te tiende i tal bes mandado. No te metas mi patojito a hacerle este favor. Si te parese díle lo que dise esa señora i si no sácale el cuerpo de cualquier modo.

Hoi bino Alberto. Me dijo que se hiba a interesar por ti. Que quisás le oirían hablando de Hernandes. Me dio los informes más negros. Me dijo sabia que los godos lo elogiaban mucho i que esos elogios tenían uñas.

No te metas mi amorsito. Te lo ruega tu Sofía. Si se fuga se deja coger i dise que tu le ayudaste.

Pronto boi a verte mi amor.
Créeme siempre tu amante i fiel,

Te abraso i te beso amor mío.

*   *   *

FEDERICO MIRÓ EL LIBRITO fascinado con la astucia de Sofía para hacerlo llegar a sus manos. Ella sabía cómo usar sus contactos y sus encantos. Lleno de curiosidad, lo abrió en busca de la carta que esperaba hasta que encontró los primeros cuatro punticos en el capítulo VIII que al unirlos decían amor. Sonrió viendo cómo Sofía usaba el Quijote para contarle lo que habían hecho ella y sus hermanas para ayudar a Hernandes. Lo molestó sobremanera que Delfina se negara a poner la escalera. Pero, no la podía culpar. Las razones de su temor eran evidentes: no confiaba en nadie. Le podría costar su negocio y aún más. Lo que más lo irritó fue que Alberto no podía dejar a Sofía sola y había estado metido en su casa, haciendo ofertas para traicionar a Hernandes. No lo podía ver ni en pintura. Además, le pareció imprudente que Sofía le hubiera informado sobre el plan para sacar a Hernandes de la cárcel.

Pero había algo más —que ella no escribió con lápiz— relacionado con las palabras de don Quijote y Sancho. En la página con los punticos,

116

luz del sol de hermosura que vas á buscar. ¡Dichoso tú sobre todos los escuderos del mundo! Ten memoria, y no se te pase della cómo te recibe, si muda los colores el tiempo que la estuvieres dando mi embajada, si se desasosiega y turba oyendo mi nombre, si no cabe en la almohada si acaso la hallas sentada en el estrado rico de su autoridad, y si está en pie mírala si se pone ahora sobre el uno, ahora sobre el otro pie, si te repite la respuesta que te diere dos ó tres veces, si la muda de blanda en áspera, de aceda en amorosa, si levanta la mano al cabello para componerle aunque no esté desordenado: finalmente, hijo, mira todas sus acciones y movimientos, porque si tú me los relatares como ellos fueron, sacaré yo lo que ella tiene escondido en lo secreto de su corazon acerca de lo que al fecho de mis amores toca: que has de saber, Sancho, si no lo sabes, que entre los amantes las acciones y movimientos exteriores que muestran cuando de sus amores se trata, son certísimos correos que traen las nuevas de lo que allá en lo interior del alma pasa. Ve, amigo, y guíete otra mejor ventura que la mia, y vuélvate otro mejor suceso del que yo quedo temiendo y esperando en esta amarga soledad en que me dejas. Yo iré y vol-

Fig. 5—Fotocopia de la página 116, del Tomo III, *Don Quijote* 1844. Notar la *b* en el margen izquierdo y enseguida los dos puntos debajo de interior donde Sofía le pide a Federico ber (quiso decir ver) lo que dice el texto: «*entre los amantes las acciones y movimientos exteriores que muestran cuando de sus amores se trata, son certísimos correos que traen las nuevas de lo que allá en el interior del alma pasa*».

leyó frases que añadían otra dimensión a la carta, algo para ellos solos. No era ningún accidente que ella hubiera usado el volumen III con la dedicatoria de Cervantes al Conde de Lemos. La selección del sitio para iniciar la carta tenía «otras razones» que descubrió al reflexionar sobre lo que decía el texto.

Federico notó que así como era la primera vez que Sofía le escribía en código, también fue la vez primera cuando Sancho le llevó la carta de don Quijote a Dulcinea. Era genial y siguió releyendo en busca de otros mensajes ocultos en el texto mismo.

Sofía se lo había imaginado en la cárcel, tratando de verla desde una ventana, pensando en las palabras que don Quijote usó al referirse a Dulcinea. Quería que la viera desde las ventanas de la cárcel, para alumbrar su entendimiento y fortalecer su corazón, cuando ella pasara por el andén de la Calle de Pandigüando.

En otra página (fig. 5) Sofía había puesto una *b* —de su puño y letra— al margen, seguida de dos puntos debajo de la palabra interior para llamarle la atención, pidiéndole *ber* lo que decía don Quijote a Sancho en el texto. Leyó esa página con más con cuidado y descubrió varias frases que lo dejaron pensando en lo Sofía le quería decir:

> ...hijo, mira todas sus acciones y movimientos, porque si tú me los relatares como ellos fueron, sacaré yo lo que ella tiene escondido en lo secreto de su corazon.

> ...Sancho, si no lo sabes, que entre los amantes las acciones y movimientos exteriores que muestran cuando de sus amores se trata, son certísimos correos que traen las nuevas de lo que allá en el interior del alma pasa.

Al leer las dos frases anteriores Federico comprendió que tendría que fijarse con gran atención no solo en lo que ella dijera en las cartas con puntos y en lo que ella y sus hermanas y amigos hicieran para ayudarle sino también en las palabras de don Quijote y Sancho.

Después del *ber* descubrió en las palabras de don Quijote muy en claro la situación en que la había dejado cuando lo encarcelaron:

> Ve, amigo, y guíete otra mejor ventura que la mia, y vuélvate otro mejor suceso del que yo quedo temiendo y esperando en esta amarga soledad en que me dejas.

Pensó: «Sofía me dice que está sola *en esta amarga soledad en que me dejas* y llena de temor por lo que teme que me pueda suceder. Teme que Hernandes me traicione y no confía en Alberto. Teme que me pase lo que les pasó a mis hermanas por no tomar precauciones en sus tratos con los godos. Teme que fusilen a Hernandes o que me fusilen a mí. Teme la soledad de la guerra. El vacío del amor ausente».

Federico vio que Sofía había usado la *o* de cautivo caballero como la última letra de la carta y también para decirle que él era su cautivo caballero en su condición de preso político en la cárcel de Popayán (fig. 6). Además, la *o* de caballero era la misma *o* de la última palabra de

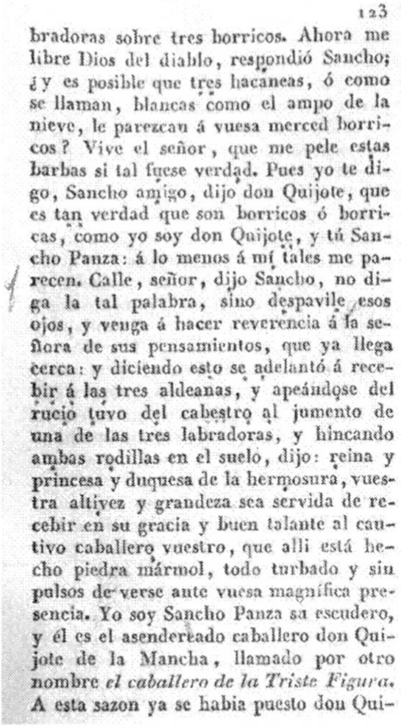

123

bradoras sobre tres borricos. Ahora me libre Dios del diablo, respondió Sancho; ¿y es posible que tres hacaneas, ó como se llaman, blancas como el ampo de la nieve, le parezcan á vuesa merced borricos? Vive el señor, que me pele estas barbas si tal fuese verdad. Pues yo te digo, Sancho amigo, dijo don Quijote, que es tan verdad que son borricos ó borricas, como yo soy don Quijote, y tú Sancho Panza: á lo menos á mí tales me parecen. Calle, señor, dijo Sancho, no diga la tal palabra, sino despavile esos ojos, y venga á hacer reverencia á la señora de sus pensamientos, que ya llega cerca: y diciendo esto se adelantó á recebir á las tres aldeanas, y apeándose del rucio tuvo del cabestro al jumento de una de las tres labradoras, y hincando ambas rodillas en el suelo, dijo: reina y princesa y duquesa de la hermosura, vuestra altivez y grandeza sea servida de recebir en su gracia y buen talante al cautivo caballero vuestro, que allí está hecho piedra mármol, todo turbado y sin pulsos de verse ante vuesa magnífica presencia. Yo soy Sancho Panza su escudero, y él es el asendereado caballero don Quijote de la Mancha, llamado por otro nombre *el caballero de la Triste Figura*. A esta sazon ya se había puesto don Qui-

Fig. 6—Fotocopia de la página 123 del Tomo III de *Don Quijote* 1844, donde termina la primera carta de Sofía. Notar su firma, una *S*, debajo de las palabras *"despabile esos"*, a la derecha de *f* del margen izquierdo. Notar también que la *o* de caballer<u>o</u> es la misma *o* de *amor mio* con que Sofía termina su carta a Federico.

la primera carta con puntos: Te abraso y te beso amor mio. El cautivo caballero y el amor mio eran la misma persona y compartían la o que Sofía destacó con un punto. Cada nota de su sinfonía estaba allí por una razón. Nada sobraba, ni nada faltaba. Mozart no la podría haber hecho mejor. Sofía era una maravilla. ¡Genial! Pero Federico no podía dejar de pensar en Alberto.

XV: Federico escribe a Sofía

Tuve antier la felicidad mas grande de mi vida, la sorpresa más
grata con la lectura de tu dulce cartica en la que se revela la
bondad de tu alma, la ternura de tu corazón.

—Segunda carta de Federico a Sofía

La neblina del frío amanecer aún flotaba por los solares, cuando Federico despertó al oír ruidos en la fonda de Delfina. Las criadas hacían fuego. Olía a humo. Le dolían los huesos y tenía los riñones encalambrados por el frío y las ganas de orinar. Se acercó al balde y —de rodillas— vació la vejiga con gran placer. Regresó a su sitio y se estiró. Olía a café. Le rascaba todo. Domingo peleaba con alguien en sueños. Tenía sed. Tomó un largo trago de agua de la totuma y pensó: «¿Cuánto no daría por un tazón de café o un chocolate espumoso, con burbujas de todos los colores del arco iris?».

Las campanas de San Francisco dieron las cinco y media y una luz tenue se filtró por las rendijas de la puerta. Se arrimó a la luz y abrió el librito para volver a leer la carta de Sofía.

Pronto alcanzó a ver el primer puntico en la penumbra del cuarto. Tres puntos más y de nuevo leyó *amor*, y sintió amor y se llenó de amor. *Amor en cuatro puntos con lápiz*. Un momento inolvidable.

Sentía a Sofía a su lado. La podía oler al pasar cada página. Se la imaginó escribiendo la carta y se llenó de ternura. Era la emoción de volver a saber de ella y de lo que pensaba y hacía por él. Hablando solo, dijo:

«¡Y Delfina! Que se tire del tejado y esté espiando si hay o no luz. ¿Está loca? ¿Qué le cuesta ayudar? ¡Vieja estúpida! ¿Qué hace Alberto en casa de Sofía?». Sabía que habían sido novios y era celoso y pensó:

«Sofía con Alberto y hace meses que no le doy un beso. Si delata a Hernandes nos jodemos. Es un imbécil. Ella no entiende que la está usando. A él no le importo un bledo. ¡Cabrón!».

Cuando acabó de leer la carta, Domingo despertó. Compartió con él las noticias, pero el pobre no tenía ánimos para oír nada de nadie, lo interrumpió y dijo:

—Dame agua, por favor. —Tenía ansias y no le importaba un ardite si Hernandes podría escaparse. A las seis pasadas, el guarda abrió la celda. Era hora de ir al patio.

Salieron al corredor, Federico cargando el balde maloliente y las totumas terciadas al hombro, vigilados por los guardas. Se odiaban mutuamente. Era un odio de familia, de amantes engañados. Hicieron fila para vaciar el balde, tomar un trago del chorro de agua y llenar las totumas. Después, se lavaron las manos y la cara, y pasaron a desayunar. Una escudilla de agua panela tibia y un pambazo tieso. Nada más hasta la hora de comida, a las tres. No habría almuerzo.

Charlaron con Hernandes y el doctor Cajiao y Federico les contó lo de Delfina. Hernandes les dijo que sería un suicidio intentar un escape sin escalera. Él no estaba para saltar del tejado a ocho o diez metros de altura. Tenía esperanza de vivir su vida completa después de la guerra, quería volver a Santander a la finca de su padre, al cafetal y a enseñar en la escuela. Volvería al Socorro, vivo o muerto, mas antes cumpliría con entregar las armas al general Bustamante. No podía faltar a su promesa. Pero primero tenía que salir de la cárcel.

En referencia a las preocupaciones de Sofía, el doctor Cajiao dijo:

—Cosas de mujeres. Dile a Sofía que hablen de nuevo con esa vieja alcahueta para que nos ayude, y no te olvides de pedirle que le dé vuelta a Aniceto Arcila. Él ya debe tener los fusiles que nos mandó el presidente Alfaro. En cuanto a Hernandes, es imperativo que salga, cuanto antes mejor. Por las buenas o por las malas. Estoy preocupado por su vida. Como nadie lo conoce aquí, les queda muy fácil matarlo.

En el patio, Federico se tropezó con Antonio Ramos que venía de bañarse en el chorro. Él era el único preso que se bañaba todos los días. Le contó de Delfina y de su reticencia a ayudar a Hernandes.

Antonio, que era buen cliente de la fonda, y muy amigo de Sofía y de las hermanas de Federico, comentó:

—Esa vieja es la moza de Martín, y no me sorprende que le haya contado en la cama todo lo que le dijeron tus hermanas. ¿Has visto que desde antier reforzaron la guardia? Hay que buscar otras opciones. Hablaré con el doctor Cajiao sobre esto. Delfina no nos va a ayudar en nada.

Al medio día, Federico compartió el queso y un pedazo de envuelto con Domingo que no había desayunado. Volvió a leer la carta y quedó maravillado por el talento de Sofía. ¿De dónde sacaría la idea de poner dos cartas en una? Era maravillosa. La imitaría al contestarle. Tendría que leer el texto con gran cuidado para descubrir la manera de enviarle 'el otro' mensaje, así como ella le había enviado el suyo con los puntos y por boca de don Quijote y Sancho.

Decidió no decirle nada de Alberto. Hernandes debía salir cuanto antes. Le pediría ir a ver a Arcila, el amigo en quien podía confiar para cualquier cosa.

Una vez que completó el inventario de lo que quería decirle a Sofía, pensó dónde iniciar la carta para seguirle el juego y escogió el capítulo XI donde el texto dice:

De la extraña aventura que le sucedió al valeroso don Quijote con el carro ó carreta de las Cortes de la muerte.

Era ideal para el momento. Afiló el lápiz que tenía escondido en el saco y con gran cuidado procedió a poner los primeros puntos. Sonriendo, puso uno en la *m* de ade<u>m</u>ás. Apenas lo podía ver en la penumbra del cuarto. Los dos puntos siguientes los escribió debajo de la palabra iba y aplicó más presión en el lápiz para verlos mejor. Siguió añadiendo puntos, brincando de una línea a la otra, evitando poner muchos puntos en la misma línea, hasta que terminó el inicio de la carta con tres campanadas:

Mi amorcito. Mi bien. Mi encanto.

Escribía bien y hacía rato que no había escrito una carta. Era un placer volver a hacerlo. Era un placer ser libre, aunque fuera a escondidas. Al leer en el texto que *iba don Quijote por su camino* se convirtió 'allí mismo' en el *caballero de la triste figura*. Era su turno de burlarse de encantadores y malquerientes y volver a estar con Sofía en la intimidad de las cartas. Por las propias manos del oficial y en sus narices, el libro y sus mensajes pasarían a las manos de Sofía y por sus ojos —*verdes y rasgados*— harían entrada triunfal en su mente y su alma.

Federico leyó lo que hacía Rocinante:

> ...el cual sintiendo la libertad que se le daba, á cada paso se de-
> tenía á pacer la verde yerba de que aquellos campos abundaban

y al leerlo descubrió que era libre otra vez, hasta para comer verde yerba. Jamás se le había ocurrido ser un caballo.

Aún hacía de Rocinante cuando Sancho le sacó de su encanto y dijo:

> Señor, las tristezas no se hicieron para las bestias, sino para los
> hombres; pero si los hombres las sienten demasiado, se vuelven
> bestias: vuesa merced se reporte, y vuelva en sí y coja las riendas

á Rocinante, y avive y despierte, y muestre aquella gallardía que conviene que tengan los caballeros andantes.

En ese momento, escuchando a Sancho, redescubrió su gallardía y escribió a Sofía:

Cuánto placer me has dado con tus palabras de amor y de consuelo. Cuánto te las agradezco.

Era como un verdadero caballero andante, como don Quijote cuando escucha las sabias palabras de su fiel escudero. Siguió escribiendo la carta, punto a punto, gravitando entre el texto del Quijote y sus pensamientos, ligando las locuras de don Quijote a la carta en clave que pronto saldría de la cárcel en manos del sargento Llaves.

El poder de su amada lo sacó de su postración y le recordó que estaba prisionero, no por el temor que tuvieran los godos a sus armas, sino por el terror que le tenían a sus ideas liberales basadas en la igualdad de los hombres ante Dios y ante las leyes.

En esas estaba cuando Domingo se despertó y le pidió ayuda. Tenía que usar el balde de nuevo y no tenía alientos para pararse.

—Tráeme el balde por favor —dijo. Tenía diarrea con sangre y una fiebre muy alta. Vomitó el envuelto y el queso. Federico, alarmado, golpeó en la puerta para pedir al guarda, que llamara al sargento Llaves. Cuando llegó el sargento propuso que le dieran agua dulce con canela y sal.

—Si no se mejora en un par de días, veremos que más podemos hacer.

—Le agradezco mucho sargento. Perdone, quiero pedirle que le devuelva el librito a la señorita Sofía. A lo mejor, nos manda otro queso.

El sargento recibió el libro y lo escondió en la chaqueta del uniforme. Haría cualquier cosa por volver a ver a Sofía. Miró a Federico y dijo:

—Mañana se lo llevaré. Ahora debo bajar.

Cuando llamaron a comer, Federico se levantó y, haciendo de tripas corazón, salió y bajó las gradas con la *gallardía que conviene que tengan los caballeros andantes*. Era otro. Era la magia del libro. Con solo tocarlo se había convertido de nuevo en un verdadero caballero andante. Había vuelto a ser Federico Lemos.

XVI: Primera carta de Federico

No hay amigo para amigo.

—*Don Quijote,* segunda parte, capítulo XII

POPAYÁN, JULIO–AGOSTO DE 1900

Mi amorcito. Mi bien. Mi encanto.

Cuánto placer me has dado con tus palabras de amor y de consuelo y cuánto te las agradezco. Creo que es imposible que tu me olbides así como yo jamás te olvidaré i cada día te querré más y más, porque tu también me querrás con el mismo cariño con la misma decisión.

No tengas ningún cuidado por lo de Hernandes. Aunque es cierto que aquí todos tenemos mala idea de él, a ecepción del doctor Cajiao, no lo creo capaz de lo que tú me dices, ni es posible que me tienda un laso. Yo sé por qué te lo digo. Además es conveniente que se vaya.

Lo que si me llama la atención es que desde antier la guardia ha estado vigilante y han puesto centinelas en todas partes y en donde no ponían.

Temo que Delfina haya dicho algo, pues mas bien ha debido negarse que decir que se bote del tejado y que esté espiando si hay o no lus. Empéñense a fin de que ayude pero siempre que no vaya a traicionar.

Dime si has sabido que Arcila esté todavía allí y dime lo que haya.

Te enbío mi corasón lleno de inmenso amor para ti. *Adiós mi reina. Tu,*

F

*   *   *

EL SARGENTO LLAVES MADRUGÓ a entregarle el librito a Sofía. Se afeitó con cuidado, depiló los bigotes para afinarlos y se peinó con agua de azúcar para que su pelo brillara. Sofía lo saludó con su mejor sonrisa, recibió el libro y le dio unas monedas para que se comprara unos cigarros. Él hizo una aparatosa venia y dijo:

—A su servicio Ña Sofía. ¡Lo que quiera! No es más que me diga.

Cuando el sargento se fue, Sofía corrió a leer la carta de Federico con gran expectativa. Le encantó leer sus tiernas palabras de amor y le preocupó mucho sentir la inseguridad de Federico, pensando que ella lo podría olvidar. A su vez, lo que le dijo de Hernandes le quitó un gran peso de encima, y en especial por lo que había dicho el doctor Cajiao en quien confiaba por completo.

Al leer que la guardia había estado muy vigilante, Sofía intuyó que Delfina o Alberto le habían dicho algo a Martín, el carcelero. Así que, si Federico no creía que Delfina los hubiera delatado y le pedía que volvieran a buscar su ayuda, siempre que no los fuera a traicionar, eso indicaba que el traicionero tuvo que ser Alberto. Puesto que Federico no lo mencionó en su carta, ella concluyó que no debían confiar en él.

Le pareció muy peligroso tener que ir a ver si Aniceto Arcila estaba en el galpón donde escondían las armas, y que viera qué había. Estaba tan comprometida como Federico, pero aún tenía libertad de movimiento y creía que no sospechaban de ella. Claro que eso podría ser por su relación con la madrina o porque los godos querían ver en qué andaba. Tendría que cuidarse de los espías.

Le encantó que terminara la carta enviándole su corazón, «lleno de inmenso amor para ti» y la declarara: «*Mi reina*». Firmó con una *F* sin revelar su nombre. Era más discreto que ella. Entonces, se dio cuenta de que el capítulo XI trataba de:

> ...la extraña aventura que le sucedió al valeroso don Quijote con el carro ó carreta de las Cortes de la muerte.

Al leer el título sonrió: Federico sabía que estaba en la cárcel por mandato de las *Cortes de la Muerte:* no pudo encontrar mejores palabras para definir su situación de preso político.

Allí mismo, en el texto del libro, Federico parecía autoanalizarse y se reconfortaba con las sabias palabras que dedicó Sancho a don Quijote en la Sierra Morena para sacarlo de su ensimismamiento:

> Señor las tristezas no se hicieron para las bestias, sino para los
> hombres; pero si los hombres las sienten demasiado, se vuelven
> bestias: vuesa merced se reporte, y vuelva en sí y coja las riendas
> de Rocinante, y avive y despierte y muestre esa gallardía que
> conviene tengan los caballeros andantes.

Federico compartía con ella sus tristezas y su quijotesca lucha contra ellas. Quería montar a Rocinante y volver a ser un gallardo caballero. Quería ser libre, como solo lo fue don Quijote, como solo pueden serlo las ideas. Para serlo, quería despertar, avivarse y salir de su estado de depresión. Eso no era nada raro para ella. Lo conocía muy bien desde hacía más de diez años.

A continuación notó que Federico había escrito una *p* al margen de la página del texto que señalaba tres preguntas que quería compartir con ella:

> ¿Qué diablos es esto? ¿qué descaecimiento es este? ¿estamos aquí
> o en Francia?

Al leerlas pensó: «Federico no entiende qué desespero lo invade y le roba el ánimo. Se pregunta si está en Popayán o en Francia, esperando la guillotina. Más lucha y busca volver a ser el gallardo caballero andante que fue antes. No, no está vencido. Aún espera vencer. Hay esperanza. Dios mediante, don Quijote le hará el milagro».

Sofía vio también que más adelante usó dos letras, una *p* y una *b,* para señalar la frase en que se hace responsable de las desgracias que le creó al quedar preso. Al leerla no pudo contener las lágrimas:

> Calla, Sancho, respondió don Quijote con voz muy desmayada;
> calla digo, y no digas blasfemias contra aquella encantadora
> señora, que de su desgracia y desventura yo solo tengo la culpa:
> de la invidia que me tienen los malos ha nacido su mala andanza.

En la misma página vio una *X* del puño de Federico al final de la frase donde don Quijote contrasta su idea de Dulcinea con la propuesta por Sancho, que dice:

> ...deben de ser de verdes esmeraldas, rasgados con dos celestiales
> arcos que les sirven de cejas.

Esta frase sobre sus ojos y sus cejas dejó a Sofía encantada a ver que él seguía pensando en su belleza que no dejaba de alabar cuando la veía. La intelectual no tenía que imaginarla: sabía que él la conocía muy bien aunque a veces le parecía que dudaba de ella. Eso la molestaba.

En el capítulo XII vio una *b* al margen de la página seguida de una *g*. Dos letras que señalaban una frase de don Quijote para ofrecerle a Sofía —su reina— la corona de oro de la emperatriz y las alas de Cupido:

> ...si tú, Sancho, me dejaras acometer como yo queria, te hubieran
> cabido en despojos por lo menos la corona de oro de la emperatriz
> y las pintadas alas de Cupido...

> Nunca los cetros y coronas de los emperadores farsantes, respondió
> Sancho Panza, fueron de oro puro, sino de oropel ó hoja de lata.

La corona que Federico le ofrecía a ella era la de oro puro, y no las coronas que llevan los burócratas farsantes que se venden por cargos de oropel y de lata para ostentar sonoros títulos: prefecto, gobernador, y otros por el estilo. Se sintió como una reina, y casi se mira en el espejo para ver la corona que le mandaba Federico.

Se fijó entonces que Federico había terminado la carta en el capítulo XII, donde firmó con una *F,* casi invisible, al final del verso que dice:

> No hay amigo para amigo: *F*

La letra *F* del propio puño de Federico y su posición en el texto eran un dedo que señalaba a alguien: a *Angulo el Malo* o a los miembros de la compañía de recitantes trajeados de gobernadores, prefectos, militares, carceleros o malquerientes que tenían a Federico preso. Sofía comprendió que era una advertencia en que la prevenía que no confiara en Alberto y de allí que dijera: «*No hay amigo para amigo*» firmando *F* allí mismo, para que ella supiera a quién se refería. Sin duda, era a Alberto. ¿Quién más? Al comprender lo que implicaba para ella, se puso furiosa con él. «¿Cómo se atrevía a dudar de ella? ¿Cómo se podía imaginar que lo fuera a traicionar con Alberto? Sin esperar un momento, decidió que tenía que ponerlo en su sitio de una vez por todas. Sabía cómo ser de doble filo. Era algo que le había aprendido a Alberto».

Sofía pasó el día entero escribiendo su respuesta. Jamás había sentido lo que había escrito como lo sintió ese día. Lo que dijo, lo dijo con toda su alma. El momento no era para menos. No podía dejar de pensar que Alberto los podría traicionar.

XVII: Segunda carta de Sofía

Cogeré yo un garrote, y antes que vuesa merced llegue á
despertarme la cólera haré yo dormir a garrotazos de tal suerte
la suya....

—*Don Quijote*, segunda parte, capítulo XIV

POPAYÁN, AGOSTO–SEPTIEMBRE DE 1900

Mi idolatrado Federico,

Mi dueño amadísimo. Mi único amor. Mi solo bien.

No te imagines mi negro que yo deje entibiar, ni morir,
el inmenso, ardiente i puro amor que te he jurado i
siento por ti, i no creas mi bien que yo lo olvide nunca.
Mi amor para ti es inmortal. No morirá nunca. Te lo
juro por lo más sagrado para mí i te repito lo que tantas
veses te he dicho, que en cualquier sircunstancia te
probaré mi pación.

No creas mi amorcito que yo sufra por las esigensias que
tú dices me haces. No digas eso ni en chansa mi amor.
Yo he ido a verte porque te amo con delirio, porque ese
es mi deber. Si antes no lo hise tu ya sabes el motivo.
Además pensaba sorprenderte el día de tu santo. Pero
créeme mi bien que deliraba por berte. Yo iría a berte
a cualquier parte que fuera preciso. Yo soi tuya i estoi
pronta a soportalll (soportarlo) todo i probarte mi amor
en cualquier sircunstansia. Te amo con todo mi corasón,
con toda la ternura de mi alma. Mi única ilución eres
tú. Mi felisidad llamerte mi esposo i amarte i adorarte
en ese hogar tan soñado donde toda mi felisidad será
amarte, serbirte i sacrificarme si necesario fuere porque
seas felis, porque así es el verdadero amor. Tu amor es
mi vida. Tus carisias, tu ternura es mi única ambisión.
Teniendo tu amor soi la criatura mas dichosa. Nada más
quiero ni deseo.

Vive convencido mi adorado dueño que siempre soi la
misma para ti. La misma que tantas beses te estrechó en
sus brasos. La misma mi amorcito, la misma soi. No he
cambiado ni cambiaré jamás.

No te puedes imaginar lo que he sufrido con tu separa-
ción. No he salido a ninguna parte. Cada día me hases
más falta. Cuando estoi más triste cojo tu retrato i lo
beso. Ese es mi consuelo. Las flores que me sembraste

están lindas. Yo las quiero tanto. Yo deseaba verte con ansia el lunes. Cuánto hubiera dado por darte un beso.

Por la noche soñé que estabas libre i que nos íbamos a unir entro de tres días. Ojalá mis sueños se realisaran.

No bien sé que regañaron al ofisial que tanto bien me iso, si no te sueltan pronto, vuelbo. Sin embargo, tengo alguna esperansa. Me dijo Alberto que sabía que Carbajal venía la semana entrante i que la intensión era dejar presos sólo a los comprometidos. El habló con Martin y dijo que el prefecto corría con eso. Me dijo te dijera que el se había interesado mucho. Que si te paresía le escribieras tú a algún godo amigo tuyo. Que surtiría efecto.

Mi bien, porque no le escribes a Delfino Alegría o Pedro Lindo. Perdóname mi amor que me ponga a aconsejarte. Perdóname en atención a que lo hago por amor. Porque no beo la hora de que te suelten. Si yo pudiera iría a pedir tu libertad aunque fuera de rodillas. Yo no puedo vivir lejos de ti, mi único bien.

Esto de las cartas me lo dijo también mi madrina como consejo indirecto.

Adiós mi amorcito. Mi negrito, créeme siempre tuya i recibe mi alma en beso que te enbío.

Tuya eternamente,

S

Las chinelas yo las mandé hacer y te las adorné. Dile a
Domingo que si quiere se las puedo mandar hacer o hablar con Zoila. Tus hermanas piensan hablar con Pedro
Lindo. Lo que yo te digo no lo saben ellas. Te diré lo
que resulte. Quisás te saque él. Me aseguran que fusilan
hoi al soldado. No me has contestado en el libro que te
mandé el lunes.

*   *   *

ESTA CARTA Y TODO EL CONTENIDO fueron una gran sorpresa para
Federico, incluyendo que Sofía revelara su nombre al llamarle: *«Mi
idolatrado Federico»*. Le perdonó esa indiscreción al leer lo que seguía.
Su apasionada declaración de amor era como el llamado visceral de un
tambor, cuyo eco aún nos sacude, muchos años después. Sofía se inmoló
en el altar del amor para dar satisfacción a su ídolo y lo invitó, desde
su vientre desafiante, a conocer su pasión en *«cualquier sircunstancia»*.
Era el amor de guerra, que contiene lo humano y lo divino, la vida y la
muerte, el todo por el todo, sin condiciones. Sofía usó todos los medios
a su alcance para convencer a Federico que él era su único amor, su amor
inmortal y su dueño amadísimo.

Federico vio que las palabras que él había usado al final de su carta:
«No hay amigo para amigo» escondían la causa de la tormenta de amor
con que Sofía trataba de calmarlo. Ella sabía de su estado de depresión,

de cautivo sin esperanza, temeroso de morir en manos de sus carceleros. Sabía que era una víctima más de las locuras de la guerra y de los celos, al saber que un amigo infiel... «¿Alberto?» la había estado visitando con demasiada frecuencia.

Una vez que Federico leyó la carta de una sentada, comenzó a buscar en el texto los 'otros' mensajes que le darían una idea más clara de las intenciones de Sofía, de lo que no le había dicho en la carta con puntos por ser muy discreta.

En la página donde inició la carta notó que la *m* de <u>m</u>erced que ella usó para crear la primera palabra de la frase: *'Mi idolatrado Federico'*, era parte de la frase con que Sancho —en el capítulo XIV— increpó al escudero del Caballero del Bosque para evitar un encuentro entre ellos, diciendo:

> ...y antes que vuesa <u>m</u>erced llegue á despertarme la cólera haré yo
> dorm<u>ir</u> á garrotazos de tal suerte la suya, que no despierte s<u>i</u> no
> fuere en el otro mun<u>do</u>, en e<u>l</u> cu<u>al</u> se sabe que no soy hombre que
> me dejo manosear el ros<u>tro</u> de n<u>a</u>die.

Era una apertura explosiva, contundente, para justificar su tormenta amorosa y hacerle saber que no quería enfadarse con él y que estaba dispuesta a matar a garrotazos su cólera antes que él le despertara la suya. Tenía fibra la dama. Su voz sonaba como un látigo chasqueando en un cuarto a oscuras. El que estaba encolerizado era él, no ella, le dijo y enseguida añadió que no era de las que se dejan manosear el rostro de nadie. Sí, besaba y más, pero por propia decisión. Negó, así, cualquier duda que Federico hubiera podido tener, sobre lo que ella hubiera hecho en su ausencia, con quien fuera. En la misma página puso ella una *f* de su puño al margen del texto invitándolo a leer la frase:

> ...aunque lo mas acertado seria dejar dormir su cólera á cada uno,
> que no sabe nadie el alma de nadie.

Esa *f* que puso al margen era la primera letra de su nombre en la frase: *Mi idolatrado Federico.* ¡Era para él la frase! Sin duda. Y no negaba que estaba enfadada, como lo estaba él, pero buscaba la paz y le demostraba sus sentimientos de mil maneras, diciéndole que no tenía razón para dudar de su amor o su pasión: *«no sabe nadie el alma de nadie».*

En seguida le ofreció la rama de la paz y trajo a Dios, como árbitro, en su ayuda. Dice el libro:

> ...y Dios bendijo la paz y maldijo las riñas... y asi desde ahora intimo á vuesa merced, señor escudero, que corra por su cuenta todo el mal y daño que de nuestra.

Con las palabras de Sancho al otro escudero, Sofía buscó dar término al malentendido que tuvieron y dejó de cuenta de Federico lo que resultara. No quería más riñas. Quedaba muy claro quien inició o quería iniciar la pelea y quien buscó evitarla. Él no podía negarlo.

Federico observó con gran interés que casi el final de su carta, en el capítulo XVII, ella puso la *S* de Sofía entre las dos palabras claves del libro: *Quijote y Sancho.*

Era muy intrigante que Sofía anidara su firma entre don Quijote y Sancho donde apenas alcanzaba a ver la *S* de Sofía, debajo de la *S* de *Sancho.* Era el centro de una trinidad maravillosa. Una trinidad donde no se podía distinguir entre sus miembros. Una trinidad donde Sofía era a veces ella, otras veces Sancho, y de pronto, don Quijote. Iluminaba su dualidad y la de Federico. Los dos personajes, ella y él, eran don Quijote o Sancho, según convenía. Igual lo hicieron don Quijote y Sancho; de allí el quijotismo de Sancho y el sanchismo de don Quijote.

Para terminar Sofía añadió una postdata que va hasta el capítulo XVIII y antes de terminar la carta usó una *h* dos veces, en el capítulo XVII, donde el texto dice:

Mejor parece, digo, un caballero andante socorriendo á una viuda en algun despoblado, que un cortesano caballero requebrando a una doncella en las ciudades.

La alusión a dos caballeros —el andante y el cortesano— distinguía entre el que socorría a la viuda y el que hacía requiebros a la doncella en la ciudad. La idea que traía a cuento explicaba la razón para añadir la posdata: hacerle entender a Federico que ella prefería al caballero andante y no al que le agachaba el ala a la doncella. Es decir, a Federico y no a Alberto. Más claro no canta un gallo.

Federico quedó encantado con todo lo que ella le comunicó, tanto en la carta como en los mensajes ocultos en el texto de don Quijote. Después de leer la carta una y otra vez, jamás volvió a dudar de ella por un momento. Antes bien, nunca dejó de arrepentirse de haberlo hecho. Apenas pudo encontrar un momento de paz en la cárcel, le dedicó unas líneas, con la esperanza de hacerle saber que estaban en paz. No más peleas. No más dudas. Jamás dudaría de ella.

Por fortuna Clodomiro pasó por la cárcel y le hizo señas para que volviera a la media noche. El sargento Llaves no estaba de turno y no le podría escribir a Sofía en el libro. En efecto, esa misma noche le mandó con Clodomiro una carta en un sobre, que enganchó en el anzuelo para descolgarlo por la ventana, amarrado con un hilo de cabuya que sacó del morral en que ella y Mariana le habían traído el libro de *Ritos,* con el queso y los envueltos.

Clodomiro se moría de las ganas de abrirlo pero no fue capaz. Era demasiado noble. ¿Qué le importaba a él lo que Federico le dijera a su novia?

XVIII: *Segunda carta de Federico*

¡Oh mi primo Montesinos! Lo postrero que os rogaba,
que cuando yo fuere muerto y mi ánima arrancada,
que lleveis mi corazón adonde Belerma estaba,
sacándomele del pecho, ya con puñal, ya con daga.

—*Don Quijote,* segunda parte, capítulo XXIII

POPAYÁN, AGOSTO–SEPTIEMBRE DE 1900

Mi amor. Bien mío.

Tuve antier la felicidad más grande de mi vida, la sorpresa más grata, con la lectura de tu dulce cartica en la que se revela la bondad de tu alma, la ternura de tu corasón. Gracias mi encanto por el bien que me has hecho con ella. Ayer te envié el otro libro y no sé si lo recibiste.

En él te pregunto si el sobre escrito que te mandé con Clodomiro estaba o no de mi letra, porque temía que lo abriera por curiosidad y no me has contestado ni me has dicho que hay de nuebo.

Hazme el favor de saludar a todos en tu casa y a mis hermanas y diles que me hagan el servicio de recibirle a Evaristo Rengifo, *La Mascota,* y a Salustio Guzmán, un tomo de la *Deontología ó Ciencia de Moral* de Bentan*.

Adiós amorcito mío. No me olvides y recibe mi alma y mi corazón entero en un ardiente beso de amor que te enbío lleno de entusiasmo y de ternura por ti.

Te abraza desde aquí tu inolvidable,

F

* * *

SOFÍA VIO QUE LA CARTA DE FEDERICO en el libro tenía —ahora— un tono muy distinto que le daba mucho en qué pensar. Confirmaba lo que había leído en la carta en el sobre que le mandó con Clodomiro.

La carta en el libro que tenía en sus manos Sofía, la comenzó Federico en la última página del capítulo XXIII. Ella no tuvo que esperar hasta encontrar los otros mensajes escondidos en el texto. Los encontró al comenzar a leerla.

En el último párrafo de la página donde inició su carta Federico había puesto dos letras al margen—una *v* y una *f* — que definían un pensamiento de don Quijote para ella:

---

*Federico se refiere a Jeremías Bentham; lo escribió en el código original con faltas de ortografía.

> Como me quieres bien, Sancho, hablas desa manera, dijo don
> Quijote; y como no estás experimentado en las cosas del mundo,
> todas las cosas que tienen algo de dificultad te parecen imposi-
> bles; pero andará el tiempo, como otra vez he dicho, y yo te conta-
> ré algunas de las que allá bajo he visto, que te harán creer las que
> aqui he contado, cuya verdad ni admite réplica ni disputa.

La reacción de Sofía fue instantánea: se puso furiosa con la actitud de
su amado, quien adoptaba un tono de superioridad —copiado de don
Quijote— dándole a entender que ella no tenía suficiente experiencia *en
las cosas del mundo',* que por ser difíciles le parecían imposibles. Señaló
que *su* verdad no admitía ni réplica ni disputa.

«¡Qué arrogancia!», pensó ella. Luego, Federico ofreció contarle —
con el andar del tiempo— de cosas que no quiso mencionar en el momento, cosas que él había experimentado o había visto. Pero no dijo ni qué ni
cuándo. Era algo que no quería o no podía mencionar, secreto hasta hoy.
Otro de los tantos secretos de las guerras que los combatientes se llevan
a sus casas y terminan por enloquecerlos. Ella casi que tira el libro por la
ventana. ¿Qué estaba pensando? ¿Ignorante ella?

Más adelante —y parece que no fue accidente— Federico incluyó el
verso —capítulo XXIV— donde dice:

> A la guerra me lleva mi necesidad;
> si tuviera dineros no fuera en verdad.

Era para decirle a Sofía por qué estaba en la cárcel y qué lo motivó para
ir a la guerra contra el gobierno conservador. Lo confirmó, poniendo una
v y una *f* al margen izquierdo de la página, frente a las líneas que dicen:

> A lo que el mozo respondió: el caminar tan á la ligera lo causa el
> calor y la pobreza.

No tenía dineros y entró a la guerra por necesidad para proteger lo poco que tenían. Era un hombre honesto y pobre y lo dijo sin temor a que ella lo tuviera a menos por serlo. Con estas palabras disolvió su enojo y la hizo envidiar su humildad; algo que ella siempre le admiró, y que ella misma solo llegó a conquistar mucho después en su vida a costa de grandes esfuerzos. Para completar la declaración de humildad, Federico añadió otra frase en que le volvió a decir todo lo que ella significaba para él:

No me olvides y recibe mi alma y mi corazón entero en un ardiente beso de amor que te envío lleno de entusiasmo y de ternura por ti.

Ese gesto la llevó al inicio del capítulo XXIII donde Durandarte dijo:

¡Oh mi primo Montesino! Lo postrero que os rogaba,
que cuando yo fuere muerto y mi ánima arrancada,
que lleveis mi corazón adonde Belerma estaba,
sacándomele del pecho, ya con puñal, ya con daga.

Federico, como Durandarte, se arrancó su corazón y se lo mandó en las alas de un ardiente beso de amor lleno de entusiasmo y ternura por ella.

Sofía siguió leyendo a don Quijote y encontró el texto que dice en el capítulo XXIII:

...toda comparación es odiosa, y así, no hay que comparar a nadie con nadie. La sin par Dulcinea del Toboso es quien es, y la señora Belerma es quien es, y quien ha sido, y quédese aquí.

Con esta frase Federico quería dar término al altercado o malentendido que se gestó entre ellos: *y quédese aquí.* No había más razones para más disputas. Finalmente, en el capítulo XXV, Federico puso la *F* de su firma anidada debajo de la palabra *era* en la frase del texto que dice:

y tan flaco que era una compasion miralle.

Federico le decía que estaba flaco de compasión, y al poner la *F* debajo de *era* lo hizo para no dejar duda que el flaco era él. Además, con gran humildad se comparaba a un burro a quien se refiere la frase en el texto.

Esa noche Sofía repasó en su memoria las palabras de Federico sin descanso. La atormentaba pensar en su flacura. Nunca había sufrido de hambre y no se podía imaginar lo horrible que sería verse reducido a un esqueleto caminante. Tenía que buscar la manera de sacarlo de allí. Tenía que volver a hablar con su tío Emilio para que ayudara a Federico.

XIX: Tercera carta de Sofía

No rebuznan en balde el uno y el otro alcalde.

—*Don Quijote*, segunda parte, capítulo XXVII

POPAYÁN, AGOSTO–SEPTIEMBRE DE 1900

Mi amor. Mi bien.

Hoi fueron tus hermanas donde el prefecto. Las resibió
mui bien i les dijo que te soltaría llebando el sertificado
del médico i pagando este mes. Mariana le dijo que no
había inconveniente.

Acabo de hablar con mi tío Emilio que es el médico. Le
dije que tu habías escrito disiendo que seguías mal con
dispecsia y con síntomas de disentería. Que habías pasado mala noche. Para que tu digas lo mismo. Háste bien
malo. Amárate la cabeza.

Dijo mi tío que mañana de las dose en adelante iría y
que fueran tus hermanas donde el prefecto a las dos.

Dios mediante, saldrás mi amorsito.

Adiós negrito querido. Resibe un abraso de tu,

Háste bien malo. Mañana va mi tío.

*   *   *

LO PRIMERO QUE NOTÓ FEDERICO al leer la carta de Sofía fue que ella
imitó las dos frases que él había usado en su carta anterior: «Mi amor, mi
bien», le dijo, correspondiendo a su gentileza, de igual a igual, medida
por medida, casi palabra por palabra. Enseguida le dio un informe sobre
las visitas con el prefecto y con el tío Emilio. Había cierta tensión en lo
que decía en la carta. Era casi un informe oficial. No se le escapó que ella
había iniciado la carta escogiendo un tema que el texto discute cerca el
final del capítulo XVII. De inmediato comprendió las intenciones de
Sofía. Quería dejar ciertas cosas en claro, antes de olvidar su disputa.

Leyendo unas líneas antes del comienzo de la carta Federico descubrió que Sofía le enviaba un mensaje muy especial, donde don Quijote
discute las razones para ir a la guerra:

No, no, ni Dios lo permita ó quiera: los varones prudentes, las
repúblicas bien concertadas por cuatro cosas han de tomar las

armas, y desenvainar las espadas, y poner á riesgo sus personas, vidas y hacienda. La primera, por defender la fe católica; la segunda, por defender su vida, que es de ley natural y divina; la tercera, en defensa de su honra, de su familia y hacienda; la cuarta, en servicio de su rey en la guerra justa; y si le quisiéramos añadir la quinta (que se puede contar por segunda) es en defensa de su patria.

Sofía había seleccionado —al final del párrafo— la frase: *«quisiéramos añadir la quinta»,* para iniciar su carta y explicarle, por boca de don Quijote, las razones para entrar en guerra. Vio que Sofía no comenzó la carta sino hasta llegar a la quinta razón: *«en defensa de su patria»* lo que le reveló de manera muy precisa el pensamiento de Sofía.

Con esas palabras del Quijote, Sofía se sacó el clavo y le demostró que ella sí tenía conocimiento del mundo y no necesitaba que él la tratara como a una ignorante. Pero no se quedó allí, sino que continuó con su mensaje donde don Quijote dice:

A estas cinco causas como capitales se pueden agregar algunas otras que sean justas y razonables, y que obliguen á tomar las armas; pero tomarlas por niñerías, y por cosas que antes son de risa y pasatiempo que de afrenta, parece que quien las toma carece de todo razonable discurso: cuanto mas que el tomar venganza injusta (que justa no puede haber alguna que lo sea) va derechamente contra la santa ley que profesamos, en la cual se nos manda que hagamos bien á nuestros enemigos, y que amemos á los que nos aborrecen: mandamiento que aunque parece algo dificultoso de cumplir, no es sino para aquellos que tienen menos de Dios que del mundo, y mas de carne que de espíritu: porque Jesucristo, Dios y hombre verdadero, que nunca mintió, ni pudo ni puede mentir, siendo legislador nuestro dijo, que su yugo era suave y su carga liviana; y asi no nos habia de mandar cosa que fuese imposible de cumplirla. Asi que, mis señores, vuesas mercedes estan obligados por leyes divinas y humanas á sosegarse.

Federico quedó asombrado con el llamado a la paz entre los partidos políticos en guerra que hizo Sofía. Hablando por boca de don Quijote, evisceró las causas de la guerra como cosas de niñerías, que dan risa y carecen de razón. Condenó la venganza y citó a Jesucristo quien nos manda cumplir sus mandatos, hacer el bien a los enemigos y amar a quienes nos odian. Un gran consejo para los miembros de los partidos en oposición. En especial para los que se ufanan de su fe cristiana. Son leyes suaves y cumplirlas es carga que hasta el más débil puede soportar. Qué lecciones trajo a cuento para recordarle a él y a todos los combatientes de las mil guerras injustas, que tienen que sosegarse porque lo exigen las leyes divinas. Al seguir leyendo en el *Quijote* en el capítulo XXVII, Federico vio que Sofía también quería incluir las sabias palabras de Sancho para acabar de clarificarle todo lo que le quería decir al amado que la había tildado de ignorante de las cosas del mundo. Sancho dice allí:

El diablo me lleve, dijo á esta sazon Sancho entre sí, si este mi amo no es teólogo, y si no lo es, que lo parece como un huevo á otro. Tomó un poco de aliento don Quijote, y viendo que todavía le prestaban silencio, quiso pasar adelante con su plática, como pasara si no se pusiera en medio la agudeza de Sancho, el cual viendo que su amo se detenia, tomó la mano por él diciendo: mi señor don Quijote de la Mancha, que en un tiempo se llamó el caballero de la Triste Figura, y ahora se llama el caballero de los Leones, es un hidalgo muy atentado, que sabe latin y romance como un bachiller; y en todo cuanto trata y aconseja procede como muy buen soldado, y tiene todas las leyes y ordenanzas de lo que llaman el duelo en la uña, y asi no hay mas que hacer sino dejarse llevar por lo que él dijere, y sobre mí si lo erraren: cuanto mas que ello se está

dicho que es necedad correrse por solo oir un rebuzno, que yo me
acuerdo cuando muchacho que rebuznaba cada y cuando que se
me antojaba, sin que nadie me fuese á la mano, y con tanta gracia
y propiedad, que en rebuznando yo rebuznaban todos los asnos
del pueblo, y no por eso dejaba de ser hijo de mis padres, que eran
honradísimos; y aunque por esta habilidad era invidiado de mas
de cuatro de los estirados de mi pueblo....

Sofía lo igualó a don Quijote, como lo pintó Sancho: «*hidalgo muy
atentado, que sabe latín y romance...y en todo cuanto... aconseja procede
como muy buen soldado*». Se refirió también a las masas de los partidos y
a los cuatro estirados del pueblo, que al oír un rebuzno, se sienten llama-
dos a contestar. ¡Qué ironía!

Federico sudó al recibir tales azotes, admirado por la agudeza de su
amante. El látigo de Sofía daba muy buenas razones para que los burros
tuvieran que rebuznar y patear. Y siguen rebuznando y pateando hasta
nuestros días. No los podemos condenar, lo hacen por naturaleza.

Sofía no pudo terminar su carta sin ponerle un toque contundente
como final. En el capítulo XXVIII ella usó la *t* de cabestro y la *io* de
rucio, al final de la última frase de su carta cuando dijo: 'Mañana va mi
tio'. Desde allí, Sofía continuó azotando a Federico como cuando don
Quijote le dice a Sancho, y ella le dice a él:

...cabestro al rucio, y vuélvete á tu casa, porque un solo paso no
has de pasar mas adelante conmigo. ¡Oh pan mal conocido! ¡oh
promesas mal colocadas! ¡oh hombre que tiene mas de bestia que
de persona! ¿Ahora cuando yo pensaba ponerte en estado, y tal
que á pensar de tu mujer te llamaran señoría, te despides? ¿Ahora
te vas, cuando yo venia con intencion firme y valedera de hacerte
señor de la mejor ínsula del mundo? En fin, como tú has dicho
otras veces, no es la miel para la boca del asno. Asno eres, y asno

has de ser, y en asno has de parar cuando se te acabe el curso de la vida, que para mí tengo que antes llegará ella á su último término, que tú caigas y des en la cuenta de que eres bestia.

Fue un momento violento en la relación de don Quijote y Sancho y por extensión con la de Sofía y Federico. La humillación era tal que se le vinieron las lágrimas. Sancho confesó que para ser asno no le faltaba sino la cola, e invitó a don Quijote a ponérsela, y le propuso servirlo como asno por todos los días que le quedaran de vida. Conmovido y magnánimo, don Quijote le perdonó y lo invitó a enmendarse y ensanchar su corazón en espera del cumplimiento de sus promesas, que, como la justicia, tardan pero siempre llegan.

Fue el momento perfecto para terminar su carta y ofrecerle el perdón, que ella esperaba que él esperara. Fue admirable su nobleza, no le puso la cola aunque fuera lo único que le faltaba para ser un verdadero burro. Sofía dejó allí una de las mejores muestras de su carácter y su nobleza.

Federico quedó esperanzado en la ayuda que esperaba del tío Emilio. Hizo todo lo posible para que su flacura se notara y hasta aguantó la respiración casi hasta ahogarse para parecer más débil y enfermo. Era lo poco que podía hacer.

XX: *Tercera carta de Federico*

...canalla malvada y peor aconsejada, dejad en su libertad y libre albedrío á la persona que en esa vuestra fortaleza ó prision teneis oprimida, alta ó baja, de cualquiera suerte ó calidad que sea, que yo soy don Quijote de la Mancha, llamado el caballero de los Leones por otro nombre, á quien está reservado por órden de los altos cielos el dar fin felice á esta aventura.

—*Don Quijote,* segunda parte, capítulo XXIX

POPAYÁN, AGOSTO–SEPTIEMBRE DE 1900

Mi amor. Mi vida.

Ayer vino don Emilio a ver a Domingo i dijo que estaba muy mal y q' había q' pasarlo a la otra prisión. Me bió y me dijo que yo estaba bien.

Que Martin le había dicho que nadie estaba enfermo y que nadie saldría. Que iba a informar que Domingo está mal pero que yo estoi bien.

Díle a Mariana q' no baya a pagar ni un centavo porque nos hacen la del otro día. Yo no deseo sino que me pasen a la otra prisión. Díle a Constantino que mis seudónimos son Lambda y Armodio.

Supongo que ya estarán en tu poder los libros que dejé en la otra casa. Sentí en mitad de mi alma no haber podido contestarte el día que pasaste por la prisión.

Te esperé al regreso porque el oficial me ofreció que me dejaría saludarte por la ventana pero no te vi volver a pasar. Allá siquiera tenía la esperansa de consuelo y el placer de berte y de oírte, único deseo que abriga mi corasón que es todo tuyo.

Adiós mi reina. No me olbides i recibe todo mi amor en un beso que te enbío.

Tu,

Fi

*   *   *

CUANDO SOFÍA RECIBIÓ LA ÚLTIMA CARTA de Federico que contiene el libro, ya sabía que su tío Emilio los había traicionado. Él mismo vino a decirles a doña Julia y a ella que Domingo saldría, porque estaba muy mal, pero que Federico no tenía nada, según Martín.

—El que manda en la cárcel es Martín, no yo —les dijo don Emilio.

—Claro, la misma historia de siempre —replicó Sofía—. Usted no quiere untarse las manos. No sé por qué me pidió que le dijera a las Lemos que fueran donde el prefecto. Fue lo más cruel que pudo hacer. Están desoladas. ¡Que humillación tan horrible! ¿Se imagina cómo están?

Doña Julia la escuchó sin decir palabra. Ya sabía que ni su hermano ni Alberto sacarían a Federico de la cárcel. A la familia no le convenía esa relación, por enamorada de Federico que estuviera Sofía.

Después de leer la carta y enterarse de la desilusión de Federico, al verse traicionado una vez más por otro 'amigo malqueriente', Sofía procedió a leer el texto del Quijote en busca de la reacción de Federico a su carta anterior. Él escogió el tema del capítulo XXIX, que trata de la aventura del barco encantado donde el texto dice:

Canalla malvada y peor aconsejada, dejad en su libertad y libre albedrío á la persona... que en esa vuestra fortaleza ó prision teneis oprimida, alta ó baja de cualquiera suerte ó calidad que sea, que yo soy don Quijote de la Mancha, llamado el caballero de los Leones por otro nombre, á quien está reservado por órden de los altos cielos el dar fin felice á esta aventura.

«*Canalla malvada y peor aconsejada*», dijo don Quijote con la espada en alto. Con esas mismas palabras describió Federico, en dos pinceladas, a los godos y a sus consejeros entronados en el poder. Insistió, enseguida, que lo dejaran libre: «*dejad en su libertad y libre albedrío á la persona que en esa vuestra fortaleza ó prision teneis oprimida*».

Federico se declaró *caballero de los Leones* y anunció, con optimismo, que por orden de los altos cielos, le estaba reservado el derecho de dar término feliz a su aventura. Federico tenía gran ilusión en salir de la cárcel. Era lo que esperaban Sofía y sus hermanas después de la visita de don Emilio a la prisión.

Lo que más le llamó la atención a Sofía fue el punto en el que Federico terminó la carta en la primera parte del capítulo XXXI, donde puso su firma *F* (fig. 7) entre *que* y *no* de la frase en que la dueña de los Condes, Doña Rodríguez de Grijalba, le dice a Sancho:

> Hijo de puta, dijo la dueña, toda encendida en cólera, si soy vieja ó no, á Dios daré la cuenta, que F no á vos, bellaco, harto de ajos.

La selección de esa enigmática y violenta frase para terminar la carta era un misterio. ¿Quién era la dueña a quien se refería Federico? ¿Sería doña Julia? ¿Por qué puso su firma en medio de la frase *«que no a vos»* seguida de *«bellaco»*? ¿Por qué lo trataban de hijo de puta?

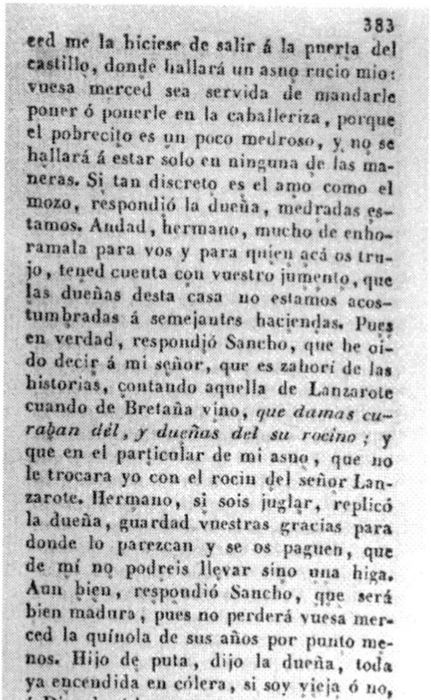
383
eed me la hiciese de salir á la puerta del castillo, donde hallará un asno rucio mio: vuesa merced sea servida de mandarle poner ó ponerle en la caballeriza, porque el pobrecito es un poco medroso, y no se hallará á estar solo en ninguna de las maneras. Si tan discreto es el amo como el mozo, respondió la dueña, medradas estamos. Andad, hermano, mucho de enhoramala para vos y para quien acá os trujo, tened cuenta con vuestro jumento, que las dueñas desta casa no estamos acostumbradas á semejantes haciendas. Pues en verdad, respondió Sancho, que he oido decir á mi señor, que es zahori de las historias, contando aquella de Lanzarote cuando de Bretaña vino, *que damas curaban dél, y dueñas del su rocino*; y que en el particular de mi asno, que no le trocara yo con el rocin del señor Lanzarote. Hermano, si sois juglar, replicó la dueña, guardad vuestras gracias para donde lo parezcan y se os paguen, que de mí no podreis llevar sino una higa. Aun bien, respondió Sancho, que será bien madura, pues no perderá vuesa merced la quínola de sus años por punto menos. Hijo de puta, dijo la dueña, toda ya encendida en cólera, si soy vieja ó no, á Dios daré la cuenta, que no á vos, bellaco, harto de ajos: y esto dijo en voz

Fig. 7—Fotocopia de la página 383, capítulo XXIX, *Don Quijote* 1844. Notar la firma de *Federico (F)* debajo de *que* y *no* casi al pie de la página.

Sofía comprendió que Federico se identificó con el *«bellaco»* de la frase del texto y anidó su firma en el sitio preciso para que no quedara duda. Pensó que el misterioso insulto podría explicar el comportamiento del tío Emilio que decidió dejar al *«hijo de puta»* en la cárcel. También podría explicar por qué cambió el tío de opinión en el último momento y no ayudó a Federico. *¿Qué sabría don Emilio? ¿Por qué la engañó?* A lo mejor le había mentido y no había tenido que cambiar de opinión. Lo tenían planeado todo desde el principio. Querían salir de Federico.

CUARTA PARTE

EN BUSCA DEL AMOR

Mi amor para ti es inmortal.
No morirá nunca.

—Segunda carta de Sofía a Federico

XXI: El escape

No tengas ningún cuidado por lo de Hernandes. Aunque es
cierto que aquí todos tenemos mala idea de él, a ecepción del
doctor Cajiao, no lo creo capaz de lo que tu me dices, ni es
posible que me tienda un laso. Yo sé por qué te lo digo. Además
es conveniente que se vaya.

—Primera carta de Federico a Sofía

Las balas de seis fusiles Gras llegaron a su blanco: un soldado encapuchado y amarrado a los pilones del paredón. A escasos veinte pasos, seis reclutas imberbes miraban el mórbido espectáculo que habían creado; por orden del carcelero, Martín Cienfuegos, seguida del grito desafiante del soldado: ¡Viva el partido liberal! El humo azul de los disparos flotó indeciso en el aire, esperando al ánima del soldado que trataba de abandonar el cuerpo inmóvil antes de subir al cielo de los liberales, a la izquierda de Dios Padre. El olor a pólvora —incienso de las guerras— se regó por los corredores, y quizás guiado por el espíritu del rebelde, llegó a las celdas de la prisión donde sus compañeros, sorprendidos por la descarga, se preguntaban: ¿qué habrá pasado?

Martín, viendo el espanto en las caras de los reclutas, dijo:

—Lo mismo nos va a pasar, si no acabamos con ellos.

A las seis cuando los presos salieron a desayunar, vieron el cadáver doblado por la cintura y sintieron calor en la sangre, hirviente de rabia y odio, ante el poder sin límites de los carceleros.

El doctor Cajiao se acercó a Federico y a Antonio para comentar el asesinato del pobre soldado y les dijo:

—Justo Patriota se llamaba. ¿Saben por qué lo mataron?

—No, no tengo idea —dijo Federico.

—Yo tampoco —añadió Antonio.

—Confesó que era espía nuestro, pero no les dijo lo que sabía. No aceptó traicionarnos —dijo el doctor Cajiao, y añadió:

—El general Pablo Emilio Bustamante está en camino a Popayán con dos mil hombres para atacar la ciudad por el norte a principios de octubre. Antonio, tenemos que sacar a Hernandes de aquí de alguna manera.

—Haré lo que pueda. ¿Dónde les entregamos las armas?

—Hay que ponerlas en la finca Las Mercedes, en las cercanías de Totoró, en menos de dos semanas. Si se escapan juntos, tú puedes guiar a Hernandes. Bustamante está cruzando la Serranía de las Minas y va a esperarlos en Las Mercedes hasta que lleguen las armas. El plan es atacar a Popayán, apenas las reciban. Necesito que se escapen cuanto antes.

Hernandes se unió al grupo después de mirar el cadáver del soldado muerto. Escaparse era su única opción. No, no le daría a Martín el gusto de despedazarle la cabeza a tiros dentro de un costal. ¡Saldría!

Federico, Antonio, el doctor Cajiao y Hernandes discutieron qué podían hacer para escapar de la cárcel si no lograban que Delfina pusiera la escalera. Antonio dijo:

—¿Saben del túnel del convento?

—¿Será otro de tus cuentos? —dijo el doctor.

—No doctor, lo digo en serio, pero no estoy seguro si todavía existe la salida hacia San Francisco. La última vez que estuve en el túnel no tenía más de quince años.

—¿Y qué tiene que ver San Francisco con esto? —dijo Hernandes.

—Voy a explicarles. Lo que propongo es escapar por el desagüe de las letrinas hacia al río Molino. Ese desagüe conectaba con un túnel que llegaba hasta la cárcel, desde la iglesia de San Francisco. Allí había salida por la sacristía. El único que nos puede decir con certeza si todavía existen el túnel y las salidas es don Adolfo Dueñas. Él se sabe la ciudad de memoria.

—Mejor que tirarme del tejado al patio de la venta de Delfina —comentó Hernandes.

El doctor Cajiao respondió —Dudo que esa salida todavía exista.

Antonio añadió —No sé si han notado que hay muchos murciélagos que salen por las letrinas. Deben venir del túnel. Saldremos por San Francisco. Por el río nos tocaría arrastrarnos por la cañería y prefiero que me fusilen a morirme ahogado en agua-mierda.

Hernandes dijo —Yo salgo por un lado o por el otro, pero salgo. Debo entregar las armas al general Bustamante antes de que Martín me fusile.

—Está decidido —dijo el doctor Cajiao. Antonio te ayudará a salir y te pondrá en contacto con Arcila y Constantino, para que organicen con ellos el escape y la entrega del parque a Bustamante.

Definido el plan de escape, decidieron que el domingo siguiente 30 de septiembre de 1900 sería el día. Federico encargó a Sofía de hablar con Arcila y Constantino, para conseguir bestias para el escape y para verificar si la salida por San Francisco todavía existía. Don Adolfo Dueñas, experto en la arquitectura de la ciudad les daría la información precisa. Él haría cualquier cosa por Federico.

*   *   *

AL CAER LA TARDE, don Higinio el sepulturero vino a recoger el cadáver del soldado en un coche de varas, tirado por un caballejo famélico.

Con ayuda de un par de reclutas, tendieron al muerto en la carretilla. El rucio paró las orejas y partió hacia el cementerio con don Higinio fumándose un cigarro barato para espantar las moscas.

El viernes, Sofía mandó a Clodomiro por la noche con el sobre lacrado con los detalles del túnel que le había entregado don Adolfo Dueñas. Al día siguiente, Federico y sus amigos estudiaron el mapa preparado por Dueñas que explicaba cómo llegar de la cárcel a la iglesia de San Francisco. Arcila los esperaría en la sacristía de la iglesia y Constantino tendría bestias ensilladas cerca del Potrero del Hospital, al otro lado del río Molino.

*　　*　　*

EL SÁBADO, MARTÍN NOTÓ EL CUCHICHEO en los corrillos de presos, que planeaban los detalles de la revuelta a cargo del doctor Cajiao.

«En algo andan», pensó Martín y por precaución, redobló la vigilancia y ordenó preparar una requisa general, el domingo 30, antes del desayuno. Si no les bastaba con uno, fusilarían a diez más.

*　　*　　*

EL DOMINGO 30 ERA UN DÍA FRÍO Y NUBLADO. Al alba, el corneta tocó la diana de alerta para iniciar la requisa. El sonido inesperado a esas horas despertó a los cómplices, que se preguntaron qué andaría mal.

Federico había pasado la noche en vela con Domingo —que seguía con fiebre y vómitos, y ambos estaban agotados.

—¿Qué pasa? —dijo Domingo, aterrado.

—No tengo idea. Pero no me suena a fiestas —dijo Federico.

El doctor Cajiao, al escuchar la corneta, se preguntó si Hernandes y Antonio podrían escaparse. Alguien los había traicionado o podría haber algún espía entre los presos.

Martín, de capa negra y con la mano en su revólver Kerr 44 que llevaba al cinto, caminaba imperioso por los corredores, afanando a los guardas a levantar a los detenidos para iniciar la requisa. Los guardas, envalentonados por la tensión del momento, comenzaron a sacarlos al patio repartiendo empujones, culatazos y sandeces. Hernandes encontró a Antonio en el patio y le dijo:

—Arcila y Constantino se van a quedar esperando.

—Ni lo pienses. Aprovechemos la pelotera y salgamos ahora mismo.

Entretanto, Federico venía hacia el patio, soportando a Domingo del brazo, para ayudarle a bajar las gradas. El pobre no tenía fuerzas ni para tenerse en pie. Tenía la palidez de la muerte. Un guarda, que estaba en el descanso de la grada, gritó:

—¡Déjalo que baje solo! —Y procedió a darles empellones y culatazos. Federico, enardecido por el abuso, le dio un puñetazo en la cara, y le gritó:

—¡Cobarde! ¡Altanero!

El guarda respondió con un culatazo en la mandíbula de Federico.

Federico, sangrando por la boca, agarró a Domingo, que estaba a punto de caer, y gritó:

—¡Bellaco! —Y le tiró una patada.

El guarda disparó y Domingo, herido de muerte, exclamó:

—¡Este godo me ha matado! —Y se desplomó en los brazos de Federico, que perdió el equilibrio cuando un segundo disparo del guarda lo hirió en la pierna, después de atravesar a Domingo.

Los dos amigos rodaron gradas abajo, aún abrazados. Federico se abrió la cabeza contra las lajas del piso y Domingo le cayó encima de espaldas. Los dos cuerpos quedaron inmóviles al pie de la grada, bañados en sangre y enlazados en una grotesca postura, de las que solo en los muertos en combate se pueden ver.

Martín, notando que Domingo —vivo todavía— lo miraba con ojos llenos de odio y de terror, ahogándose en su propia sangre, se acercó y le pegó un tiro de gracia en la sien, a quemarropa, con el Kerr .44. Hasta allí llegó Domingo Cervantes.

Martín miró a Federico y no se molestó en gastarle plomo. Federico estaba inmóvil, su cara desfigurada, su cabeza abierta, tenía una herida en la pierna y estaba bañado en su sangre y en la de Domingo. Los presos, enardecidos al ver a sus compañeros en un charco de sangre, atacaron a los guardas con piedras arrancadas del patio. Ellos respondieron a culatazos y a tiros para dominar a los presos[12].

Martín, revólver en mano, maldecía a presos y guardas tratando de restablecer el orden. Parecía un energúmeno enloquecido.

Hernandes y Antonio se dejaron caer a tierra al comenzar el abaleo. Hernandes dijo:

—Al túnel Antonio, al túnel. —Gateando y rodando, salieron, rumbo a las letrinas, aprovechando de la gritería, la confusión y el traqueteo de las armas de fuego. En la letrina escogida, levantaron la reja y se dejaron caer en la cloaca. A tientas, buscaron la salida. Antonio la localizó y dijo:

—Aquí está, ayúdame a subir. —Hernandes se apoyó contra la pared y sirvió de grada a Antonio, quien, con agilidad de gato, se paró en su espalda y alcanzó la entrada a la cueva. Le dio la mano a Hernandes, y de un tirón, lo levantó en vilo. En la cueva prendieron una vela de sebo y gatearon hacia el empalme con el túnel hacia San Francisco.

—Aquí está —dijo Antonio.

Hernandes lo siguió y al llegar al túnel, se pusieron de pie. En la pared opuesta había varias lápidas con fechas en números romanos, posiblemente de la época del convento.

—Antonio estas son unas catacumbas.

—Sí. Sigamos, Arcila y Constantino debieron oír el tiroteo. Espero que no se hayan ido.

Caminaron por el túnel rumbo a la iglesia, luchando con las telarañas y el olor del guano de los murciélagos, que les llegaba arriba de los tobillos. Caminaron agachados, evitando los arcos de ladrillo que soportaban el túnel de trecho en trecho. Aunque solo tuvieron que recorrer unos ciento cincuenta metros para llegar a la iglesia, les pareció eterno el trayecto. A cada pausa escuchaban para ver si alguien los seguía.

Entretanto, Arcila, vestido de monje, los esperaba impaciente en la sacristía con un par de sotanas para ellos. Desde el día anterior habían sobornado al sacristán para que les dejara levantar la laja argollada que encubría la entrada al túnel detrás del sagrario.

Hernandes y Antonio subieron las gradas mohosas hasta la entrada a la sacristía. Dieron un golpe y Arcila les contestó con dos, señal de seguir adelante. Levantaron la laja suelta entre los dos y Antonio asomó la cara. En seguida, Arcila le dio la mano y lo sacó del túnel. Hernandes los siguió.

Arcila les pasó los hábitos de monje y mientras se los ponían, dijo:

—Alcancé a oír varios disparos y una gritería.

—Se armó la grande. Hay heridos y muertos, salgamos de aquí, dijo Antonio poniéndose la capucha para esconder la cabeza.

—¡Vamos! —dijo Arcila.

Los tres monjes dejaron la sacristía y cruzaron la iglesia con las manos escondidas en las mangas y las capuchas sobre los ojos, en actitud devota. La Inmaculada los siguió impasible desde el altar con la mano en alto, como para bendecirlos. Una vez afuera, siguieron caminando hacia el río Molino, como si fueran monjes de paseo matinal.

Una de las beatas que rezaban en la iglesia comentó:

—Huelen a diablos. Si no tuvieran hábitos, diría que vienen del mismo infierno.

Constantino los esperaba junto al río, oculto detrás de unas matas de mortiño, fumándose un tabaquito para matar el frío. Las bestias estaban amarradas a un guayabo. Al verlos, descansó. Esperaba lo peor después de oír el tiroteo.

Los dos presos se quitaron las sotanas y se tiraron al río desnudos para bañarse. Constantino les dio ropa de algodón, sombreros alones y alpargatas de campesino. Una vez limpios y vestidos, se tomaron un trago y partieron, siguiendo la orilla del río Molino. ¡Eran libres!

Arcila escondió las sotanas y regresó a su casa en la Calle de la Compañía. Se cambió, desayunó y salió para la Plaza Mayor. La Torre del Reloj no había marcado las ocho todavía. En los corrillos de madrugadores los vecinos hablaban de la revuelta, los disparos, la gritería y la matanza.

Entretanto, en la Cárcel, Martín y los guardias trataban de controlar la revuelta.

$$*\quad *\quad *$$

CONSTANTINO Y SUS AMIGOS tomaron la Calle de Orinoco rumbo al Ejido, vadearon el río los Sauces y subieron por una ligera cuesta hacia la finca de Víctor.

Víctor y su mujer, Felisa, que eran parte de la resistencia liberal, salieron a encontrarlos, seguidos de dos perros enormes, Caronte y Calibán. Al llegar, confirmaron que Arcila había traído las armas para el general Bustamante desde el día anterior.

Víctor, un hombre grande y sólido, trabajaba de carnicero en el matadero y era socio de Constantino en el negocio de carnes. Era capaz de dominar las reses y marranos que no morían de la primera cuchillada. En contraste con su apariencia, no le podía hacer mal a nadie. En las procesiones de Semana Santa hacía de soldado romano, llevando una armadura de latón, hecha a su medida por don Toribio Maya. Los muchachos de la ciudad lo llamaban el Gladiador.

Felisa era yerbatera en la galería. Los recibió con amabilidad campesina y les ofreció café caliente, plátano asado y carne de cerdo frita. Traían hambres atrasadas y comieron con ganas. Estaban vivos y listos para coronar su misión.

Constantino desayunó con ellos y regresó a Popayán. Los domingos, abría la oficina telegráfica después de la misa del medio día. Cuando llegó a su oficina, lo esperaba un oficial con un mensaje urgente para Bogotá. Constantino activó el telégrafo y transmitió:

POPAYÁN, DOMINGO 30 DE SEPT. 1900, 12.30 P. M.

SEÑOR MINISTRO DE GUERRA. BOGOTÁ.

REVUELTA PRESOS CÁRCEL BATALLÓN JUNÍN.

VARIOS MUERTOS.

MUCHOS HERIDOS.

ORDEN RESTAURADO.

FIRMADO:

CAPITÁN MARTÍN CIENFUEGOS.

Cuando salió el oficial, Constantino mandó otro telegrama.

POPAYÁN, DOMINGO 30 DE SEPT. DE 1900. 12.45 P. M.

DIRECCIÓN LIBERAL, BOGOTÁ.

HERRAMIENTAS EN CAMINO.

FIRMADO:

ARMODIO.

Federico, vivo o muerto, había cumplido su misión. En sus adentros, Constantino se preguntó si volvería a ver a su amigo. Por alguna razón le había revelado sus seudónimos por medio de Sofía.

XXII: Revuelta en la cárcel

Pedro estuvo siempre listo a prestar sus servicios, sin esperar
retribución y sin miedo de contaminarse. Una de sus
intervenciones de caridad le ocasionó una dolencia que lo llevó
al sepulcro el 8 de marzo de 1907 antes de cumplir los 39 años.

—Gustavo Arboleda, *Diccionario biográfico y genealógico
del antiguo departamento del Cauca,* 1926

POPAYÁN, 30 DE SEPTIEMBRE DE 1900

Cuando Federico y Domingo fueron atacados en las gradas, otro
preso —ofendido al ver el ataque contra sus compañeros— le
arrebató el arma a un guarda y fusiló al culpable. Su gesto le
costó la vida. Martín lo mató antes de que pudiera volver a disparar
el fusil. Enfurecidos, los demás presos se lanzaron contra los guardas,
tirando piedras y ladrillos. Los guardas, a su vez, dispararon a granel
para defenderse. El tiroteo fue breve y violento, y obligó a los revoltosos a
rendirse, pues los guardas y los oficiales tiraban a matar. Al cabo de unos
minutos, la guardia sometió a los presos, forzándolos contra el paredón
con las manos en alto.

Martín con su revólver en mano, gritó:

—El primer hijueputa que se mueva, muere.

Cuando volvió el orden, pasó lista y los presos, de uno en uno, regresaron a sus celdas. Había dos guardas y seis presos muertos —incluyendo a Federico y Domingo— y dieciocho heridos, sin contar los que sufrieron lesiones menores. Noventa y seis más se entregaron. Faltaban Antonio y Hernandes, que no aparecieron por ninguna parte.

Los heridos, contra las paredes, esperaban primeros auxilios, mientras llegaba el médico, don Emilio Carrasco, el tío de Sofía, que había sido notificado de inmediato.

Don Emilio se vistió en dos minutos y salió para la cárcel. Cuando pasó por casa de Pedro Lindo, vio su despacho abierto y entró para informarle de la emergencia, y pedirle ayuda. Pedro, siempre listo a prestar sus servicios, preparó el maletín de médico y acompañó a don Emilio a la cárcel. No tenían idea de lo que les esperaba.

En la cárcel habían tirado los muertos junto a la pila, en medio del patio. Pedro reconoció a Federico y a Domingo entre los cadáveres. Sintió inmensa pena por sus amigos, al recordar la reciente visita de las hermanas de Federico en busca de su ayuda para sacarlo de la cárcel. Quedarían desoladas al enterarse de la muerte de su hermano. A su vez, pensó en Zoila, la mujer de Domingo. Se enloquecería al enterarse de la muerte de su marido. Había perdido a su hijo en la guerra y Domingo era su único soporte. ¡Otra viuda sin esperanza!

Mientras curaban los heridos más serios, Pedro preguntó a don Emilio si había notado que Federico era uno de los muertos.

—Sí, un buen muerto —dijo don Emilio, haciendo una mueca, y siguió suturando con la mano izquierda la herida en la nuca de uno de los presos.

A Pedro —siempre honesto— le extrañó la respuesta de don Emilio. Pedro estimaba mucho a Federico, habían trabajado juntos en la librería de don Nicomedes. Eran casi de la familia. Amigos de toda la vida. No se podía explicar la respuesta del viejo médico.

Martín se acercó a observar a los médicos, que estaban curando a los heridos, y cuando terminó don Emilio con el herido de la cortada en la nuca, preguntó:

—¿Algo grave entre estos? —Don Emilio levantó los hombros como quien dice: y a mí que me importa; y le dijo:

—Nada de preocuparse. En una semana estarán bien. Solo hay algunos con heridas de bala y eso será cuestión de cauterizar, dar unas puntadas y dejar que la naturaleza siga su curso. Pedrito es el experto en eso. No hay que ponerle mucha atención a esta gentuza. Si se mueren, se lo merecen. Lo que sí me preocupa es el número de muertos, y el impacto que tendrán en la opinión local las muertes de Federico y de Domingo. Son personas muy conocidas y sus familias están emparentadas con gente muy distinguida. Se te puede ir honda. Martín le dijo:

—¿Don Emilio, qué hacemos? El médico se llevó a Martín del brazo, alejándose de Pedro. Había salido de peores atolladeros.

—Muy fácil. Reportemos parte de los muertos como desaparecidos. —Martín, sonriendo maliciosamente, le dio una palmada de aprobación en la espalda.

—¡Genial! ¿Qué tal si los quemamos para que no quede ni el rastro?

Don Emilio escuchó la propuesta de Martín, sin mostrar emoción alguna, y dijo:

—Domingo y el guarda que lo mató y algunos de los presos, serán las víctimas de la revuelta, y a los demás los quemamos.

—¿Y Federico qué? —preguntó Martín.

—Lo quemamos también, y lo reportamos como desaparecido, junto con Hernandes y Antonio.

—¿Lo quemamos, dices?

—Sí, claro; así desaparecerá de una vez por todas.

Entretanto, Pedro, viendo que Martín y don Emilio se habían distanciado, se acercó a los muertos. En la mano de Federico, notó el anillo de don Nicomedes y decidió quitárselo, antes que alguien se lo robara. Cuando lo agarró de la muñeca para quitarle el anillo, detectó un pulso débil y se dio cuenta de que Federico estaba vivo y los demás creían que estaba muerto.

Se puso de pie y se metió el anillo en el bolsillo del saco. Un momento después, se acercaron don Emilio y Martín. Pedro se preguntó si lo habrían visto guardar el anillo en el saco. Don Emilio le dijo:

—Pedrito, necesito hablarte de algo serio. Tenemos que ayudarle a Martín a salir de algunos de los muertos. Vamos a reportar que Domingo, dos presos y dos guardas murieron en la revuelta. Hoy mismo informaremos a las familias para que reciban los difuntos. Quiero pedirte el favor que te lleves al cementerio los cadáveres de Federico y de los otros cuatro presos. Don Higinio —el sepulturero— sabe cómo salir de ellos. Basta con llevarle una botella de aguardiente y una lata de petróleo. Mira que no los confunda. Si está borracho, es capaz de tomarse el petróleo.

Pedro, confundido por la maldad de la propuesta —que por naturaleza hubiera rechazado— comprendió que era su oportunidad para salvar a Federico de un horrible final. Siguiendo la conversación con don Emilio, le dijo en voz muy baja:

—Sí, me parece una buena solución. A los muertos, no les importa lo que hagamos con ellos. Si le parece bien, me los llevo ahora mismo. Tenemos que aprovechar la confusión que reina en el momento. Don Emilio le dio un apretón de manos, aprobando su idea, y dijo:

—Gracias, Pedrito. Le diré a Martín que pongan los bultos en la carreta. No sabes cuánto aprecio tu colaboración. Lo importante es evitar otra revuelta en la ciudad.

—Por nada, don Emilio —dijo Pedro.

Dicho y hecho. Los guardas cargaron los cinco cadáveres, metidos en costales de fique, en el furgón de la carreta y los taparon con un encerado. Pedro salió de la cárcel por la puerta de la Calle de la Legislatura, guiando al caballejo que tiraba la carreta. Sentado en el escaño del cochero, se encaminó a su consultorio para tratar de salvar a Federico.

*   *   *

Entretanto, Arcila, satisfecho con su paseo por la Plaza Mayor en busca de información sobre la revuelta en la cárcel, decidió pasar por la fonda de Delfina a ver qué sabía ella. La vieja era una fuente inagotable de chismes. Cuando iba por la Calle de la Legislatura y al llegar a la esquina de la Calle de Compañía vio a Pedro Lindo, que venía de cochero en la carreta con los muertos. Pedro tiró las riendas y el caballejo se detuvo. Dirigiéndose a Arcila, le dijo:

—¿En qué andas, Aniceto? Qué milagro y qué coincidencia. Necesitaba tu ayuda y acabas de aparecer como por encanto. Súbete. — Arcila subió, se sentó junto a Pedro, y dijo:

—¿Qué sabes de la revuelta?

—Sigamos hasta mi consultorio y allí te cuento lo que pasó.

Al llegar, entraron por la portada del patio, que daba hacia el río Molino. La carreta quedó fuera de vista. Allí, le explicó lo que llevaba en la carreta, dándole pormenores de su conversación con don Emilio. Entre los dos, bajaron a Federico y lo llevaron al consultorio. Arcila notó que estaba helado. Pedro vio su sorpresa y dijo:

—Haré lo que pueda. Ha perdido mucha sangre.

En medio del consultorio, desnudaron a Federico para ver sus heridas más de cerca. Pedro abrió la ventana, en busca de más luz, y le observó la cabeza, notando la hinchazón y la herida que era grande y aparatosa, pero solamente superficial. La boca estaba reventada por el culatazo, y la nariz parecía más morcilla que otra cosa. El cráneo estaba intacto. En la pierna izquierda, descubrió el agujero de entrada de una bala sobre el lado derecho del muslo, arriba de la rodilla. La bala, debía estar incrustada en el fémur, que no parecía quebrado pero podría estar astillado. Satisfecho con el examen, le levantó el párpado y observó la reacción de la pupila a la luz. Debía tener una conmoción cerebral, complicada por la pérdida de sangre. Sacó unas sales de amoníaco del botiquín y se las aplicó en la nariz. Federico reaccionó. Volvió en sí, tosiendo varias veces. ¡Estaba vivo!

Entre los dos lo sentaron para ayudarlo a toser. Federico los miró con ojos vacíos, sin dar señal de reconocerlos, y con voz muy ronca, dijo:

—Tengo... sed. Tengo... sed.

Le dolía hablar. Tenía la boca llena de coágulos de sangre. Pedro llenó un vaso con agua y lo ayudó a beber. El herido tragó con dificultad, escupió sangre y sorbo a sorbo se bebió toda el agua.

—Gracias —dijo soltando un profundo suspiro. Pedro y Arcila lo miraron, como si hubiera resucitado de entre los muertos. Entonces, dijo:

—¿Dónde estoy? ¿Qué pasó?

Pedro, tomándolo de la mano, dijo:

—Te salvaste de milagro, por la gracia de Dios.

—¿Usted quién es? —dijo Federico, atolondrado.

Arcila lo interrumpió, y dijo:

—El doctor va a curarte, es mejor que no hables.

Pedro limpió las heridas con un trapo mojado en alcohol y le aplicó en la cabeza una venda provisional, hecha con una sábana, que rasgó en tiras y empapó en Agua de Alibour. Con la misma sábana, le puso una venda en la pierna, para evitar que siguiera sangrando. Entre los dos, lo acomodaron en la silla de su escritorio, con la pierna herida sobre un taburete.

—¡Ayyyyy! —gritó Federico y, reconociendo a su amigo, exclamó:

—¡Pedrito!

Entonces llegó María, la mujer de Pedro.

—¿Dios mío? ¿Qué le ha pasado a don Federico? ¡Santa Bárbara bendita! Voy a contarle a Mariana. Pedro dijo:

—¡Espera! No vayas a hablar con nadie —dijo Pedro y dejó a Arcila a cargo del herido y la sacó del consultorio para informarle de lo sucedido. Le pidió que guardara todo en secreto. Sus vidas estarían en peligro si descubrían que había sacado a Federico vivo de la prisión. No podía dejarlo morir, ni podía informar a nadie de que estaba vivo. Era su dilema.

—¿Qué hacemos? —dijo Arcila.

—Dame las botas de Federico. Se las voy a poner a uno de los muertos que está totalmente desfigurado. Así, don Higinio pensará que el muerto con las botas amarillas es Federico.

—Ya entiendo —dijo Arcila asintiendo.

Pedro dejó a Federico con Arcila y María y salió para el cementerio con los cuatro muertos —uno con las botas de Federico— el petróleo y una botella de aguardiente para don Higinio. Lo tenía que emborrachar antes de hacer la quema. Así, no recordaría si eran cuatro o cinco los muertos, ni quiénes eran.

María entró al consultorio con una taza de café con dulce para Federico y otra para Arcila.

El olor del café se mezcló con el olor a alcanfor del agua de Alibour y le supo a diablos pero no pudo rehusarlo. Le hacía falta.

Cuando vio a Federico, María se santiguó varias veces y dijo:

—Dios mío. ¡Qué cosa tan horrible!

—Sí, pero gracias a Dios y a Pedrito, está vivo —comentó Arcila. Ella lo miró, preocupada, y salió a hacerle un caldo. Federico estaba helado.

Arcila, cogió la taza de café dulce y le ofreció al herido para que bebiera.

—No te vayas a ahogar. Federico sorbió el líquido con gusto, haciendo pausas para toser entre tragos. La boca le ardía. Se tragó la sangre, que le drenaba de la nariz y de la boca reventada. Arcila lo ayudó a sostener la taza y le pidió beber más despacio.

*   *   *

COMO ERA DOMINGO, don Higinio caminaba entre las tumbas, haciendo breves visitas a sus amigos, en su constante dialogar con los muertos. En eso, oyó los chirridos de una carreta y miró hacia la portada para ver quién venía.

Pedro Lindo se acercó y tiró de la riendas para parar la carreta.

—Doctor, qué sorpresa. No esperaba visitantes. ¿Qué lo trae por aquí?

—Buenas, don Higinio, le traigo un encargo y un petróleo de parte de Martín.

—Ya entiendo —dijo don Higinio. Se acercó a Pedro.

—¿Qué más me trae de don Martín?

Pedro entendió lo que buscaba y le pasó la botella de aguardiente.

—Remójese el gaznate, y pídale a mi Dios por estos pobres diablos.

Don Higinio —como Pedro esperaba— procedió a tomarse un trago muy largo, chasqueando los labios en señal de satisfacción. Levantó la mirada, como pidiendo permiso, y se tomó otro más. No le ofreció, sabía que no tomaba.

—Me estaba haciendo falta un trago. Pedro asintió. Conocía bien al viejo. No podía ver una botella llena.

—Tómese otro don Higinio, para eso se lo traje. El viejo sepulturero levantó la botella una vez más, bebiendo a su gusto. Estaba en ayunas. Satisfecho, tomó al caballo de cabestro y lo guió hasta la fosa común.

Don Higinio dio un traspié. Pedro vio que ya estaba borracho. Con dos tragos le bastaba y se había tomado varios, y en ayunas.

—Déjeme ayudarle —dijo Pedro tomándolo del brazo, para que no fuera a parar en tierra.

Entre los dos, tiraron los cadáveres en la fosa común.

—Gracias don Higinio, de aquí pa'delante es cosa suya. Yo me regreso a devolver la carreta.

Don Higinio se tomó otros dos tragos, y esperó hasta que la carreta se perdió de vista. Se metió la botella en el bolsillo del saco y procedió a escular a los muertos. Entonces, notó las botas amarillas, de cuero de venado. Las había visto antes..., pero no sabía dónde. Se las quitó al muerto y se las midió. Le quedaron como si hubieran sido hechas para él mismo. En buena hora. Las suyas tenían los tacones gastados y la del pie izquierdo tenía un hueco que dejaba entrar el agua. Satisfecho, estrenó las botas empujando a los muertos hacia la fosa y los roció con petróleo. Sacó los fósforos y les prendió candela. Se tomó otro trago y vio la llama azul sobre los cadáveres: olían a marrano asado y a trapo quemado. Se alejó del fuego y, seguido por el olor, buscó amparo en la casita de herramientas del cementerio. Hacía frío.

Al mediodía, comenzó a llover y el ruido del agua en el tejado lo despertó. Se tomó el resto del aguardiente para calentarse y entonces notó que tenía puestas las botas de don Federico, el librero.

—¡Carajo! —exclamó el sepulturero a solas, al darse cuenta de que Don Federico era uno de los muertos— ¡Dios lo guarde!

*　　*　　*

Cumplida su tarea, Pedro Lindo regresó con la carreta.

Martín salió a encontrarlo al patio y le contó que don Emilio y él habían informado al prefecto de que los muertos eran cinco —incluyendo a Domingo— y los heridos dieciocho. A Federico, a Antonio y Hernandes los listaron como desaparecidos.

Después de conversar con Martín sobre el éxito de su misión, Pedro regresó a su casa. Tenía que curar a Federico y ponerlo a salvo, cuanto antes.

*　　*　　*

Federico, entre dormido y despierto, abría y cerraba los ojos. Todo le dolía. Tenía una sed aterradora. Cada vez que tragaba algo, sentía un pulso y una contracción en la herida de la cabeza. Parecía que alguien lo estaba repelando con saña.

Cuando llegó Pedro, acordaron con Arcila sacar a Federico de Popayán esa misma noche.

Arcila lo llevaría a la finca de Víctor. Era un lugar ideal, cerca de la ciudad y poco frecuentado, donde Pedro Lindo podría ir de visita sin despertar sospechas. Felisa y él eran buenos amigos, les unía su interés en las yerbas para curar todos los males.

Cuando María sintió a Pedro, vino con el caldo y tres tazas. Federico se lo tomó hambriento. Hacía meses que no probaba algo tan delicioso. Pedro se tomó el suyo de una sentada. Llevaba horas sin probar bocado. El caldo de María resucitaba hasta los muertos.

—Enfermo que come, no muere —dijo Arcila saboreando el suyo.

Federico tenía mejor color. La nariz y la boca hinchada parecían un roscón de carne molida. Heridas aparatosas, pero no graves. Faltaba sacarle la bala de la pierna y coserle la herida de la cabeza. Pedro preparó el hornillo y puso a calentar los hierros de cauterizar. Entretanto, María le afeitó la cabeza y le limpió la herida. Era una experta enfermera.

Federico, al ver a Pedro avivando los carbones del hornillo con un fuelle, sintió un desmayo. Pedro le dijo:

—Los hierros ni se sienten. Todo pasará muy rápido. Federico hizo una mueca de duda y de dolor. Había visto marcar ganado.

Arcila dejó a Pedro y a María a cargo de las curaciones, y salió en busca del landó de Constantino para llevar a Federico a la finca. Su idea era usarlo como si fueran a entregar un mensaje telegráfico a algún cliente.

Pedro cerró la herida de la cabeza con veinte puntadas. Luego bañó la herida con tintura de permanganato en agua caliente. Federico sintió que la piel le hervía y luchó para no desmayarse. Nunca había sentido un dolor semejante. La cabeza entera le palpitaba como si tuviera otro corazón dentro del cráneo.

Pedro, viendo el esfuerzo que hacía su paciente, temió que no aguantaría los hierros. Decidió darle un aguardiente y ponerlo a morder un pañuelo mojado en licor.

—Tómate el aguardiente y muerde esto. No te muevas. ¿De acuerdo?

—Sí…, adelante —dijo Federico.

Pedro limpió la herida de la pierna con alcohol y con una tenaza puntuda removió la bala incrustada en el fémur de un tirón. Esta vez, la reacción de Federico fue espectacular. Pegó un berrido, como cerdo herido de muerte y se desmayó. Pedro aprovechó y le aplicó el hierro al rojo vivo en la pierna para cauterizar la herida. Federico ni se movió. Pedro cerró la herida con ocho puntadas, y le entablilló la pierna con varitas de guadua, que amarró con las tiras de sábana. Federico, desmadejado y desnudo sobre la silla, parecía un grotesco maniquí. Pedro le tomó el pulso y verificó que respiraba. Olía a pelo y carne chamuscada. Guardó las herramientas y buscó las sales de amoníaco para despertarlo.

Pedro aplicó las sales y Federico volvió en sí. Sentía punzadas en la cabeza y en el fémur y no podía doblar la pierna. Pedro le dio otro aguardiente, que él se tomó con gran gusto.

María trajo unas pijamas, que Pedro ya no usaba, y lo vistieron. La flacura del paciente daba lástima. Entre ella y Pedro acobijaron al herido, para calentarlo. María le hizo tomar otra taza de caldo, que ella misma le dio cucharada por cucharada. Federico comió gustoso y se adormiló. Estaba agotado por la pérdida de sangre y el dolor de las heridas y los golpes que recibió al caer gradas abajo en la cárcel.

Al cabo de una larga espera, Arcila apareció con el landó, como a las cuatro pasadas. Con Pedro, vistieron a Federico de monje franciscano y entre los dos lo cincharon al espaldar del escaño, con un rejo que cruzaron sobre su torso para que no se fuera a caer de bruces. Afuera, una fina lluvia helada le daba un aspecto siniestro a la tarde. Una vez que Federico quedó amarrado en el escaño, Arcila tomó las riendas y partieron.

—Gracias y hasta la vista —dijo Arcila, y salió rumbo al Ejido. El brioso alazán buscó el trote para entrar en calor.

Pedro aspiró profundamente y descansó cuando los vio partir en el landó rumbo a la finca de Víctor. María lo abrazó tiernamente. Había asumido un riesgo inmenso y no tenía una idea clara sobre lo que le harían el día que Federico apareciera vivo. Si vivía...

—Tengo hambre —le dijo a su mujer.

—Sí, debes comer algo y echarte una siesta —dijo María.

—La dejaré para más tarde. Tengo que volver a la cárcel a darle vuelta a los heridos. Si no voy, Martín hasta los deja morir.

—¡Qué horror! —dijo María santiguándose tres veces y luego tres veces más.

—Ya te traigo algo de comer —dijo a su marido.

Pedro dudaba que Federico saliera vivo de tan horrible experiencia. No podía sacarse de la cabeza la crueldad de don Emilio. Eran unos asesinos.

XXIII: *Federico convaleciente*

Ay! respondió Sancho, llorando, no se muera vuesa merced,
señor mio, sino tome mi consejo, y viva muchos años, porque la
mayor locura que puede hacer un hombre en esta vida es dejarse
morir sin mas ni mas, sin que nadie le mate, ni otras manos le
acaben que las de la melancolía.

—Don Quijote, segunda parte, capítulo LXXIV

POPAYÁN, OCTUBRE DE 1900

Arcila salió del solar de la casa de Pedro Lindo y se encaminó
hacia la Calle de Marcos Campo. A cada brinco del coche, oía
los quejidos de Federico confundidos con los chirridos de las
ruedas. Federico, envuelto en el hábito de lana, tiritaba de frío. La pierna
le rascaba y le picaba y el dolor lo dejaba sin aire. Anestesiado por el mismo dolor, se desvaneció y dobló la cabeza sobre el pecho.

Al llegar el río, Arcila dejó que el alazán —por instinto— encontrara
la ruta más segura. Una vez que vadearon el río, subieron por la cuesta,
hasta la portada de la finca. La casita, con techo de dos aguas, cubierto de
tejas mohosas, era casi invisible entre las matas de achiote, las buganvilias
y dos grandes sauces llorones que la flanqueaban. Los perros corrieron a
recibirlos y anunciaron su llegada. Olía a café y a humo. Felisa calmó a
los perros y salió a abrir la portada, cubriéndose con una manta para no

mojarse. Víctor esperó en el corredor, con la escopeta debajo del brazo. Hernandes y Antonio salieron al oír voces.

—¿Qué tal si me ayudan a bajar este envuelto? —dijo Arcila. Todos quedaron asombrados, al ver al monje encapuchado, que parecía muerto.

—Con cuidado que está muy delicado. ¿Tienen una hamaca? —preguntó Arcila, mientras desamarraba a Federico.

Víctor asintió y fue a traerla. La extendió en el suelo, levantó al monje en vilo y lo acomodó en la hamaca. Antonio y Hernandes, aterrados, vieron que era Federico y, con la ayuda de Víctor, lo llevaron hasta la cocina para ponerlo junto al fuego.

—¿Está vivo? —preguntó Felisa. Arcila respondió:

—Sí, pero está herido y ha perdido mucha sangre. Los perros, atraídos por el olor, se arrimaron a oler el envuelto y Felisa los espantó, gritando:

—¡Juste... juste! —Cuando pusieron la hamaca en el suelo de la cocina, Federico volvió en sí y dijo:

—Tengo sed.

—¡Estaba vivo!

Todos se alegraron al oírlo. Víctor, expertamente, tiró el rejo de la hamaca sobre una de las vigas del techo, y poco a poco, la levantaron para acomodarlo más cerca del fogón. Arcila lo ayudó a tomar un café con dulce, que le había traído Felisa. Federico sorbió el negro líquido con avidez. El café y el calor del fogón lo revivieron. Miró alrededor, desde el borde del tazón, que sostenía con las dos manos, y dijo:

—¿Dónde... estoy? —Sus compañeros lo observaban con lástima. No sabían si viviría. Tenía la cara morada y muy hinchada. Un verdadero *Ecce Homo*. El hábito de franciscano acentuaba la dramática escena.

—Estamos en una finca fuera de la ciudad —dijo Arcila. Los demás observaron en silencio.

Federico tomó dos sorbos más de café y sintió náuseas. Estaba agotado. Los miró con ojos cansados, dobló la cabeza y se quedó profundamente dormido.

Víctor lo acomodó mejor en la hamaca y Felisa trajo una manta de lana para arroparlo. Satisfecha con el acomodo del herido, se sentó en la mecedora, al pie de la hamaca, para vigilarle el sueño, acompañada de los perros. Con un gesto de la mano, echó de la cocina a Víctor y a los huéspedes, indicando que pasaran al otro cuarto. Seguía lloviendo dulcemente.

Hernandes y Antonio quedaron fascinados con el relato de Arcila y con la nobleza del gesto de Pedro Lindo.

—Es un verdadero santo. Más bueno que el pan —dijo Antonio

Mientras los tres amigos tomaban unos tragos y hacían planes para entregar las armas al general Bustamante, Felisa hizo la comida y el avío para los dos viajeros, vigilando al herido de reojo. Cuando despertó, ella misma lo alimentó. Él comió sumiso, preguntándose quién era la mujer que lo cuidaba como si fuera su hijo. El olor a comida y la voz de Federico atrajeron a los amigos. Él preguntó:

—¿Antonio, dónde estoy? ¿Quién me trajo aquí?

Antonio y sus amigos le contaron los detalles de su odisea, desde que salió de la cárcel hasta su llegada a la finca de Víctor. Él no recordaba nada. Ellos le explicaron que unos lo darían por muerto y los demás creerían que había desaparecido.

—Le debes la vida a Pedro Lindo. Otro te habría dejado morir. Voy a informar a tus hermanas y a Sofía de que estás vivo. Sería un crimen tenerlas en la incertidumbre.

—Les diré que estás vivo, pero no deben saber dónde estás. Cualquier desliz nos puede costar la vida a todos. Antonio y Hernandes saldrán de aquí antes de la madrugada. Ya tienen todo listo. Bien sabes cuál es su misión.

—No quiero que sepan que estoy herido, ni que me vean hasta que pueda valerme por mí mismo. Se morirían de la angustia si me vieran como estoy. —Una vez que dijo esto, Federico dobló la cabeza y entró en un profundo sopor.

Protegido por la oscuridad y la lluvia, Arcila regresó a la ciudad y dejó el landó en casa de Constantino. Una vez que lo informó del éxito de su empresa, se retiró a descansar. Había sido el día más largo de su vida. Puso la cabeza en la almohada y se quedó dormido en un instante. No le quedaba energía ni para soñar.

*   *   *

FELISA SE ACOMODÓ EN LA SILLA como mejor pudo, con la escopeta recostada contra el muro del fogón. El herido respiraba con dificultad, soplando por la boca, con pufos entrecortados. Tenía la cara más hinchada y amoratada. Parecía un monstruo. Caronte y Calibán compartían el calor del fogón. En el otro cuarto, los viajeros roncaban a gusto.

Al amanecer, antes de la primera luz, cantó el gallo. Federico, hundido en la hamaca, roncaba, buscando aire entre resuellos. La mujer salió al patio a lavarse la cara en el chorro. El agua fría levantó nubecitas de vapor, al bañar su piel morena. Se limpió las legañas de los ojos y se frotó las manos en el delantal para secarlas y calentarse. Entonces, se acercó al cerco de la casita y miró hacia la ciudad, contemplando el amanecer. La llegada del día. Uno más que vivir.

Amaba la salida del sol. Desde la loma, miró los resplandores del nuevo día sobre el horizonte, gozando de la brisa y del agradable fresco matinal. Contempló la luz bajando de la cima de los sauces hacia el patio al tiempo que el sol subía para traer el día. Le hacían compañía, el canto de las mirlas, el alboroto de las loras que anidaban en los sauces y en los guaduales del río, y el cacareo de las gallinas buscando lombrices y chapules. A pesar de haber dormido a plazos, se sentía bien. Se arropó con el pañolón y entró.

En la cocina, avivó el fogón y añadió unas chamizas para hacer café. Mientras se colaba, armó las arepas para asarlas en la parrilla.

Federico despertó con el ajetreo de Felisa en la cocina. Le dolía todo el cuerpo. No estaba en la cárcel. Olía rico. Felisa lo ayudó a acomodarse en la hamaca y le dio un café con arepa. Víctor apareció en la cocina atraído por el aroma del café y el olor a arepa quemada.

—¿Cómo amaneció?

—Mejor. Dígame, ¿y Hernandes y Antonio?

—Madrugaron. Salieron como a las cuatro.

La brisa del amanecer lo ayudó a despertar del todo. Le dolían la cabeza y la pierna. Tenía fiebre. Sentía la cara hinchada y el ojo izquierdo completamente cerrado por la hinchazón.

Víctor se alistó para ir a la ciudad.

—Don Federico, queda en buenas manos, coma todo lo que pueda, parece burro de pobre.

Federico lo vio salir y volvió a perderse en la hamaca, confortado por el café y el calor de la fiebre. Se sentía seguro. Cerró los ojos y se adormiló. En un minuto más, roncaba..

Víctor se fue al matadero a recibir unos terneros que le tenían prometidos para el día de mercado. Con suerte, habría carne para el negocio y para la casa.

*   *   *

EL LUNES POR LA MAÑANA Constantino se enteró de que los agentes del prefecto buscaban a Antonio, Hernandes y Federico, de casa en casa. Hasta en los conventos estuvieron. Unas beatas dijeron haber visto a tres monjes encapuchados saliendo de la Iglesia de San Francisco el domingo temprano, antes de misa. En una hoja volante el prefecto ofrecía cincuenta pesos oro por información sobre el paradero de Hernandes, Federico y Antonio. Se les acusaba de ser cómplices de la revuelta en la Cárcel Militar y de la muerte de varios soldados y presos.

*   *   *

Después del funeral de Domingo, Mariana abrió la librería para distraerse. Estaba muy preocupada por la suerte de Federico. Los agentes del prefecto visitaron la librería en busca de los desaparecidos. También estuvieron en casa de Sofía y de otras familias conocidas, haciendo preguntas tendenciosas y amenazando con cárcel a quien los escondiera o ayudara a escapar de las autoridades.

Arcila salió para la librería después del desayuno para contarle a Mariana de la suerte de Federico y la encontró sentada frente a su escritorio, ensimismada, leyendo unos papeles. Tocó la puerta con los nudillos para llamarle la atención. Ella suspendió su trabajo, lo miro y dijo:

—Sigue. Quería verte desde ayer, pero Clodomiro no te pudo encontrar por ninguna parte. No pude pegar el ojo, pensando en Federico. Aquí estuvo la gente del prefecto husmeando y haciendo preguntas. Arcila dijo:

—¿Puedes cerrar la puerta del patio?

—Como quieras. Si te parece cierro la de la calle también. —Él dijo:

—No, déjala abierta. Si alguien me ha seguido, no quiero despertar sospechas. Mariana entendió la situación, tomó un par de libros de un estante y los puso sobre el mostrador, como si estuviera atendiendo a un cliente.

—Tengo buenas y malas noticias. Federico está libre y escondido en un sitio seguro. Pero está herido, aunque no de gravedad. Mariana lo escuchó con expectativa, sin decir palabra. No quería interrumpirle.

Arcila no dijo ni una palabra sobre la ayuda de Pedro Lindo.

—Federico no quiere que nadie lo vea, ni sepa dónde está. Es para proteger su vida. Tampoco quiere que le digas una palabra a nadie. Basta con que tú sepas que está vivo y en buenas manos. Para el resto del mundo, desapareció, como dice el volante del prefecto, el de los cincuenta pesos.

—Dime dónde está y quien lo cuida, por favor —dijo Mariana.

—No, no te lo puedo, ni te lo debo decir. Sería un peligro para ti y para Federico y comprometería la vida de quienes lo cuidan.

—Me voy a morir si no puedo hacer algo por él.

—Si quieres hacer algo por él, tú y Sofía pueden ir donde el prefecto a pedirle información sobre Federico. Lloren y griten y supliquen, para que no vaya a pensar que saben algo de su paradero. Díganle que han oído rumores de muertos, heridos y fugados y que ustedes necesitan saber qué puede hacer por ustedes y por él.

—Si eso es lo que quiere Federico, eso haré. Iremos hoy mismo a ver si nos recibe.

—¿Por qué no te esperas hasta que yo hable con Sofía?

—Voy a ponerla al tanto de lo que te dije y le pediré que te ayude en lo que pueda—dijo Arcila, y Mariana añadió:

—Esta mañana la vi en el entierro de Domingo. Vino con doña Julia y con el tío Emilio que las acompañó. Fuimos a consolar a la pobre Zoila. No ha dejado de llorar desde que le dieron la noticia. Le estaba haciendo unas chinelas a Domingo para sorprenderlo y se quedó encartada con ellas. Tuvimos que hablar con el obispo para que lo dejaran enterrar en el cementerio. El párroco se oponía. Dijo que era liberal y ateo y masón y no sé qué más. Claro que el cura no tuvo inconveniente en recibir la plata que le ofreció Zoila para que dijera algunas oraciones por su alma.

—¿No hubo misa? —preguntó Arcila.

—No, Domingo se habría salido del cajón si lo hubieran llevado a la Iglesia —respondió Mariana.

—Te dejo. Me voy a ver a Sofía. Dale mis saludos a tus hermanas —dijo Arcila, mirándola con interés muy especial. Mariana se veía preciosa vestida de negro. «Casi le toca ponerse de luto por Federico».

Mariana quedó confundida y al tiempo feliz al saber que Federico estaba libre, vivo y en buenas manos. Pero la actitud de Arcila y la manera como la miró la dejaron pensativa.

Tengo que confiar en Arcila. No me queda de otra. Pero... «¿Por qué me miró así?».

*   *   *

SOFÍA RECIBIÓ A ARCILA sumida en la más profunda tristeza. La muerte de Domingo, el entierro, la tristeza de Zoila y no saber nada de Federico la tenían en una zozobra espantosa. Daba lástima verla. Las ojeras le daban un matiz fosforescente a sus ojos verdes. Arcila no sabía qué decirle. Ella lo invitó al salón y una vez que se sentaron a tomar un café, dijo:

—¡Qué cosa tan espantosa! ¡Qué vamos a hacer! Los malditos godos están acabando con todo el mundo. Ni pudimos ver a Domingo. No dejaron abrir el cajón. Lo despedazaron a tiros. Si mi mamá no habla con el obispo, no lo habrían dejado enterrar en el cementerio. ¡Como si hubiera sido un perro! ¡Malditos!

—Cálmate, tengo que contarte algo. Pero primero quiero que me prometas no compartirlo con nadie. De eso depende la vida de Federico —dijo Arcila dándole vueltas al sombrero que tenía en las manos.

—Te prometo todo lo que pidas si de eso depende su vida. ¿Dónde está? Dímelo por favor.

—Lo dejé con gente de confianza. Está escondido. Como sabes, los del gobierno lo andan buscando, igual que a Antonio y a Hernandes.

—Sí, lo sé, aquí estuvieron ayer. ¡Qué no preguntaron! Delfino Alegría me dijo que estuvieron en su casa, en las mismas. Mi mamá está furiosa conmigo. No te puedo repetir lo que dijo. La odio cuando me habla así. Es insoportable... —Arcila la escuchó y esperó a que hablara.

—¿Y Hernandes y Antonio están con Federico?

—Estaban. A estas horas están lejos de aquí. Como sabes, teníamos todo listo para el general Bustamante.

—¿Y Federico? ¿No se fue con ellos?

—No, no podía irse. Tiene una herida que le impide caminar.

—¿Herido? ¿Qué le hicieron? Dime dónde está. Mi tío Emilio lo puede curar.

—No, no te puedo decir donde está. Federico no quiere que nadie sepa dónde está. De eso depende su vida, la mía y algunas más. No le menciones nada a tu tío Emilio, ni a tu mamá, ni a tu madrina, ni a nadie, que sabes que Federico está vivo o herido. Cuantos menos lo sepan, mejor para Federico y para ti. Lo único que sabes es que desapareció de la cárcel, como dice la circular que publicó el prefecto. ¿Entendido? —dijo Arcila con autoridad. Sofía comprendió que tenía que obedecer.

—Te juro que no diré una palabra —dijo Sofía.

—Solo tú y Mariana saben lo que te acabo de decir. Quiero que, con ella, vayan donde el prefecto a pedir información sobre su paradero. Si van juntas, será mejor. Queremos saber qué dice. Si me perdonas, te dejo. Las tendré al tanto de lo que pueda. No me busques, por favor. Hay espías por todas partes.

—No sabes el peso que me has quitado de encima. Pero me dejas colgando de un hilo. No tendré paz hasta que lo vea y pueda hablar con él.

—Él decidirá el momento. Yo te diré cuándo.

—¿Le puedo mandar una nota o algo contigo?

—No. Si me detienen sería un peligro. Sin duda me torturarían para que confesara dónde está o quién me dio la nota. Son inclementes...

—Eso me dijo mi madrina. Luis le contó de atrocidades. Dile que le mando mi alma en un beso.

—Eso le diré. ¡Hasta la próxima! —dijo. Y se fue saludando con una venia, al tiempo que se calaba el sombrero. Sofía quedó anonadada. No sabía qué pensar. Confiaba en Arcila como si fuera de la familia. ¿Cómo habría logrado escaparse Federico? Todo era un misterio. Pero, gracias a Dios, estaba libre y vivo. ¡Maldita guerra!

*   *   *

En manos de Felisa, Federico se recuperó muy pronto. Pedro Lindo vino a verlo y entrenó a Felisa para que le cambiara las vendas de la cabeza y de la pierna. La pierna sería cosa de tiempo y paciencia. Le pidió caminar apenas tuviera fuerzas para intentarlo y le devolvió el anillo de don Nicomedes. A la semana Federico dio sus primeros pasos con la ayuda de una muleta que Víctor improvisó de una horqueta de guayabo. Lo aterraba pensar que sus hermanas o Sofía lo vieran como estaba. Daba lástima. Era la viva imagen del Caballero de la Triste Figura.

Federico vivía en constante terror. Temía que lo descubrieran o que fueran a matar a Pedro Lindo por haberlo sacado de la cárcel, pretendiendo que estaba muerto. La suerte de su hermanas y la de Sofía no sería mejor. La única solución era ganar la guerra y dejar que la justicia se encargara de los malvados que lo habían reducido a un esqueleto y después a una piltrafa humana. ¡Tenían que triunfar!

XXIV: Encuentro de Sofía y Federico

Te lo juro por lo mas sagrado para mi i te repito lo que
tantas veses te he dicho, que en cualquier sircunstancia te
probare mi pacion.

—Segunda carta de Sofía a Federico

E sa misma tarde, después de la visita con Arcila, Sofía y Mariana
fueron a buscar al prefecto en su casa. Una criada se asomó por la
ventanilla del portón.

—¿Qué desean las señoras? —Tenía órdenes de no dejar entrar a nadie sin permiso, mas reconoció a las visitantes que eran amigas de doña
Marisa.

—Dile a Marisa que queremos hablar con ella —dijo Mariana. La
criada, asustada por la demanda, dijo:

—Un momentico señora, ya vuelvo. —Cerró la ventanilla y corrió a
informar a la dueña.

—Ya sé a qué vienen, ábreles y llévalas al salón y diles que me esperen
un minuto. No quiero que me vean así como estoy.

La criada las hizo entrar y las acompañó al salón. Las visitantes miraron a diestra y siniestra buscando al prefecto.

—Que la esperen un minuto —dijo la señora.

—¿Sabes si el señor prefecto está en casa? —dijo Sofía.

—No, señora. Salió de afán después del almuerzo. Dizque hay una revolución en el cuartel.

Marisa llegó al salón, y alcanzó a oír a la criada.

—¡Deja de regar chismes! —La mujer salió como perro con el rabo entre las piernas. Mariana dijo:

—No son chismes, Marisa. La ciudad entera lo sabe. Vinimos a verte, porque no nos dejaron ni arrimar al cuartel. Hay soldados por toda la ciudad. Ayer vinieron a esculcar la librería, y revolcar mi casa. ¿Qué sabes de Federico? ¿Te dijo algo tu marido?

—A estas horas debe estar en la gobernación. Tienen una reunión con el gobernador. Hay rumores de no sé qué —dijo Marisa.

—¿No te mencionó algo de Federico? —preguntó Mariana.

—No tengo idea. Si quieren, vuelvan mañana —dijo, dando la impresión de que la importunaban. Creían que su marido era Dios. Pedían lo uno y lo otro, siempre para ahora mismo y esperaban milagros. Lo más difícil era poner buena cara y tratar a cada visitante como si fuera un enviado del Vaticano.

—Te dije lo que oímos de la gente —dijo Mariana, que no se tragó el cuento de que no tuviera idea.

—¿Podrá estar entre los heridos? —dijo Sofía.

—No sé nada, lo siento. Es todo lo que les puedo decir. Estamos en las mismas.

Mariana miró a la una y la otra, buscando el momento adecuado para salir de allí antes que explotara, y dijo:

—Vámonos, dejé a Clodomiro solo en la librería. Gracias Marisa.

—Buenas tardes, lamento no poder darles mejores noticias.

Sofía estaba furiosa. Tomó a Mariana del brazo, sin despedirse de Marisa, y salieron.

Marisa descansó al verlas ir. No podía hacer nada por ellas, ni bueno, ni malo. Lo mejor en ese momento era callar. Eso hizo y cerró la puerta.

Había tenido un día imposible. Ordenaría a la sirvienta no abrirle a nadie más, conocido o desconocido.

—Sofía dijo: son unos criminales. Se inventaron un cuento —el informe oficial— y mandaron a algún pobre diablo a pegarlo en las esquinas. Lo que más me irrita, es que nos diga que no saben nada. ¡Miente! Como si yo fuera una imbécil.

*   *   *

A MEDIADOS DE OCTUBRE, el gobernador y el prefecto recibieron información de sus espías sobre movimiento de tropas liberales cruzando la cordillera, procedentes del Tolima al mando del general Bustamante. Eran cerca de 2500 hombres bien armados y aperados sin contar algunos campesinos de la región de Tierradentro que se unieron a ellos.

—La misma historia del ataque de Navidad —le dijo el prefecto al gobernador.

—No podemos permitir que nos la vuelvan a hacer. El coronel Pinto les puso el tate quieto en Flautas y es hora de acabar con ellos, antes de que se nos metan en la ciudad.

—Yo iré personalmente con el general Miguel Medina Delgado. Lo que viene es un ejército, no una montonera —dijo el gobernador.

Al día siguiente, el gobernador y el general Medina Delgado iniciaron los movimientos de las tropas acantonadas en las poblaciones vecinas a Popayán —El Tambo, Timbío, El Bordo, Silvia y otras— para salir a defender la ciudad a cualquier costo.

*   *   *

LOS DOS EJÉRCITOS ENTRARON EN BATALLA el 20 de octubre de 1900, en las cercanías de Calibío, a menos de cinco leguas de Popayán. Ambos bandos estaban decididos a triunfar. La guerra sería a muerte.

No hubo tal sorpresa. El ejército conservador —con cerca de mil hombres— les salió al encuentro a los liberales y los derrotó en la famosa batalla de Calibío.

La matanza fue espectacular. Los sobrevivientes salieron en derrota, unos por la cordillera, hacia el Tolima, y otros hacia el Ecuador. Los campesinos de la región aliados con los liberales, buscaron refugio en sus viviendas. El ejército los persiguió casa por casa. No hubo clemencia. Muchos fueron ejecutados sumariamente en sus casas.

El general Bustamante y algunos de sus líderes, Hernandes y Antonio entre ellos, escaparon hacia el Ecuador donde el presidente Alfaro les ofreció refugio y trabajo, construyendo caminos en las afueras de Guayaquil para pagar los gastos y mantenerse en forma para la guerra del Pacífico que les esperaba.

El gobierno conservador fue inclemente con los vencidos en los días que siguieron al ataque de Calibío. Torturaron a los cautivos para forzarlos a delatar a sus copartidarios; capturaron a sus familiares para sembrar el terror y confiscaron sus bienes y los vendieron por nada en subasta pública a los aliados y amigos del gobierno. Otros buscaron el exilio para proteger sus vidas y lo poco que lograron salvar de sus bienes. Muchos nunca volvieron al país.

A finales de Octubre la resistencia liberal dejó de existir y Popayán recobró el orden. Pero el odio siguió vivo y la sangre de los mártires se convirtió en semilla de cristianos.

*   *   *

ENTRETANTO, CONSTANTINO Y ARCILA siguieron en contacto con Sofía y Mariana, informándolas de tarde en tarde del estado de Federico. Cada visita trajo mejores noticias y un buen día les dijeron que lo podrían ver en el futuro cercano.

Sofía le dijo a Arcila: «Si no lo veo pronto, la muerta seré yo». No podía vivir sin él y la atormentaba no poder escribirle. Pero Arcila siguió inflexible en su posición.

Federico comenzó a caminar con ayuda de un bastón. Le irritaba pensar que quedaría cojo de por vida. Pero entre cojo y muerto, se quedaba de cojo. La herida de la cabeza había cerrado, pero al mover las cejas sentía una contracción del cuero cabelludo y un dolor violento, que lo irradiaba desde la frente hasta la base del cráneo. Afeitarse le producía contracciones incontrolables, con solo tocarse la mejilla. No le quedó de otra y se dejó crecer la barba y el pelo.

Con el paso de las semanas, el bastón, la cojera, la barba y el pelo largo crearon una imagen totalmente nueva. Era otro. Un nuevo caballero, pero no el de la *Triste Figura* sino el *Caballero de los Leones*. Listo a luchar hasta morir.

—Cuando el río suena, piedras lleva —le dijo Arcila a Federico después de unas semanas de la derrota de Calibío. Tenían que salir de Popayán. Era el momento de despedirse de sus hermanas y de Sofía. Irían a unirse a los rebeldes del sur en Guayaquil, donde estaba Bustamante.

Arcila discutió el plan de la visita con Federico y se pusieron de acuerdo para que Felisa y Víctor sirvieran de contactos con Sofía y Mariana cuando llegara el momento. Arcila dijo a Federico:

—Después de que te veas con Sofía, traeremos a Mariana para que venga a verte. Debemos estar en Quito para Navidad para iniciar la campaña de Panamá. La dirección liberal tiene gente en los Estados Unidos, en busca de apoyo para la guerra. Los americanos están muy interesados en el Canal y en sacar a los franceses de Panamá. Tenemos que apoderarnos del istmo cuanto antes para garantizar la ayuda de los Estados Unidos y evitar que se vayan a quedar con todo Panamá. Sospechamos que hay gente en el gobierno dispuesta a entregarles el istmo si deciden colaborar con el gobierno de Bogotá. Les tenemos que salir adelante.

*   *   *

EL VIERNES 16 DE NOVIEMBRE, Víctor pasó por la casa de los Usuriaga. Tocó la puerta y esperó. Betsabé se asomó por la ventanilla del portón, a ver quién era. Sofía la había prevenido una vez que Arcila le anunció de la posibilidad de ir a ver a Federico.

—Buenos días. ¿Está la señorita Sofía? Dígale que es de parte de Víctor.

—Sí, señor. Siga, ella lo espera.

Betsabé lo dejó esperando en el zaguán y corrió a llamar a Sofía para que fuera a ver al visitante. Ella la siguió de inmediato. Al verlas Víctor dijo:

—Buenos días, señorita, soy Víctor.

—Gracias por venir —dijo Sofía mirando al buen hombre de arriba abajo—. Lo esperaba.

—Aquí le traigo una carne —dijo él sacando un envuelto de la mochila que llevaba terciada al hombro.

—Qué pena que se ponga en molestias —dijo ella. En tal momento de escasez la carne era un precioso regalo y se lo entregó a Betsabé que se llevó la carne para la cocina.

El esperó a que la muchacha saliera y del bolsillo de la camisa sacó un pañuelo, que Sofía reconoció de inmediato. Ella misma lo había bordado con las iniciales de Federico con su propio pelo. Tenía su monograma en cada esquina: FL . Era la señal que Arcila le había dado. María, la mujer de Pedro Lindo, lo había rescatado de sus ropas ensangrentadas y lo había lavado hasta recuperar su blancura original.

—Señorita, mi mujer la buscará en la iglesia de San Agustín en la misa de cinco el domingo que viene. Ella tiene un lunar muy grande junto a la oreja derecha, así la reconocerá.

—Sí, gracias. La esperaré. Dígale que llevaré un pañolón gris y una falda verde con blusa blanca.

—Creo que ella la conoce. Me dijo que le compra yerbas en el mercado.

—Ah, sí. Es Felisa, ¿cierto?

—Sí, señorita. La misma. Ella la llevará a ver a don Federico y la traerá de regreso cuando quiera.

Sofía despidió a Víctor, dándole las gracias, y le pidió saludar a Federico de su parte. Apenas salió el visitante, Sofía olió el pañuelo con alegría incontrolable. Le parecía mentira que muy pronto lo vería de nuevo. Se llenó de una emoción que había olvidado. Se le pusieron los vellos de punta y las orejas se le calentaron. No pudo contener las lágrimas que secó con el mismo pañuelo.

Betsabé volvió de la cocina y la encontró secándose las lágrimas de las mejillas.

—Amita, ¿por qué llora?

—No es nada, es que a veces me pasan cosas por la cabeza que me hacen llorar. Betsabé, mirándola —incrédula— pensó: «Esas lágrimas de cocodrilo y esos cachetes encendidos me huelen a buenas noticias», y dijo:

—La carne que le trajo ese señor huele a gloria. Hace meses que no vemos un lomo como ese. ¿Qué vamos a hacer con ella?

—Pártelo en dos. Guarda una parte para nosotros. La otra es para las Lemos. Me la traes apenas la partas.

Poco después, Sofía salió con la carne, a contarle a Mariana de la visita de Víctor y sus planes para ver a Federico el domingo.

Mariana la recibió en la librería y quedó sorprendida con la carne y con la alegría que embargaba a Sofía. Compartieron del gozo de saber que pronto verían a Federico. Mariana le mencionó que la aterraba pensar cómo estaría él. Sofía dijo:

—En verdad, no me importa cómo esté, siempre será mi Federico. Mariana sintió celos por el amor que tenía por su hermano. A ella nadie la había querido sin condiciones.

—Ten cuidado que las sigan. Sería fatal. Mira lo que les pasó a los rebeldes en la batalla de Calibío.

—Cuando regrese de mi visita, vengo a verte. No sé dónde me llevará Felisa. Le diré a Betsabé que no me espere a almorzar y que vendré a visitarte después de misa. Si no le digo adónde voy, no me deja salir de la casa. Ya la conoces. Por eso, no le puedo decir que me voy con la yerbatera. Mariana, otra vez la previno, y dijo:

—No conozco bien a Felisa, ni a Víctor. Supongo que son de confianza de Arcila y de Federico. Sofía contestó:

—Ellos saben lo que hacen. Si no confiaran, no me habrían mandado a Víctor ni a Felisa. Creo que la gente del pueblo es más leal que nuestros propios amigos y familiares. No tienen intereses creados.

Mariana la miró y no le dijo más. Ella no era tan confiada. Cualquiera podía ser un espía.

*   *   *

PARA SOFÍA, EL DÍA SIGUIENTE fue un sábado eterno. Parecía que el sol se había detenido en el espacio y rehusaba llegar al horizonte. Sentía que hacía siglos que no veía a su amado y ese día le pareció aún más largo que las semanas de espera. Trató de imaginar su semblante y solo logró ver la imagen de su retrato. Era como si la imagen —por algún encanto de la cámara oscura— se hubiera aspirado todos sus recuerdos. Temía verlo incapacitado. Soñaba con verlo más joven y viril que nunca. Quería amarlo a solas, sin interrupción, por toda la eternidad....

—¿Cómo estará? ¿Habrá cambiado?... —Se torturó haciendo preguntas que no pudo contestar y decidió hacer algo para escapar de sí misma. Se puso a tejer y tejiendo se perdió en el futuro que esperaba ansiosa. Era su antídoto para todas las preocupaciones. Un borrador emocional.

Esa noche no durmió. Dio vueltas y vueltas en la cama. Se acobijó por el frío, y en minutos se quitó las cobijas, muerta de calor. Durmió a raticos y cada vez solo por unos minutos para soñarse en sus brazos amándolo con locura. Quería demostrarle toda su pasión. Una vez, despertó acalorada y con la sensación que lo tenía a su lado. Lloró de dolor y de alegría.

Al fin entre sueños sintió el ruido de trastos en la cocina. Se levantó, prendió la lámpara y se lavó la cara y con agua de azahares en el aguamanil. El frío del agua borró todas las preocupaciones de su mente. Se vistió un corsé muy ceñido, que resaltaba su figura, y unas bragas bombachas de algodón. De pie, frente al espejo, se imaginó a su amante admirando su figura. Era sensual y apasionada. Su mirada reflejaba toda la pasión de sus sueños. Se puso una falda plisada de paño escocés verde oscuro, un blusa blanca de cuello alto con puños de encaje y un viejo pañolón gris, para arroparse. Se calzó unos botines americanos, color café, que su madrina le trajo a regalar de Nueva York. Ideales para caminar: suaves y fuertes. Se untó agua de Colonia en la frente y las sienes y se empolvó con talco perfumado. Quería estar perfecta para Federico. Satisfecha con su imagen, fue a la cocina para tomar unos tragos de café con leche, para acabar de despertarse. Era incapaz de comer sólidos a tales horas.

Betsabé la observó sospechosa. Era raro que madrugara tan temprano. «¿A qué se debe tanta elegancia y tanto perfume?», se preguntó la muchacha.

—Voy a misa de cinco y luego iré a visitar a Mariana. No me esperes para el almuerzo. Regresaré por la tarde.

Faltando un cuarto para las cinco, Sofía salió hacia San Agustín. El fresco matinal la llenó de energía y emociones. Entró a la iglesia y se acomodó en una banca, cerca de la Virgen de los Dolores. De rodillas, miró las luces titilantes de las veladoras, que seguían el compás de su corazón. En esas, una mujer del pueblo vestida de negro, delgada, de cara larga con ojos negros muy brillantes y un gran lunar junto a la oreja derecha, se arrodilló a su lado.

—Soy Felisa. Si quiere, salimos ahora mismo.

Sofía se levantó, la tomó del brazo y salió con ella por la puerta de la Calle de San Agustín.

Delfina —oculta tras su pañolón de Manila— vio a Sofía salir con una mujer, que le pareció conocida. La había visto antes, pero no sabía dónde.

—Qué raro. ¿Por qué saldrían antes de la misa?

—¿Adónde vamos? preguntó Sofía.

—No es lejos, vivimos por el Ejido. Tenemos una casita al otro lado del río —dijo Felisa.

—¿Y allí estará Federico?

—Sí, allí lo encontraremos.

Variando de andén y de calle, pasaron de San Agustín a la Calle del Empedrado y luego por la Calle de la Carnicería fueron hacia el río. Felisa, derecha como una vara de bambú, caminaba sin apuros, contestando las preguntas que Sofía disparaba a granel. Sentía una paz inefable en compañía de esa mujer tan sencilla, a quien no sabía cómo agradecer lo que había hecho por Federico.

Después de las seis, llegaron a la casita. Los perros, ladrando y correteando, le hicieron fiestas a su ama.

Federico las esperaba. Se moría por ver a Sofía y temía la impresión que causarían su apariencia y el bastón. Parecía mayor de lo que era. La cárcel, el sufrimiento y el hambre lo habían envejecido. Tenía más canas. Al oír los perros ladrando, salió a verlas llegar.

Parecían dos fantasmas caminando entre la neblina que subía del río. Emocionado, caminó hacia la portada. Sofía lloró al verlo venir de bastón y cojeando. Por instinto, corrió hacia él. Se abrazaron con pasión, colmados de emoción. El bastón cayó en tierra.

Felisa los contempló sonriente. ¡Eran felices!

Federico se separó de ella y la miró embelesado, feliz de tenerla a su lado. Ella lo contempló —sin ocultar las lágrimas que enrojecían sus ojos— tratando de llenarse con la nueva imagen de su amado. Ya no era el apuesto librero; era un hombre de verdad: barbado, lleno de magnetismo, con mirada más profunda y un brillo magnético en los ojos que la contemplaban ansiosos, después de tan larga espera. Olía a humo y a hombre. Felisa, sintiendo que su presencia sobraba, levantó el bastón que entregó a Federico, y dijo:

—Perdonen, voy a hacerles un café. —Sofía le dio las gracias y se volvió hacia Federico, para abrazarlo y darle otro beso. Satisfecha, dijo:

—No sabes la falta que me has hecho. Casi me muero de la emoción al recibir el pañuelo. No dormí un minuto por dos noches enteras, pensando que al fin podría verte de nuevo. Si hubiera sabido que estabas tan cerca, habría venido todos los días.

—No, me moría por verte, pero no quería que me vieras como estaba al llegar aquí. Felisa me ha cuidado como si fuera su hijo. Gracias a ella, estoy vivo. Si las cosas andaban mal en la cárcel, ahora están peor, después de la batalla de Calibío. Han hecho atrocidades. Debo salir de aquí cuanto antes. Mi vida no vale un cuartillo si me descubren.

Sofía lo miraba, sin tratar de contener las lágrimas de emoción y de pena que le rodaban por las mejillas. Sus ojos no podían apartarse de Federico. Lo escuchó sin oír lo que decía. Su corazón no le cabía en el pecho. No podía contener el deseo de amarlo con locura. Federico la miraba como si fuera una visión dentro de un sueño. En eso, Felisa interrumpió el encuentro y dijo:

—Perdonen, el café está listo. Entren, hace fresco afuera. La neblina es muy dañina.

Enseguida, cuando entraron, les sirvió el café en la mesita de la cocina y anunció que saldría en busca de Víctor que andaba dando de comer a los animales. Tenían que irse al mercado.

—Estaré de regreso a la hora del almuerzo —dijo—. Víctor vendrá por la tarde. Quedan en su casa. Cualquier cosa que les provoque, no es sino que se sirvan. Hay caldo en el fogón y lo que quieran de la despensa. Don Federico sabe dónde está todo.

Los perros siguieron a Felisa hasta la portada y regresaron en busca de Federico. No lo encontraron. En la mesa, las dos tazas de café, medio llenas, se hacían compañía. La puerta del cuarto de Federico estaba cerrada.

El encuentro amoroso corrió su curso natural. Se amaron fuera del tiempo. Al fin, Federico se rindió y sin saber cuándo, se durmió feliz.

Sofía, victoriosa, lo contempló con ternura por unos minutos eternos, hasta saciarse de verlo. Incapaz de seguir despierta, se entregó el sueño y dejó que Morfeo tomara posesión de su cuerpo desnudo. Era feliz.

*   *   *

A LAS ONCE, EL RUIDO DE LA LLUVIA despertó a los amantes, que salieron del cuarto a terminar el café frío. Sofía lavó las tazas, mientras Federico la observaba, maravillado.

—No sabes la dicha que me has dado —dijo Federico.

—Llevaba una vida esperando ese momento —dijo Sofía.

—No sabía que te gustara tanto lavar tazas —dijo él.

Sofía —sonriendo— dijo:

—Hay cosas que me gustan más. ¿Tienes hambre? Yo estoy famélica. No he comido nada desde que salí de la casa esta mañana.

—Yo no diría que no has comido. Casi me comes a besos.

—No digas más —dijo, avivando el fogón para hacer de comer.

Federico la miraba embelesado. ¿Cómo había podido dudar de ella? Viendo que buscaba algo, dijo:

—Felisa hace arepas todos los días. Están en la canasta amarilla, la que cuelga del techo. En la despensa hay huevos, queso, panela, fruta y todo lo que hay que esconder de los ratones. La olla de hierro tiene el famoso caldo de Felisa. Le pone de todo: yerbas, carne, huesos, verduras, maíz, fríjoles y no sé qué más. Una escudilla de ese caldo resucita hasta a un muerto. Lo sé por experiencia. Es magnífica cocinera. En el mes y medio que llevo aquí, he ganado por lo menos cinco kilos. Estoy cebado. Cuando llegué, estaba en los huesos.

—Eso noté —dijo ella risueña y se rió, sin saber por qué. Comieron, mirándose, como si fuera la primera vez.

Antes del mediodía, cayó un rayo al pie de la casa y la lluvia se convirtió en aguacero a cántaros. Los perros entraron, asustados por el trueno, y se echaron al pie del fogón. El viento sacudía los sauces, desgajando y arrastrando ramas por el patio. La luz de los relámpagos iluminaba la cocina. Llovía sin descanso. Hacía frío. Un frío húmedo, de páramo.

Sofía buscó refugio en los brazos de Federico, que la esperaba en la hamaca. Ella le tenía terror a las tempestades. Cada relámpago la hacía encogerse de miedo.

Federico gozó del espectáculo, meciéndose con ella en los brazos.

—No te preocupes. Si te cae un rayo, no te vas a dar cuenta.

Sofía, anidada en su torso, se sentía segura. Era un milagro tener a Federico a su lado. Miraba la mano que acariciaba su cabello, al tiempo que aspiraba el aroma de hombre, mezclado con el aroma del café. Era la mujer más feliz del mundo.

Después del almuerzo, vieron que el río se había salido de madre y no paraba de llover. Mejor así. Tendrían toda la tarde y toda la noche para amarse. Después de una siesta en la hamaca, regresaron al paraíso y perdieron el sentido del tiempo. *¡Carpe diem! ¡Carpe noctem!*

Felisa y Víctor no regresaron esa noche. Era imposible cruzar el río. Pernoctaron en la casa de unos vecinos, en la otra orilla del río.

—No les vamos a hacer falta —dijo Víctor a Felisa picándole el ojo. Ella asintió sonriente. Todavía eran jóvenes.

*   *   *

AL AMANECER SALIÓ UN SOL que llenó de luz el cielo azul. Había pasado la tormenta. El río había bajado y el agua volvía lentamente a su nivel normal. La carrera de los perros anunció el regreso de Felisa que venía en busca de Sofía para acompañarla a la ciudad. La buscaban sus familiares. ¿Qué estarían pensando?

XXV: Después de la inundación

Mi felisidad llamarte mi esposo i amarte i adorarte en ese hogar
tan soñado donde toda mi felisidad sera amarte, serbirte y
sacrificarme si necesario fuere porque tu seas felis, porque así es
el verdadero amor.

—Segunda carta de Sofía a Federico

Felisa entró a la cocina. Olía a café. Los amantes la esperaban.

—Buenos días —dijeron Sofía y Federico, casi al tiempo.

Betsabé la estuvo buscando en la casa de doña Mariana por la
tarde. Ella la mandó a preguntarle a Víctor, que él le daría razón, y él le dijo
que usted estaba en la finca conmigo y que con el río crecido por la tormenta no se podría pasar hasta que bajara el agua. Tal vez, al día siguiente.

—¿Y usted, dónde andaba? —dijo Sofía.

—Yo junto a Víctor, escondida debajo de un costal de papas. Hasta la
podía ver por los huequitos. Era Betsabé, la que me compra yerbas. La
misma que le recibió la carne a Víctor. Él le dijo a la muchacha:

Yo mismo le avisaré a la señorita Sofía, apenas baje el agua.

—Si le parece bien, podemos regresar a la ciudad ahora mismo, para
que descansen los de su casa —dijo Felisa.

Sofía se despidió de Federico varias veces. No tenían idea de cuándo volverían a verse. Ambos presintieron que podría ser la última vez. Pero no compartieron esa premonición. Habría empañado la felicidad del día que acababan de pasar juntos. Un largo abrazo en silencio dijo más que todas las palabras que no pudieron decir.

Entretanto, Víctor había salido para la ciudad a informarle a Arcila de todo lo que había sucedido y él comprendió al instante el peligro en que se encontraba Federico. Le dijo a Víctor que tenían que sacarlo de la finca de inmediato. No habría visita con Mariana. Ellos saldrían para el Ecuador tan pronto como pudieran organizar el viaje. Él mismo le daría la noticia a Mariana y luego a Sofía.

*   *   *

AL REGRESAR A SU CASA, Sofía encontró una sorpresa: la madrina, su mamá y don Emilio la esperaban con caras muy largas. Solo Betsabé la recibió con sonrisa de pascuas.

—Gracias a Dios volvió sana y salva— dijo la muchacha.

Sofía abrazó a la madrina y a su mamá y saludó al tío Emilio.

—Dinos qué te pasó, mija —dijo doña Julia. Sofía pensó por unos momentos y dijo:

—El domingo temprano me fui a misa a San Agustín, a pedirle a la Virgen que me ayudara a salir de un estreñimiento que me tenía loca. Había quedado de visitar a Mariana después de misa. Estaba de rodillas, y en esas, Felisa, la yerbatera, se arrodilló a mi lado y se puso a rezar el rosario. Le comenté de mi problema y me dijo, «Venga conmigo. Es la Virgen que me la ha mandado». Me tomó del brazo y salimos de la iglesia. Alcancé a ver a Delfina cuando salíamos pero no la pude saludar.

—Sí, señorita —dijo Betsabé—. Doña Mariana me dijo que fuera a ver a Victor, el carnicero, que él me daría razón. Él me dijo que estaban atrapadas al otro lado del río—. Sofía la interrumpió, y dijo:

—No pude creer lo que me decía. Era un milagro. La seguí como si fuera la misma Virgen, que me llevaba de la mano. Caminamos hasta su casita, al otro lado del río los Sauces. Me hizo una infusión de sábila con agua de panela caliente, y me pidió que la tomara tan rápido como pudiera. Eso hice. Me dijo: «Ahora descanse en la hamaca aquí a mi lado y seguimos rezando el rosario juntas»—. Llegamos hasta los misterios dolorosos cuando me quedé dormida. Había pasado la noche sin dormir y me venció el sueño. Me desperté cuando comenzó a llover a cántaros. Para colmo de males, caían rayos por todas partes y uno cayó tan cerca de la casa que tumbó parte de un árbol. Apenas cayó el rayo, me funcionó el estómago. La infusión funcionó a las maravillas. De suerte, la rama del árbol cayó para el otro lado. Otro milagro de la Virgen.

Betsabé, escuchándola con los ojos muy abiertos, pensó:

«Se cagó del susto y fue el diablo que tumbó la rama del árbol». Sofía continuó con su cuento:

—No dejó de llover por horas. El río se salió de madre y Víctor no pudo regresar hasta esta mañana para informarnos de que me andaban buscando. Que él le había dicho a Betsabé dónde estábamos. A Dios gracias, lograron saber que estaba a salvo. Otro milagro de la Virgen.

—Sí, mija. Tengo que ponerle unas veladoras para darle las gracias por traerte sana y salva y por iluminar a la yerbatera para que te curara el estreñimiento. Yo sufro del mismo mal, como sabes, es de familia. Tienes que darme la receta de lo que te dio esa mujer. La madrina y el tío Emilio se miraron de reojo. «¿En qué andaría Sofía?».

*   *   *

ESE MES, SOFÍA NO TUVO LA REGLA. Tampoco al mes siguiente. Se la pasaba con ganas de orinar. El café le producía nauseas. Tenía los senos tiernos. No sabía qué hacer. Un martes que estaba muy nerviosa e inquieta, le dijo a Betsabé, te dejo con mi mamá, voy a ver a mi madrina.

—Sí, niña, no se preocupe. Rezaré por usted. —Sofía no lo pudo creer Betsabé podía leer sus pensamientos.

Betsabé, mirándola con sospecha, notó que caminaba como pato. Era el caminado típico de una mujer encinta. Sin duda. Lo sentía.

Betsabé había olido que algo andaba mal desde la ida donde Felisa. Había notado que la ropa interior le olía raro y que no estaba manchada desde hacía más de dos meses. Todo comenzó con el cuento de la infusión de la yerbatera. «¿Estará preñada?», se preguntó, y entonces se acordó del caminado de pato y del olorcito de las bragas. No podía pedir más señales. No podía creerlo. «¿Con quién se habría acostado?».

*   *   *

—¡HOLA, MIJA! Qué gusto verte por aquí —le dijo la madrina dándole un abrazo con dos besos de bienvenida. Llevas como tres semanas sin venir a verme. Desde el día de Reyes me has tenido olvidada. Hoy me tienes que visitar toda la tarde.

—Tenía que venir a verte. No sé qué me pasa. Vivo cansada. Si fuera perro, orinaría en cada esquina. Todo lo que como me da náuseas.

La madrina la escuchó con atención, y no pudo ocultar la preocupación que le saltó a la mente. Frunciendo la frente dijo:

—¿Has dejado de menstruar?

—Sí, sigo sin la regla y la de este mes está demorada.

La madrina calculó mentalmente, y pensó: «El tiempo justo desde la visita con Felisa y la dormida al otro lado del río. El día que no apareció». No pudo contener la pregunta.

—¿Te acostaste con Alberto?

Sofía estaba atrapada. Todo lo sabía, sería inútil mentirle.

—No. Con Alberto ¡nunca! Él para mí no es más que un mal necesario. Me acosté con Federico.

—¿Con Federico? ¿Y no desapareció? Creí que estaba muerto.

—Sí, está vivo. Se escapó de la prisión. Quedó herido, pero ahora está bien. ¡Está muy bien! —dijo, altiva, desafiante.

—Sí, lo entiendo... —dijo la madrina frunciendo la frente.

—Sabes que lo amo con toda mi alma —Sofía dijo—. Le prometí demostrarle mi amor en cualquier circunstancia y lo amé hasta la locura. Lo amé por horas y horas. Tenía que hacerlo. No sabía si lo volvería a ver. Se lo había prometido en una de mis cartas.

La madrina la miraba incrédula. «¡Que atrevimiento! Salir de su casa, dizque para pedirle un milagro a la Virgen, y entregar su honra sin pensar en las consecuencias. Si Julia lo supiera haría matar a Federico y luego se moriría de vergüenza al instante».

La podía oír: *¡Acabó con la honra de la familia! Cuatrocientos años de honor a la basura.*

Pero la volvió a mirar y entonces la vio como mujer por primera vez. La envidió. «Hubiera querido amar con esa misma intensidad, con esa misma decisión. Con devoción de milagro. ¡Al diablo con la honra! La guerra obliga a vivir cada momento con toda el alma, en un presente continuo. Sin ayeres y sin mañanas. Una hora puede valer más que un día».

—¿Cuánto hace que lo viste? ¿Fue el día de la creciente del río?

—Sí, ese mismo día —dijo Sofía, reflexiva.

—¿Y dónde está Federico? —dijo la madrina. Sofía mintió y dijo:

—No tengo idea. Así como apareció, desapareció. No sé si está vivo. Pero no pudo ser un espanto, si estoy preñada. Nadie me va creer que fue el Espíritu Santo.

—¿Y tu mamá, sabe algo?

—No, nadie lo sabe. Solo tú y yo. Si lo llega a saber, me mata o se muere. ¡Con el amor que le tiene a Federico! El otro día que le dije cuánto lo extrañaba desde que desapareció, me volvió a decir que no le mencionara a ese Hijo de Puta. Y ella que nunca blasfema.

—Por fortuna, ella no vive en este mundo. Sigue hablando con mi papá todos los días como si estuviera vivo. La envidio. Si Federico fuera

espanto, yo podría verlo todos los días, a todas horas y le podría amar sin
temor de nada. Ahora mismo, siento que está vivo y eso me basta. Anda
en la guerra. La madrina asintió con la cabeza, y dijo:

—Vas a necesitar un médico o una partera. ¿Sientes algo dentro de ti?

—No, nada que sea sentir. Pero no sé qué hacer. Me tienes que ayudar.
La madrina puso cara de seria.

—Hay que hablar con tu tío Emilio. Él —como médico— está obli-
gado a guardar tu secreto y entiende que la ropa sucia se lava en casa. Él
te puede recetar algo para las náuseas y el cansancio. Lo de las ganas de
orinar no se te va a quitar hasta que des a luz. Si quieres, yo hablo con él
confidencialmente.

—Sí, me parece buena idea. Pero dile que si viene a verme que sea
en tu casa. No quiero despertar sospechas. Betsabé es como un perro
sabueso. Tiene un olfato increíble. No se le pasa nada.

—Tienes razón. Hablaré con Emilio apenas pueda. Vete y échate una
siesta. Debes dormir todo lo que puedas, para que se quite el cansancio.
Y come lo que quieras...

*   *   *

LA MADRINA HABLÓ CON DON EMILIO esa misma tarde. Le contó de
la visita a Felisa y del día de la creciente del río. El viejo la escuchó con
gran atención sin interrumpirla. Aprobó la idea de ver a Sofía cuando
viniera a visitar a la madrina, como de costumbre. La madrina le dijo:

—Son cosas de la vida, Emilio. Hagamos lo posible por ayudarla.
El asintió sin decir palabra y se despidió con su habitual cortesía. En
realidad, tenía una revolución entre sienes. Federico estaba vivo. Alguien
los había traicionado.

Escuchar a Ana María hablando de Federico como si estuviera vivo
era algo que no podía creer. Él mismo lo había visto muerto y lo había

mandado con Pedro Lindo al cementerio, para que don Higinio quema-
ra el cadáver, junto con los de los demás muertos. Alguien mentía. Pero
Ana María le aseguró que Sofía decía la verdad. «Tenía que ser o don
Higinio o Pedro Lindo, o ambos. ¿Quién más?». Pondría su plan en
marcha. Pronto sabrían quien era Emilio Carrasco.

XXVI: Don Emilio ataca

...el tomar venganza injusta (que justa no puede haber
alguna que los sea) va derechamente contra la santa ley que
profesamos, en la cual se nos manda que hagamos bien a
nuestros enemigos y que amemos a los que nos aborrecen.

—*Don Quijote,* segunda parte, capítulo XXVII

POPAYÁN, 1901

Don Emilio encontró a don Higinio en el cementerio, excavando una fosa para el entierro de la esposa del Registrador.

—Buenos días, don Higinio. No sabía que a su edad fuera tan madrugador.

—Don Emilio, qué milagro verlo por aquí —dijo el sepulturero, limpiándose el sudor con la manga de la camisa.

—Veo que sigue sembrando muertos para que retoñen el día de la resurrección.

—Sí, señor. Ese día recibiré mi premio. ¿En qué lo puedo servir?

—¿Recuerda los bultos que le mandó Martín con el doctor Lindo?

—Sí, señor. Le ayudé al doctor a bajarlos de la carreta.

— ¿Y los quemó?

—Sí, señor, después que salió el doctor, le puse un fósforo en las patas a cada uno para ver si estaban bien muertos.

—¿Y cuántos fósforos fueron?

—Uno por cada difunto. Estaba medio achispado y no me acuerdo cuántos eran con seguridad. No más de media docena. Hace años, en la guerra del 60, se me levantó uno en llamas y casi me mata. Lo tuve que rematar con la pala. Por eso uso los fósforos. Por si acaso... No falla...

—¿Y no reconoció a ninguno?

—No me fijo en ellos, para no acordarme de las caras.

—¿Y esos botines?

—Cuando me desperté de la perra, los tenía puestos. Estaban en perfecto estado. Debían ser de uno de ellos. Que en paz descanse.

—Eso es todo don Higinio. Creo que tengo mis cuentas claras.

*   *   *

FUE LA ÚLTIMA VEZ QUE HABLARON. Esa misma tarde, el sacristán encontró a don Higinio tendido junto a la tumba que cavaba para el entierro de la señora del Registrador. El sacristán mencionó que el cadáver estaba sin zapatos pero con las medias puestas.

—Pobre don Higinio, lo mataron por robarle los botines.

Don Emilio pensó en otra cosa. «Lo habían engañado. Le pusieron los botines de Federico a otro muerto. Faltaba ver qué decía Pedro Lindo, pero antes tenía que hablar con el prefecto, el gobernador y con el magistrado Alberto Carrasco».

*   *   *

AL DÍA SIGUIENTE POR LA MAÑANA, don Emilio pasó por el consultorio de Pedro Lindo. Como la puerta estaba abierta, entró y al ver a Pedro ocupado en el escritorio, dijo:

—Pedrito ¿qué es de tu vida? ¿dónde te escondes?

Pedro se levantó para saludar al recién llegado y dándole la mano dijo:

—Don Emilio, qué gusto verlo. Vivo repicando y andando en la procesión. Me mantengo tan ocupado con la contabilidad y atendiendo pacientes, no me queda tiempo ni para respirar. Con la guerra, se me ha duplicado la clientela de caridad. La gente no tiene con qué pagar. Uno me trae una gallina, otro unas papas y otros nada. ¿Qué lo trae por aquí?

—Nada especial, vi la puerta abierta y decidí entrar a saludarte. Dime, ¿sabes algo de la muerte de don Higinio? Me acabo de enterar que lo encontraron muerto en el cementerio. —Pedro, dijo:

—Pobre hombre, le tocó vivir y morir entre los muertos. Dicen que el sacristán fue a verlo para verificar si una tumba estaría lista, como habían acordado, y lo encontró degollado y sin zapatos. Parece que lo mataron por robarle los botines. —Don Emilio dijo:

—Hoy lo matan a uno por cualquier cosa. Hasta por unos zapatos viejos. ¿No serían de alguno de los que le mandamos a don Higinio?

Pedro, viendo para donde iba el viejo con sus preguntas, dijo:

—No tengo idea. En esas cosas no me fijo. Mi deber es cuidar de los vivos. El sepulturero se encarga de los muertos—. Don Emilio insistió:

—Debían ser valiosos si lo mataron por robárselos—. Pedro sintió que don Emilio sabía más de lo que decían sus palabras y dijo:

—Puede ser don Emilio. Como le dije, en esas cosas no me fijo. Me da pena, pero, cuando llegó, ya salía para darle el pésame a la familia de don Higinio. Lo entierran hoy mismo. Son gente humilde que merece respeto—. Don Emilio vio que había llegado al límite de la paciencia de Pedro y dijo:

—Desde que comenzó la guerra, dejé de dar pésames. Tengo mejores cosas que hacer. Hasta la vista, Pedrito —dijo. Se caló el sombrero y salió en busca de sus cómplices y de Alberto. Ya se las arreglarían con Pedro Lindo.

Pedro quedó perplejo con los comentarios de don Emilio. La visita no era accidental. Una vez que puso sus ideas en orden, recogió su maletín y el paraguas y salió a visitar a la familia de don Higinio. Tenía la cabeza llena de preguntas. Pobre don Higinio.

*   *   *

PEDRO LINDO ENCONTRÓ EL CADÁVER de don Higinio tendido sobre la mesa del comedor, entre dos velas que iluminaban el humilde aposento. Al entrar, le dio el abrazo de rigor a la viuda y se acercó al cadáver para ofrecer una plegaria por el alma del buen sepulturero. Bajó la mirada, en señal de respeto al arrimarse a la mesa, y entonces notó que el muerto tenía un corte muy limpio en la nuca, debajo de la oreja derecha... casi quirúrgico... Una idea tomó posesión de su mente y se asustó. Se santiguó y salió. Llovía. Abrió el paraguas y fue a buscar a Constantino. Tenían que tomar precauciones, inmediatamente. Don Emilio sabía algo.

«Ni la muerte de don Higinio ni la visita de don Emilio fueron accidentales. Don Emilio me tiró el anzuelo para ver si mordía. Y yo que pensé que don Higinio estaba bien borracho».

Esa misma tarde los espías del prefecto iniciaron una nueva redada por toda la ciudad y las cercanías en busca de Federico. Don Emilio recordó que el día de la crecida del río Sofía había pasado la noche en la finca del carnicero Víctor y la yerbatera Felisa, su mujer. Una partida de soldados armados llegó a la finca a las tres de la tarde. Felisa los recibió y contestó un sinnúmero de preguntas que le hicieron. Como era de esperar, no encontraron ni rastro de Federico o Arcila, que ya estaban en el Ecuador fuera del alcance de don Emilio.

*   *   *

ALBERTO NO PUDO CREER LO QUE LE DIJO DON EMILIO. No le pasó por la imaginación que Sofía fuera capaz de tanta bajeza. Entregarse a Federico, después de haberle rechazado a él por años, era un crimen. Don Emilio le propuso que se casara con ella, para salvar la honra de la familia, pero Alberto no consintió en casarse con una mujer que no fuera virgen. Sabía muy bien dónde encontrar mujeres fáciles, pero jamás para casarse con una. Al fin y al cabo, él era de la nobleza de Carrasco, que, según él creía, ya existía desde antes que la peña y el peñasco. Ya se las arreglaría para que Federico y toda su familia pagaran por haberle arruinado el sueño de toda su vida.

XXVII: Viaje a Guayaquil

—¿No oyes el relinchar de los caballos, el tocar de los clarines,
el ruido de los tambores?

—No oigo otra cosa —respondió Sancho— sino muchos
balidos de ovejas y carneros.

—*Don Quijote,* primera parte, capítulo XVIII

Después de Semana Santa, cuando Pedro Lindo salió de la
gobernación, Mariana recibió una orden del prefecto de
presentarse a su despacho el lunes siguiente a primera hora.

Cuando entró a la oficina del prefecto, sabía que la cita tenía algo que
ver con Federico. El prefecto le agradeció haber venido y procedió a informarle de por qué la había citado a su despacho, y le dijo:

—Mariana, siento mucho informarle de que sus bienes de propiedad,
incluyendo los muebles de la librería y su casa de habitación, serán confis-
cados por el gobierno y rematados en subasta pública. Se les acusa, a usted
y su familia, de conspirar contra el gobierno escondiendo a su hermano,
a quien las autoridades buscan desde hace meses, por su participación
en los ataques a la ciudad y en el levantamiento en la Cárcel. Como un
gesto de amistad por los servicios prestados a la ciudad por su familia, se
les permitirá salir de Popayán con sus artículos personales, y un diez por

ciento de los dineros que produzca el remate. Tienen ustedes plazo hasta finales de mayo para salir de aquí. La única manera de cambiar esta orden es que, de inmediato, informen a las autoridades del paradero de Federico Lemos, o que él mismo se presente a las autoridades.

Mariana se quedó de una pieza. No esperaba nada parecido. ¿Qué hacer? Lo pensó un momento, y dijo:

—Señor prefecto, no se nada del paradero de Federico, y para mí, es imposible ponerle al tanto de su orden, o pedirle que se presente a las autoridades. Además, no lo haría, si lo supiera. Mis hermanas tampoco. Lo único que sabemos es que las autoridades lo dieron por desaparecido después de la revuelta de septiembre.

—Mariana, lo siento, pero estamos en guerra. No tengo otra alternativa que defender la vida de los ciudadanos, por quienes soy responsable. Por esa misma razón, le ofrezco la posibilidad de salir de la ciudad de manera decorosa. Soy incapaz de ponerla a usted o a sus hermanas en la prisión.

Mariana salió anonadada del despacho del prefecto. Su única opción era buscar la manera de salir de la ciudad, tan pronto como pusiera sus asuntos en orden. Al llegar a la Plaza Mayor, alcanzó a ver a Pedro Lindo parado al pie de La Torre del Reloj.

Cuando la vio, Pedro sintió que algo andaba mal. Se acercó a ella, la saludó, y al ver sus ojos llenos de lágrimas, dijo:

—Mariana, ¿qué te pasa?

Ella le contó de su visita con el prefecto y Pedro comprendió que la pérdida de su cargo y la sentencia contra Mariana venían de la misma fuente. Don Emilio y sus amigos tenían que ver con ambas cosas.

—No te acerques ni a don Emilio, ni a nadie de su familia, y cuídate de los amigos del prefecto y del gobernador. Delfino Alegría me comentó que el magistrado Alberto Carrasco los ha visitado varias veces desde antes de la muerte de don Higinio.

Pedro no le mencionó que su puesto como Contador de la Gobernación había sido eliminado después de Semana Santa. Ella tenía suficientes problemas en qué pensar. Ya se enteraría.

Mariana lo escuchó aterrada. Jamás se imaginó que los Carrasco fueran sus enemigos. ¿Cómo no hablar con Sofía? Pero no podía ignorar al hombre más santo que conocía en Popayán.

En la segunda semana de mayo llegó a Popayán un grupo de arrieros que trabajaban para Arcila y regresaban a Guayaquil después de traer mercancías a Cali y a Popayán. Federico sabía de la situación de sus hermanas, por medio de Constantino, que le había enviado un mensaje con sus seudónimos para informarle de su suerte y él y Arcila no vacilaron un momento para ayudarles a salir de la ciudad. Por eso habían enviado a los arrieros de Arcila para que trajeran a su familia al Ecuador. Tanto Arcila como Federico querían que salieran de Popayán cuanto antes y que vinieran a Guayaquil. Allá estarían más seguras, más cerca de su hermano y contarían con la protección del presidente Alfaro. Además, Arcila tenía otras ideas en mente.

El tercer lunes de mayo, Mariana y sus hermanas salieron de Popayán hacia el Ecuador en compañía de Clodomiro y Mama Pola. La librería *El Libro* cerró sus puertas en Popayán para siempre. A Mariana le dolió en el alma no poder despedirse de Sofía, pero no le quedó de otra. Nadie la había visto desde que Federico salió para la frontera. No podía ignorar lo que le había dicho Pedro Lindo. Además, Alberto Carrasco se había quedado con la propiedad de la librería que compró por nada en el remate de sus bienes por el Gobierno.

La recua constaba de unas veinte mulas de carga y cinco caballos de paso para acomodar a los viajeros y sus pertenencias. Ellas montaron a caballo o caminaron —cuando era posible hacerlo con facilidad— para dar descanso a los cargueros y a los caballos. Clodomiro viajó en una mula, encima de la carga, mirando el paisaje con el catalejo que Federico le trajo de Panamá. Era maravilloso verlo todo antes de llegar. Era como vivir en el futuro. Sus loras, en dos jaulas, colgaban a ambos lados de la silla y le servían de compañía.

El viaje de Popayán a Pasto, por caminos imposibles, duró 10 días interminables. La mejor viajera resultó ser Mama Pola, que era la más vieja. Casi cincuenta años antes, había viajado desde Tumaco para radicarse en Popayán, donde entró al servicio de doña Domitila Lorenzo, la esposa de don Nicomedes. A Mama Pola el paisaje de regreso hacia el sur le pareció muy distinto del que había visto en su viaje a Popayán. Había más casas al pie de los caminos y junto a ellas sembrados de papa y verdes cafetales. En las lomas había ganado y ovejas pastando a su gusto. Llegando a Pasto, se encontraron a un pastor que llevaba a sus ovejas al mercado. Clodomiro, al oír las campanas de las iglesias de la ciudad repicando las horas, dijo:

—¿No oyen las campanas?

Mama Pola, que era un poco sorda, replicó:

—Yo no oigo sino los balidos de ovejas y carneros. —Clodomiro, al escuchar sus palabras, recordó que había leído lo mismo en *Don Quijote*. ¿Qué sabía Mama Pola de Don Quijote?

Arcila salió a recibirlas en Pasto, donde descansaron por unos días antes de continuar la jornada hasta Guayaquil. Federico no lo acompañó, por temor a los agentes y espías del gobierno que no faltaban en el sur del país y que andaban preguntando por él. En Pasto gozaron de la hospitalidad de la familia Delgado, emparentada con Arcila y con don Eloy Alfaro, presidente del Ecuador. La vista del volcán Galeras les recordó al volcán Puracé y las llenó de nostalgia por su tierra. Clodomiro observó el vuelo de los cóndores con su catalejo y se soñó viajando por el mundo montado en un cóndor en compañía de sus loras.

El viaje con Arcila fue muy placentero. Él era muy conocido en la región y durante el viaje les llamaba la atención sobre algún detalle del paisaje o del cambio de topografía en el camino de Pasto hacia Ipiales.

Todos gozaron con su compañía pero nadie tanto como Mariana. Al bajar por el cañón del Río Guáitara, para pasar el puente sobre el espumoso torrente, pararon a comprar naranjas y limones. Comieron unas para refrescarse y guardaron las otras para el resto del viaje. Arcila los llevó a ver la imagen de la famosa Virgen de las Lajas en un pequeño Santuario de adobe al lado del camino. Contaban que en 1754 la *Virgen Mestiza* se le apareció a una niña sordomuda, María, quien dijo a su madre en voz perfectamente clara: *la Mestiza me está llamando.* La madre vio entonces la imagen de la Virgen sobre las lajas donde también la pudieron ver ellos. Mama Pola se arrodilló a rezar, en compañía de las tres hermanas, para pedirle a *la Mestiza* que diera un feliz término a su viaje. Y así fue.

Arcila envió un cable desde Quito a Federico, anunciando su llegada para el 21 de junio. En Guayaquil se alojarían temporalmente en la casa de Arcila, una mansión de dos pisos con grandes balcones sobre la Calle de Colón, frente al estudio de su vecino don Julio Bascones.

Federico había cambiado mucho después de tan larga ausencia. Andaba con bastón y estaba tostado por el sol tropical. Su barba entrecana le daba un aspecto muy distinguido. Mariana lo puso al día de la dolorosa salida de Popayán, del cierre de la librería y la subasta de la casa pero no le dijo nada de Sofía ni de lo que había hecho Alberto por no herirlo. Él les contó a todos de su tragedia en la cárcel, de la milagrosa ayuda de Pedro Lindo y de su nuevo trabajo como ingeniero interventor en una carretera en las afueras de Guayaquil.

Antonio Ramos, que trabajaba con Federico en la carretera, vino a saludarlas y les hizo toda clase de preguntas sobre la situación en Popayán y sus amigos comunes. Por él supieron que el general Benjamín Herrera y el general Lucas Caballero, líderes del ejército liberal en el exilio, andaban negociando un buque de guerra en Centroamérica para atacar a Panamá.

La semana siguiente, las visitó el joven profesor Gustavo Adolfo Lemos Ramírez, docente del Colegio San Luis Gonzaga, que quedaba al pie de la Catedral. El profesor era primo de las Lemos, pues su padre, don Salvador Lemos, era sobrino de don Nicomedes con quien vino de Galicia. Rosita y Lola hicieron muy buenas migas con el primo y sus amistades. El profesor le ayudó a Mariana a entrar como maestra en el Colegio de la Inmaculada, donde estudiaban las niñas de sociedad. Rosita y Lola entraron a trabajar como ayudantes del famoso fotógrafo Bascones. Lola se encargó de las cuentas del estudio y Rosita se convirtió en gran experta en daguerrotipos. Clodomiro volvió a ser ayudante de Federico en las obras de la carretera. Mama Pola quedó convencida que todo lo bueno que les había pasado era un milagro de *La Mestiza*.

Todos tenían algo que hacer para contribuir al bienestar de la familia Lemos Beltrán. Una nueva vida. En paz. Hasta las loras de Clodomiro no cesaban de hablar. Estaban en su medio.

XXVIII: *Parto de Sofía*

Ella enderezando la voz y el rostro á Don Quijote dijo:
...y le hiciésedes que se casase con mi hija, en cumplimiento de
la palabra que le dio de ser su esposo antes y primero que yogase
con ella.

—*Don Quijote,* segunda parte, capítulo LII

El martes siguiente al entierro de don Higinio, Sofía fue a visitar a su madrina, después de la siesta que ella no perdonaba. Sofía estaba muerta de nervios y sufría de un estreñimiento horrible. Sentía el estómago como una piedra.

Don Emilio había llegado desde antes del almuerzo y encontró a su prima Ana María traumatizada con el asesinato de don Higinio. Apenas llegó, ella le dijo:

—Emilio, se acabó el respeto por la vida. ¿Dónde va a parar el país? ¡Dios mío! Un hombre tan bueno como él, no me puedo ni imaginar que alguien lo fuera a matar.

—Tienes razón, Ana María. Yo que lo vivo de cerca, lo sé por experiencia propia. Mientras no acabemos con esta gentuza, la vida no volverá a ser como antes. Ella lo miró confundida al no entender lo que implicaban sus palabras. No quería meterse en discusiones políticas con su primo. Juzgó que era más importante ponerlo al tanto de la situación de Sofía a quien esperaba después del almuerzo.

Cuando se despertó de hacer la siesta, don Emilio la esperaba leyendo un libro y tomándose un tinto. Al verlo, dijo:

—Sofía no demora. Le dije a Amelia que me vas a examinar y que cuando Sofía llegue que la haga entrar a mi cuarto. El viejo asintió, puso la taza en la mesita y la siguió a su cuarto.

Cuando llegó Sofía, Amelia la llevó al cuarto de la madrina. Ella le dio las gracias y la despachó. Apenas se perdió de vista la muchacha, tocó la puerta y esperó un momento.

Las piernas le temblaban de solo pensar que diría su tío. Pero no tenía de otra. A lo hecho, pecho. Tenía que afrontar la realidad. Sacó de tripas corazón, y apenas abrió la madrina entró y la saludó de beso y abrazo. Volviéndose al viejo, que las observaba, dijo:

—Tío, no sabes cuánto te agradezco que hayas venido.

Era el momento de la verdad. La madrina, notando el nerviosismo de Sofía, dijo:

—Tu tío está al tanto de lo que me contaste. Te va a examinar y yo los voy a acompañar, para que estés más tranquila. Lo que se diga aquí es sagrado. Explícale cómo te sientes y hazle las preguntas que quieras.

—Por lo que entiendo, según me dijo Ana María, tuviste relaciones con Federico Lemos y que ella cree que estás embarazada. ¿Qué me dices?

—Tío... todo comenzó cuando me enteré de que... ¡Federico estaba vivo! No había desaparecido, como muchos otros que nadie sabe dónde están. Como sabes, el gobierno lo andaba buscando desde el día de la revuelta en la cárcel. Mucho después, cuando casi había perdido la esperanza de verlo vivo, supe que estaba escondido y me invitó a visitarle en un lugar secreto. Fue la alegría más grande de mi vida, verlo sano y salvo.

—¿Y eso fue el día de la creciente del río, cuando te fuiste de misa con la yerbatera? —preguntó Don Emilio.

—Sí, tío. Pero la yerbatera no tuvo nada que ver con eso. ¿Sabes?

—Sí, ¿y dónde está Federico?

—No tengo idea, y si supiera, no se lo diría a nadie. Aunque me mataran. Lo amo con todo mi corazón.

—¿Y él qué sabe de tu estado?

—No tiene idea. Nos encontramos esa vez y desde entonces no lo he vuelto a ver. Lo único que sé es que estaba vivo cuando lo vi. Hoy puede estar en el Perú o en la luna. No te puedo decir dónde. Está en la guerra.

—¿Y piensas que eso es comportarse como un caballero? Te deja encinta y corre a perderse.

—Tío, yo diría que no es de caballeros insultar a quien no puede defenderse. Federico no tiene idea de que estoy encinta. Llevo casi diez años de noviazgo con él y nunca tuvo la menor indiscreción conmigo. La única persona responsable de mi estado, soy yo. Lo hice por amor. Lo hice porque no sabía si lo volvería a ver vivo. Lo que pasó, lo decidió Dios.

—¿Entiendes que nos pones a tu mamá, a tu madrina y a mí y a toda la familia, en una situación espantosa? Podemos ser acusados de traición y eso nos podría costar la vida. Además, te has aliado con los enemigos del gobierno, y para colmo de males, me dices que estás embarazada de uno de ellos, alguien a quien busca la justicia. ¿Sabes lo que vale el honor de la familia? Cuatrocientos años... Si tu padre estuviera vivo, él mismo te llevaría al convento y mataría a Federico. ¿Entiendes el mal paso que has dado y en qué te has metido?

—No es ningún mal paso, tío. No digamos nada más. Soy la mujer más feliz del mundo y si me tengo que ir al convento para salvar el honor de la familia, pues me iré gustosa.

El tío Emilio estuvo a punto de llamarla altanera, pero comprendió que no conseguiría nada. La miró impasible. Lo mejor sería vigilarla y buscar la manera de atrapar a Federico. Después de la muerte de don Higinio, no lo habían podido encontrar por ninguna parte. Procedió entonces a examinarla y confirmó que estaba embarazada, cosa de tres meses desde el día de la crecida del río. Se lavó las manos y dijo:

—El parto, si todo sale normal, debe ser en agosto. Por lo que veo, gozas de magnífica salud.... Come bien, camina todos los días y mira que no te falte el descanso. Yo te seguiré viendo aquí cada dos semanas o con más frecuencia, si es necesario. Ana María me hará saber si me necesitan.

Sofía, cambiando de actitud, dijo:

—Tío, no quiero que nadie lo sepa. Prométemelo. Si mi mamá se entera o me mata o se muere de la ira. No podría vivir con su cantaleta. Tendría que matarla o morirme.

—Dale gracias a Dios que tu padre no está vivo. Que en paz descanse. Ya te dijo Ana María que, como médico, debo respetar tu voluntad. Ella te puede aconsejar mejor que yo para que nadie lo sepa —dijo don Emilio, al tiempo que recogía su maletín para salir de la casa.

Sofía acompañó al tío hasta la puerta y antes de partir le dijo:

—Si no quieres que nadie lo sepa, quédate en casa. Ya sabes lo rápido que se mueve un chisme en esta ciudad.

Sofía descubrió que su tío tenía razón un momento después. Al regresar al cuarto, Amelia se le acercó —pensando que la enferma era la madrina— y le preguntó:

—¿Niña, tiene algo serio la señora?

—No, nada de preocuparse. Mi tío la seguirá visitando para ver cómo sigue. Cosas de mujeres, creo. ¿Nos traes un café y unas galletas o un bocadillo, si tienes?

—Sí, Niña. No me demoro. La dejo con la señora.

Amelia no quedó convencida. Notó que Sofía no llevaba el cinturón que tenía cuando llegó a la casa. ¿Por qué se lo habría quitado?

Sofía notó que la muchacha tenía algo en mente. Fue por la manera como la miró. «Mi tío tenía razón».

*   *   *

Para Sofía, no haberse despedido de Mariana y sus hermanas había sido algo patético. Pero, no había dejado verse por nadie por temor a que descubrieran su estado. Por fortuna, con la guerra, no era nada raro que la gente no saliera de casa. Cada día se sentía más sola y ese día por alguna razón, no se las pudo quitar de la mente.

Por la noche soñó que Federico había muerto en combate. Lo vio morir lentamente, herido de muerte y llamándola por su nombre, ahogado en su propia sangre. La visión fue tan clara, que no dudó que ya estaba en la otra vida. El bebé se retorció en su vientre, como si supiera que su padre se estaba muriendo

Al alba, se despertó empapada en sudor y en sus propias aguas. Aterrada, llamó a Betsabé para que la acompañara a casa de la madrina. De suerte, Betsabé acababa de regresar de despedirse de su mamá que había estado muy enferma y por desgracia había muerto de fiebre amarilla que acabó con ella en un santiamén. Betsabé no podía hablar de otra cosa desde el entierro de la pobre mujer.

La madrina las hizo entrar a su habitación y mandó a Betsabé a llamar a don Emilio.

—Dile que venga ahora mismo, que es urgente.

Betsabé salió en busca del médico y en media hora don Emilio estaba a cargo de la situación. El parto era inminente. El viejo médico dijo:

—Ana María, esta muchacha va a dar a luz ahora mismo. Consígueme una jarra grande de agua caliente.

La madrina le entregó la jarra a Betsabé y la mandó a hervir agua.

—Amelia está en la cocina. Me traes el agua apenas hierva —dijo. La madrina cerró la puerta y encontró a Sofía con la cara como un tomate.

—Las contracciones son muy frecuentes. Está bien dilatada —explicó el médico.

La madrina lo miró espantada. Sofía sacudía la cabeza a lado y lado y las piernas le vibraban fuera de control. Al verla así, sintió un desmayo.

—Emilio, ¡no puedo ver sangre! Llamaré a Betsabé. Ella sabe más de estas cosas. Creció en el campo.

Cuando la madrina salió del cuarto, se encontró con Amelia al pie de la puerta y le dijo:

—¿Le ayudaste a Betsabé con el agua?

—Sí, señora, la dejé en la cocina. Voy a decirle que la traiga ahorita.

El médico vio que el bebé estaba en mala posición para el parto. Sofía pujaba y luchaba en busca de aire, gritando:

—¡Me ahogo! ¡Tíííío! ¡Me muero! ¡No puedo más! ¡Ayúdame!

En esas, Betsabé regresó con el agua caliente, acompañada de Amelia. La madrina la hizo entrar al cuarto y le ordenó a Amelia que la acompañara en el corredor.

Betsabé entró al cuarto y se aterró al ver a Sofía. ¡Pobrecita! Sofía la miró desesperada.

—Pásame los alicates grandes del maletín —dijo el médico, señalando los fórceps.

Betsabé se los pasó y él los usó para tratar de corregir la posición del bebé. En medio de la maniobra, cortó a Sofía con el instrumento. Ella pegó un grito desgarrador y se desmayó. Betsabé creyó que Sofía había muerto y se santiguó varias veces repitiendo, Dios mío, Dios mío.

Don Emilio aprovechó el desmayo y acomodó al bebé con los fórceps. Betsabé, al ver la cabeza del bebé, metió las manos por instinto y lo sacó del vientre de Sofía. ¡Era un niño! El médico cortó el cordón umbilical.

Sofía sangraba como pollo degollado. El niño estaba amarillo, como hecho de cera de abejas. Sofía a cada minuto estaba más y más pálida. El médico se dio cuenta de que su sobrina se estaba asfixiando y le metió una cuchara en la boca para bajarle la lengua y ayudarla a respirar. Tenía los ojos volteados y luchaba buscando aire. ¡Se moría!

Betsabé, con el niño en las manos, dijo:

—¿Ejtá muerto dotó?

—¡Mét8elo en agua tibia! —ordenó el médico.

Ella sumergió al niño en el agua tibia del aguamanil y con el dedo le limpió la boca. El bebé reaccionó y emitió un sonoro grito, anunciando su llegada al mundo.

Cuando la madrina oyó al niño llorando, miró a Amelia y le dijo:

—Ni has visto, ni has oído nada. ¿Entiendes? ¡Nada!

—Sí, señora —dijo la pobre mujer, asustada por la actitud de su patrona. La aterrorizó y salió corriendo hacia la cocina. Había oído el llanto del bebé. Lo que había sospechado desde la primera visita de don Emilio.

La madrina entró al cuarto y encontró a Betsabé limpiando al bebé con una toalla de manos. Era un niño. Tenía el mismo pelo negro de Federico y la forma de la cabeza. Era el momento de salir del bebé, antes que Sofía volviera en sí.

—Ven conmigo —dijo tomándola del brazo. Betsabé la siguió con el bebé en las manos. La madrina dijo:

—Vete al convento y llévale el niño a la madre superiora. No se lo digas a nadie. ¿Entiendes? ¡A nadie! Una palabra y te coge *la Patasola**.

—Sí. Sí, señora. Haré como dice —dijo Betsabé, aterrada, pensando en lo que le podría hacer *la Patasola,* y salió con el niño envuelto en la toalla. Lo escondió bajo su mantón y se fue al convento a las carreras, apretando al niño contra su pecho. Al llegar, la portera le abrió y fue a llamar a la madre superiora, que esperaba esa visita de un día para otro.

La madre superiora recibió al niño y le dijo:

—Dile a doña Ana María que el niño queda en manos de Dios. Que estaremos rezando por la pronta mejoría de Sofía.

—Sí, madre, eso le diré —contestó Betsabé y regresó a las carreras.

No tenía idea de que la madrina y don Emilio —desde hacía meses— habían visitado a la superiora para explicarle la situación de Sofía y buscar su colaboración para proteger la honra de Sofía y de la familia. Cuando

---

La Patasola, en la tradición popular en Colombia, es una mujer con un solo seno, nariz de bruja, ojos enrojecidos y dientes de perro con los que muerde y se les chupa la sangre a sus víctimas.

la madre aceptó ayudar, Don Emilio le puso en las manos una bolsita de cuero que pesaba más de lo que se imaginó. La monja la guardó en el bolsillo del hábito, se despidió de ellos y los bendijo. Apenas salieron, confirmó que contenía cuarenta doblones. Pensó en Judas y se santiguó. Era la mejor donación del año.

Betsabé llegó a la casa en minutos, como si hubiera volado. Amelia le abrió apenas tocó la puerta. La esperaba.

—La señora está en el cuarto —dijo y salió para la cocina. No quería que la señora la viera.

La escena que encontró Betsabé en el cuarto de la madrina era patética. Don Emilio, agotado por el esfuerzo, estaba sentado en un taburete de campaña al pie de la cama, con la camisa arremangada arriba de los codos y las manos ensangrentadas. Había dejado la placenta en la palangana del aguamanil, flotando en agua-sangre. La madrina trataba de darle agua a Sofía, que se ahogaba entre sorbos. La sobrecama, ensangrentada, estaba en el piso. ¡Un desastre total! Sin esperar a que la madrina le preguntara de su misión le dijo al oído:

—La madre ejtá rezando pa' que la niña Sofi se mejore.

—Te repito. Ni una palabra a nadie —la madrina le susurró—. Ya sabes lo que le hace *la Patasola* a las soplonas.

Betsabé se santiguó, aterrada. Casi se le salen las lágrimas. Sin decir más, comenzó a limpiar a Sofía y a poner el cuarto en orden. El tío y la madrina admiraron la destreza y tranquilidad de la muchacha. Ella misma se encargó de botar todos los desperdicios del parto, una vez que puso el cuarto en orden y limpió todo el lío. Era una maravilla.

El médico le tomó el pulso a Sofía y quedó de volver al día siguiente. Notó que tenía fiebre, pero no le preocupó. No era algo raro, después de tal parto. Como no podía hacer más por ella, se despidió.

La madrina le dio las gracias y lo acompañó a la puerta. Antes de que saliera le dijo:

—Emilio, Betsabé y Amelia quedaron advertidas de no mencionar nada sobre el niño a nadie. Pásate por el convento para que la superiora nos mande a sor Basilides a que venga a acompañar a Sofía. Se entienden muy bien.

—Eso iba a hacer —don Emilio dijo—. Luego hablamos...

La madrina regresó al cuarto y encontró a Betsabé observando a Sofía con ternura, mientras le tocaba la frente para ver si tenía fiebre. No sintió nada, pues ella, también tenía fiebre, pero con el ajetreo y las carreras y sustos, no había notado nada raro.

Sofía la miró agradecida, como desde otro mundo, sin decir palabra. Betsabé la hacía sentirse mejor con solo estar a su lado. Cerró los ojos y quedó profundamente dormida. Estaba agotada. La madrina mandó a Betsabé para su casa y le dio orden de no decir palabra a doña Julia. Betsabé asintió y salió para la casa. No se sentía bien.

Dos horas más tarde, llegó sor Basilides. Venía a acompañar a Sofía. La madre superiora le había pedido que hiciera lo posible para salvar a Sofía y para convencerla de que entrara como novicia al convento una vez que se recuperara. La madrina le dio gracias a Dios por su primo Emilio, él sabía como mover el mundo.

XXIX: *Después del parto*

Y a la verdad también es mi hermana, hija de mi padre,
mas no hija de mi madre, y la tomé por mujer.

—*Gn. 20:12* (Abraham y Sara)

La madre superiora informó a don Emilio y a la madrina que el niño había sido adoptado por una familia cristiana, sin descendencia, que vivía fuera de la ciudad. Solo le reveló quiénes eran los nuevos padres del niño y que eran de Cali, a su asistente, sor Josefina.

Sor Basilides continuó cuidando a Sofía con todo su amor y dedicación, como a una hija. En los años que llevaba en la ciudad, había sido su mejor estudiante. Ninguna llegó a igualar su interés por *Don Quijote* y cómo lo compartía con sus condiscípulas y con su profesora. Le prometió a todos los santos, que si lograba salvarla, la convencería que entrara al convento como novicia. La madre superiora andaba en busca de candidatas con buena dote, y todos los días le recordaba que sería una bendición del cielo si lograban reclutarla.

Sofía pasó semanas gravitando entre la vida y la muerte. Luchó con los dolores del parto, visiones del niño que nunca vio, la fiebre constante, el vómito negro y las imágenes de Federico muriendo en batalla, que la atormentaban sin descanso. No sabía si estaba loca o tan enferma que no podía pensar. Sor Basilides creía que solo un milagro podría salvarla. Y el milagro llegó. Al cabo de semanas de incertidumbre, la fiebre cedió, grado por grado. Sofía comenzó a comer y volvió a dormir por horas en santa paz. El tío Emilio dijo que el embarazo y los cuidados y oraciones de sor Basilides le habían salvado la vida.

Cuando se recuperó Sofía preguntó por su bebé y por su familia. Sor Basilides le contó que el niño había nacido muerto y que lo habían enterrado en el convento, y le dijo:

—Era la voluntad de Dios. Mejor así que tener que vivir en esta guerra.

Sofía no supo qué decir. Las lágrimas le corrían por sus pálidas mejillas y de alguna manera llenaron de un sentimiento de resignación.

Al verla tan resignada y en paz, sor Basilides decidió contarle de la inesperada muerte de doña Julia y de Betsabé, ambas víctimas de la fiebre amarilla. Sofía no pudo aceptar tantas penas y lloró desconsolada hasta que se le secaron las lágrimas. Por muchos días no habló con nadie. En momentos de lucidez, rezó con la monja para que Dios la salvara y le prometió que si le daba vida y la perdonaba, entraría al convento, como quería sor Basilides. Rezaron docenas de rosarios juntas y pidieron al Niño Jesús de Praga que, por los méritos infinitos de su infancia, le devolviera la salud a Sofía. Era un milagro que no podía negarles.

Entretanto, Federico seguía en la guerra sin saber que había sido padre y que Sofía llevaba meses entre la vida y la muerte sin saber ni quién era.

Al fin, las continuas atenciones y rezos de sor Basilides surtieron su efecto y Sofía resolvió que tenía que seguir viviendo. Se había quedado sola. Pero tenía a su madrina, que en la pila del bautismo se había comprometido a cuidar por ella, y tenía a sor Basilides. Entonces comenzó a comer con gran apetito y rezó por la salud de Federico esperando que regresara vivo y salvo de la guerra.

La madrina se puso feliz al ver a Sofía pensando en el futuro y comiendo con tanta gana. Cuando le contó a don Emilio de lo bien que estaba él dijo que sería ideal que entrara al convento cuanto antes. Entonces acordaron que sería bueno hablar con ella sobre su futuro. El día de la reunión la madrina le dijo:

—Julia, tu mamá me pidió, antes de morir, que te fueras al convento para darle gracias a Dios si salías con vida de tus males y que tu dote pasara al convento de las monjas si te recibían como novicia. Sor Basilides nos ofreció llevarte con ella a España. Vive aterrada de la guerra y teme lo que les pueda pasar a las novicias en manos de los revoltosos sin Dios.

—La madre superiora lo aprobó todo —la madrina añadió—. Solo falta que tú lo quieras. Sor Basilides espera estar en España en Navidad para ir a ver a sus ancianos padres en Pamplona, antes de regresar a Barcelona donde la comunidad tiene su Casa Principal.

—Sí, madrina —dijo Sofía—. Yo misma le prometí a mi Dios y también a sor Basilides que si me daba vida entraría al convento. Lo único que me impide irme es Federico. Cuando termine la guerra, si termina algún día y él está vivo, quisiera ser su esposa. Quiero contarle que tuvimos un hijo. Dios mediante tendremos muchos hijos más. Mi sueño es llamarme su esposa. Pero si no vuelve me iré al convento. —Don Emilio, adoptando un aire más que grave, le dijo:

—Eso de casarte con Federico es algo con que Julia no podía convenir. La aterraba que tuvieran amores y se opuso a esa relación a capa y espada. Tu padre tampoco lo habría consentido, para él eso era imposible.

—Sí, tío, pero mi mamá lo hacía por obstinada, por odio a Federico, porque no tenía ni dinero, ni abolengo que valiera cinco. Pero todo eso me importa un bledo. Por eso me acosté con él y tuvimos un hijo. —Don Emilio perdió el control de sí mismo y exclamó:

—Es mejor que te calles. No tienes idea de la razón por la que Julia no podía aceptar que fueran marido y mujer. —Sofía, furiosa, gritó:

—¿Y cuál es la razón por la que no podía consentir en que fuéramos marido y mujer?

Don Emilio quedó pensativo, no sabía si revelar lo que sabía. Después de un par de minutos, que parecieron siglos, dijo:

—Federico no era hijo de don Gallardo Lemos. Por eso tu madre te dijo, más de una vez, que era un hijo de puta. Ni Sofía ni la madrina tenían idea de eso hasta ese instante.

—¿Y entonces de quién era hijo? ¡Dímelo por favor! —gritó Sofía, fuera de control. Don Emilio, una vez más, meditó por unos momentos hasta que llegó a la conclusión de que le tenía que decir la verdad:

—Federico era hijo de tu padre, don Juan Francisco. Federico es tu medio hermano. —La madrina casi se desmaya al oír a don Emilio.

Sofía rompió a llorar. No lo podía creer. No se podía imaginar que su padre hubiera tenido relaciones sexuales con doña Micaela Beltrán. ¡Qué cosa tan horrible!

—Y entonces, ¿son Mariana y Lola y Rosita mis hermanas?

—No, solamente Federico es tu medio hermano —Don Emilio explicó—. Ellas no son tus hermanas.

—¿Y Federico lo sabe? —preguntó Sofía.

—No, él no tiene idea, pero él cree que Clodomiro es su medio hermano. Era hijo del profesor Gallardo Lemos y Carlota, Federico tenía edad para darse cuenta de que don Gallardo había preñado a Carlota, no el gallo don Clodomiro, como creían las sirvientas.

—¿Y Mariana lo sabe? —dijo Sofía.

—No, ella no sabe que Federico es su medio hermano, pero sabe que Clodomiro sí es. Cuando Carlota quedó preñada no había la menor duda que su padre era el culpable.

—¡Dios mío, madrina! Acabo de caer en la cuenta de que cometí el peor de los pecados mortales. Me acosté con mi hermano y quedé encinta. ¡Dios nos castigó! ¡Fue incesto! Esta ciudad es un infierno.

—Mija, para pecar hay que darse cuenta. Lo que hicieron, lo hicieron por amor. Sin malicia. Dios es grande y misericordioso. Por eso, el niño nació muerto. —Don Emilio aprovechó el silencio que siguió y dijo:

—¿Ahora, entiendes por qué tu madre quería que te fueras al convento?

Sofía lo miró y sintió que una luz nueva, algo especial, la llenaba. Bajó la cabeza y dijo:

—Sí, tío, me iré al convento. Es lo mejor que puedo hacer. Soy incapaz de enfrentarme a Federico. No lo quiero volver a ver. Sería imposible explicarle lo que nos pasó.

En efecto, al día siguiente entró al noviciado y Sofía murió para el mundo y renació como sor Emma de la Concepción.

El tío Emilio heredó los bienes de su hermana Julia y de don Juan Francisco, con excepción de la dote en monedas de oro que entregó a la madre superiora, cuando la visitó en compañía de su prima Ana María, como testigo.

Ni la madrina, ni sor Basilides, ni el tío Emilio le mencionaron a Sofía que su madre no había muerto de fiebre amarilla, sino de un fulminante ataque al corazón, cuando don Emilio le contó que su hija había dado a luz, y que el padre del bebé era Federico Lemos.

Una vez que ellos le entregaron la dote a la madre superiora, Sofía y sor Basilides salieron de Popayán para España. Con ayuda de la madrina y salvoconductos del gobernador Sofía y sor Basilides se embarcaron en Buenaventura rumbo a Bilbao a principios de noviembre de 1902, en el barco *Buena Esperanza*.

Durante el viaje, Sofía no pudo dejar de pensar en Federico. Sabía que no lo volvería a ver pero también sabía que nunca lo olvidaría. Escondido en su equipaje, llevaba el librito del *Quijote* con las cartas en clave que lograron intercambiar cuando él estaba en la prisión. Ahora ella sería la prisionera, más él no le podría enviar más cartas. Estaba condenada a vivir del recuerdo.

XXX: *La Guerra del Pacífico y el fin de la Guerra de los Mil Días*

Es muy difícil discriminar y señalar sin objeciones las causas esenciales y profundas de los sucesos históricos.

—Lucas Caballero, *Memorias de la Guerra de los Mil Días*

GUAYAQUIL, SEPTIEMBRE DE 1901 – PANAMÁ, NOVIEMBRE DE 1902

En Guayaquil, el general Benjamín Herrera, jefe supremo de los liberales en el Cauca, encargó al general Bustamante de tomar las guarniciones del gobierno en Barbacoas y Tumaco mientras él y el general Lucas Caballero se ocupaban de comprar un navío de guerra para atacar a Panamá. El presidente Marroquín había decretado guerra a muerte. Los liberales comprendieron que tendrían que salir victoriosos. Con tal incentivo, las tropas al mando del general Bustamante comenzaron a ganar todas las batallas de la Guerra del Pacífico.

Cuando Herrera regresó a bordo del navío de guerra *Almirante Padilla,* nave clave para el ataque a Panamá, recibió la más grata sorpresa. Bustamante y su gente se habían tomado las guarniciones de Barbacoas y Tumaco en octubre y habían capturado valioso parque y además una cañonera que bautizaron *Panamá* y a más de mil prisioneros.

Federico fue asignado como ayudante del Estado Mayor y Herrera lo puso al mando de la artillería del *Padilla*. Hernandes y Antonio Ramos quedaron a cargo de la defensa de las guarniciones de Tumaco y Barbacoas. Los demás se embarcaron en el *Almirante Padilla* y las cañoneras *Panamá* y el *Cauca* rumbo el istmo.

La expedición marítima liberal llegó a Panamá a mediados de diciembre de 1901 y ancló en la Ensenada de Tonosí, posición estratégica al sur de la ciudad de Panamá. De seguido los liberales crearon una base en tierra firme en Antón y Herrera, desde el *Almirante Padilla,* envió un comunicado con una propuesta de canje de prisioneros a su viejo amigo, al general Carlos Albán, gobernador de Panamá y comandante de las fuerzas del gobierno en el Pacífico y el Atlántico. Albán, aceptó el canje y prometió enviar a sus comisionados, en el navío US *Philadelphia,* de la armada de los Estados Unidos, para firmar el acuerdo propuesto por el general Herrera.

Una vez firmado el acuerdo de canje en Tonosí, el 17 de enero de 1902, Herrera se enteró de que Albán se había tomado por la fuerza el buque chileno, el *Lautaro,* con la maliciosa intención de atacar de sorpresa al *Almirante Padilla.* Herrera, furioso, decidió a su vez sorprender a Albán, para pagarle en la misma moneda.

Durante la noche los liberales salieron de la Ensenada de Tonosí rumbo a la ciudad de Panamá para sorprender a Albán al amanecer del día siguiente. Tenían órdenes de atacar al *Lautaro,* cuidando de respetar el US *Philadelphia,* que estaba anclado al pie del *Lautaro* por un lado, y por un barco mercante de Chile por el otro.

Esa misma noche, Albán logró dominar un motín de la tripulación chilena en las bodegas de maquinaria del *Lautaro.* Una vez reparados los daños, Albán se retiró a su camarote. Estaba agotado. Al alba, un centinela le anunció la presencia de dos barcos en las cercanías del *Lautaro.*

Al salir a cubierta para confirmar la noticia, Albán fue herido en el tórax y la pierna izquierda por una ráfaga de metralla. El combate fue breve. Los liberales tuvieron tres muertos y cerca de treinta heridos.

Las tropas de Albán sufrieron mayores pérdidas. La mayor, el mismo Albán que pereció de sus heridas, y, como buen capitán, se hundió con el *Lautaro* en la bahía de Panamá. Su cadáver nunca fue recuperado.

El US *Philadelphia,* en gesto de amistad, transportó a los heridos liberales al día siguiente hasta la Albina de Antón, sede temporal del Estado Mayor liberal. Ese mismo día, el general Lucas Caballero recibió noticia oficial de la muerte del general Albán y del hundimiento del *Lautaro.* Un triste final para un gran hombre y una de las más grandes pérdidas de la Guerra de los Mil Días y de Colombia.

* * *

CON LA DERROTA DE ALBÁN EN PANAMÁ, la guerra continuó durante buena parte de 1902 hasta cerca de la victoria final, cuando Herrera propuso al gobernador de Panamá la convocatoria de una convención para negociar la paz como iguales. Una vez más, el enemigo se obstinó en continuar con la guerra. No concebía rendirse al ejército liberal. Prefería la muerte a la derrota.

En medio de los alegatos entre los dos bandos —inesperadamente— llegó al cuartel general liberal un mensaje del contralmirante de la Marina de los Estados Unidos, Silas Casey, anunciando que había propuesto su mediación al gobierno de Bogotá y que había sido aceptada. Los altos jefes liberales y conservadores se reunirían en el acorazado US *Wisconsin* para buscar un acuerdo que pusiera fin a las hostilidades entre los dos bandos. El Estado Mayor de los liberales aceptó la propuesta, aunque Herrera quería continuar las hostilidades, dada la gran ventaja que tenía sobre el enemigo. Pero aceptó de mala gana y puso «la patria por encima de los partidos».

El acuerdo fue aprobado y firmado el 21 de noviembre de 1902, en el US *Wisconsin,* por los dos jefes a cargo de los ejércitos:

*Nicolás Perdomo y
Benjamín Herrera*

*   *   *

UNA VEZ QUE CESARON LAS HOSTILIDADES, Federico se embarcó hacia Guayaquil para celebrar la Navidad con su familia. Estaba ansioso por verles de nuevo. Había terminado la guerra y podrían vivir en paz. También tenía la ilusión de volver a ver a Sofía. No había dejado de soñar con ella desde su último encuentro.

En Guayaquil, Federico recibió la más grata sorpresa: Mariana y Arcila le anunciaron su compromiso matrimonial y le pidieron que fuera su padrino de matrimonio en la boda que tenían planeada para el día de Año Nuevo, oferta que aceptó gustoso. De regalo de bodas, Arcila le montó a Mariana una nueva librería —*Librería Colombia*—, en la calle de Pichincha. Remplazó a la antigua *Librería Española* de don Pedro V. Janer que fue arrasada por las llamas en el gran incendio en Guayaquil, en 1896. Rosita, Lola y Clodomiro aceptaron la oferta de ocupar los mismos cargos que tenían en la vieja librería en Popayán y Federico se encargó de la administración de la librería hasta el regreso de los novios de su viaje de luna de miel por Europa. Aunque su deseo era salir de inmediato para Popayán para visitar a Sofía, sus hermanas le convencieron que debía esperar hasta que se sanaran las heridas de la guerra. Viajar con tanto forajido en busca de fortuna era un gran peligro. Ellas, por su parte, no pensaban en volver a Popayán.

Al contrario, Antonio Ramos y Hernandes regresaron a Colombia a radicarse en el Socorro y en Popayán con sus familias. Esperaban vivir en paz una vez que los odios de partido pasara a ser historia.

XXXI: Federico regresa a Popayán

Calla, amigo Sancho, respondió Don Quijote, que las cosas
de la guerra, más que otras, están sujetas a continua mudanza,
cuanto más que yo pienso, y es así verdad, que aquel sabio
Frestón, que me robó el aposento y los libros, ha vuelto estos
gigantes en molinos por quitarme la gloria de su vencimiento.

—*Don Quijote,* primera parte, capítulo VIII

POPAYÁN, ABRIL DE 1903

Cuando regresaron Mariana y Arcila de su luna de miel en Europa, Federico les entregó la *Librería Colombia* y anunció que viajaría a Popayán para pedir la mano de Sofía. Sus hermanas y también Arcila, esperaban que Federico y Sofía llegaran a ser marido y mujer. Aunque temían que Alberto ya se hubiera casado con ella. Como Arcila había traído lujosas mercancías de Europa que esperaba vender con pingües ganancias en las ciudades del sur de Colombia, propuso viajar con Federico. Mariana temía lo que les pudiera pasar en el viaje. Federico convenció a Mariana que llegarían a Popayán sin problema. Sabían cómo defenderse y viajarían con un buen grupo de arrieros bien armados. Además, al firmarse la paz los dos bandos acordaron el indulto para todos los combatientes. Clodomiro no fue invitado a acompañar a los viajeros y se sintió muy ofendido.

En efecto, los viajeros llegaron sin problema a Popayán el domingo 10 de mayo y se alojaron con la familia de Antonio Ramos. Como era la víspera del cumpleaños de Sofía, Federico le pidió a sus amigos que lo acompañaran para sorprenderla con una serenata. Antonio y sus familiares se miraron entre sí y le pidieron esperar hasta que hubieran descansado de tan largo viaje. Pero él insistió. Tenía que ser esa misma noche. Entonces la dueña de la casa —para cambiar de tema— les ofreció un trago de bienvenida, que no pudieron rechazar.

Una vez que brindaron por todo lo imaginable, Antonio buscó la manera de poner a su amigo al tanto de la realidad. Comenzó con las honras fúnebres del general Carlos Albán celebradas en Popayán el mes anterior, cuando varias personas comentaron que Albán había muerto de las heridas que recibió de una ráfaga de artillería del almirante Padilla al mando de Federico.

—Eres *persona non grata* en la ciudad —le dijo Antonio. Pero Federico, animado por los tragos que se había tomado, insistió que tenían que dar la serenata. El indulto lo protegía de cualquier acción legal. A Antonio no le quedó otro recurso y tuvo que decirle la verdad a su amigo:

—Federico, es imposible. Sofía ingresó al convento y salió para España desde noviembre. Su madre y Betsabé habían muerto de fiebre amarilla y ella había entrado al convento.

Federico no lo pudo creer. Quedó destrozado. ¿Por qué lo habría abandonado? En lugar de dar una serenata, esa noche los tres amigos bebieron hasta perder conciencia de sí mismos. Cuando despertó, no sabía ni quien era y tenía un horrible malestar. Arcila y Antonio no estaban en mejores condiciones. La desgracia había vuelto a unir a los viejos amigos.

Más tarde, cuando Federico se recuperó de las sorpresas, le pidió a Antonio que le consiguiera una cita con Ana María Carrasco, la madrina de Sofía. Sabía que ella haría cualquier cosa por su Antonio y era la persona que debía estar más al tanto de las razones que impulsaron a Sofía a tomar una decisión tan dramática sin consultar antes con él. Como era de esperar, Ana María aceptó e invitó a Federico a venir a su casa al día siguiente después de la siesta. Se moría por verlo.

Apenas salió Antonio de su casa de pedirle la cita con Federico, la madrina mandó a Amelia donde don Emilio, a invitarlo a almorzar con ella para que la acompañara durante la visita con Federico. Luis andaba en Bogotá con el Magistrado Alberto Carrasco en una reunión del alto gobierno sobre asuntos del fin de la guerra y ella se sentía incapaz de enfrentarse con Federico a solas. Don Emilio aceptó al momento. Quería ver cómo había quedado Federico después de su resurrección y no podía negarse. Él y su prima Ana María habían sido cómplices en el asunto desde un principio.

Al día siguiente después del almuerzo, Federico se vistió su mejor traje, y, cuando llegó la hora, cogió su bastón y salió para la casa del gobernador para el encuentro con la madrina. Nadie lo saludó ni lo reconoció en la ciudad. Era otro.

La entrada de Federico al salón de recibo fue dramática. No esperaba encontrarse con don Emilio. La última vez que lo había visto fue cuando el viejo médico vino a verlo a la prisión y le dijo que Domingo podría salir pero que él no saldría, que Martín le había dicho que nadie más estaba enfermo. La madrina y don Emilio verificaron que era él al escuchar su sonora voz:

—Ana María, don Emilio, buenas tardes.

No supieron que decir. Se quedaron en completo silencio por unos momentos que parecieron una eternidad. La madrina lo miró estupefacta. No esperaba ver a un hombre de bastón, con barba encanecida y presencia señorial. Don Emilio lo miró de arriba a abajo y lo volvió a ver en el patio de la cárcel bañado en sangre al pie del cadáver de Domingo. Le pareció ver a un resucitado que venía a cobrarle las cuentas a bastonazos. Federico entrando al grano, dijo:

—Antier me contaron que Sofía entró al convento y que salió para España. Quiero saber qué la impulsó a tomar tan radical determinación. La última vez que la vi pensé que al terminar la guerra podríamos llegar a ser marido y mujer. Por eso vine a verla, con la intención de pedir su mano. Debo admitir que quedé confundido al recibir tan inesperada noticia.

Don Emilio miró a la madrina como para decirle que ella debía hablar primero. Ella comprendió que tenía la palabra y dijo:

—Federico, me alegra verte sano y salvo pero me extraña que vinieras a pedir su mano después de ignorarla por más de un año.

Don Emilio no pudo contenerse y añadió:

—Para mí es un insulto que te atrevas a entrar en esta casa. La dejaste encinta y saliste en derrota cuando debías haberte presentado a las autoridades a rendir cuentas por tus delitos.

—¿Encinta? —dijo Federico y miró a la madrina en busca de respuesta.

—Sí, Federico. Ella misma nos contó del encuentro que tuvieron antes de que desaparecieras para irte a Panamá, donde según dice todo el mundo te manchaste las manos con la sangre del doctor Albán.

—Lo siento, pero no tenía idea de que ella hubiera quedado encinta y en cuanto a lo que sucedió en la guerra, nadie quedó libre de culpa. Por fortuna, el Tratado de *Wisconsin* selló la paz entre los dos partidos y abrió la puerta para que olvidemos nuestras diferencias de partido y volvamos a convivir en paz como ciudadanos del mismo país. Con esa idea en mente, vine a Popayán dispuesto a comenzar una nueva vida con Sofía.

—Federico —la madrina dijo—, aprecio tu deseo de volver a vivir en paz, es algo que todos necesitamos. Nunca fui amiga de esa guerra sin sentido. Por desgracia, Sofía, cuando supo que estaba encinta tuvo que vivir escondiéndose para evitar que la gente descubriera su estado, ni a Julia se lo dijo pues ella no se lo hubiera perdonado nunca, y para completar sus penas, el niño murió al nacer y ella contrajo fiebre amarilla. De milagro, sobrevivió. Sin embargo, Julia y la muchacha Betsabé no corrieron con tan buena suerte, pues también contrajeron fiebre amarilla y murieron poco después del parto de Sofía. La pobrecita se quedó sola.

Federico asombrado con las noticias y en especial al saber que había sido el padre de un hijo, dijo:

—Pero no entiendo por qué se fue al convento, estoy seguro de que ella me habría esperado. Ambos soñamos con tener un hogar y muchos hijos.

Don Emilio miró a la madrina como para pedir la palabra, y dijo:

—Federico, soñar no cuesta nada, pero ustedes no nacieron para ser marido y mujer.

—Lo siento, don Emilio, pero si concebimos un hijo no había ningún impedimento para que fuéramos marido y mujer. Al contrario. Además, nos queríamos y respetábamos mutuamente. Por eso vine a buscarla. Si no vine antes fue porque la guerra me lo impidió. Estaba luchando por la paz y el orden y un mundo mejor para nuestros hijos.

—Ella tampoco creía que tenían impedimento... —Don Emilio replicó—, hasta que le expliqué por qué Julia siempre se opuso a la relación entre ustedes. Y cuando lo supo decidió irse al convento.

—¿Y cuál era el tal impedimento? —dijo Federico.

—Si no lo sabías, tu padre no era don Gallardo Lemos sino el profesor Juan Francisco Usuriaga.

En ese instante Federico recordó el día cuando tenía quince años y su vecina y amiga, Sofía Angulo Lemos, le dijo que no necesitaba que le tomaran un retrato porque era idéntico al profesor Usuriaga. Quedó apabullado. No sabía que decir. Eso también explicaba que doña Julia le dijera a Sofía, cada vez que sabía algo de él, que era un hijo de puta. Por eso, él mismo había firmado su última carta en el punto exacto en que la dueña llamó al pobre Sancho Panza: hijo de puta. Lo hizo por sarcasmo y ahora tenía que tragar entero. Después de una larga pausa, Federico, mirando a la madrina con una mirada llena de tristeza, dijo:

—Entonces, Sofía es mi media hermana.

—Sí, tú lo has dicho —dijo la madrina—. Ahora sabes su razón para irse al convento. Se sintió incapaz de volverte a ver. Hasta pensó que habían cometido incesto. Por fortuna mi Dios se llevó al niño. Eso le dije, en verdad ustedes no tenían idea de lo que estaban haciendo. Por eso no los culpo. No pecaron, ni hubo incesto. Sé que lo hicieron por amor.

—¿Y entonces, mis hermanas también eran hijas del profesor? —dijo Federico, mirando a don Emilio.

—No, solamente tú, que yo sepa. Fue una indiscreción que Juan Francisco jamás pudo olvidar. Me lo confesó el día que vino a pedirme la mano de Julia. Por eso no se casó con ella sino hasta muy tarde. Fue un milagro que pudieran tener a Sofía.

Federico, viendo que la madrina no podía contener las lágrimas, dijo:

—Ahora lo entiendo todo. Me imagino cómo debió sufrir Sofía con esta tragedia. No la culpo por haberse ido al convento. Era una situación imposible.

El servicio de café se quedó en la mesa, intacto. Se pusieron de pie y la madrina dijo:

—Nunca podré vivir en paz con todo lo que le pasó a la pobrecita. La guerra, de una manera o de otra, nos castigó a todos, justos y pecadores.

Federico se acercó a ella y le dio un abrazo de despedida. Fue la última vez que se vieron.

Don Emilio extendió la mano con la intención de despedirse y Federico lo miró con todo el desprecio que puede caber en una mirada y lo dejó con la mano extendida y salió sin darles tiempo de decir una palabra más.

*   *   *

Al día siguiente Federico fue a visitar a Pedro Lindo mientras Arcila se ocupaba de algunos negocios en Popayán. Pedro se alegró al ver a su amigo sano y salvo. Pensando siempre en los demás, preguntó por Mariana, sus hermanas y por Clodomiro, a quien le tenía un afecto especial. Le encantó saber de la boda de Mariana con Arcila y que tenían una nueva librería en Guayaquil. Federico le comentó de su visita con don Emilio y Ana María y Pedro insistió en que no se dejara ver de nadie más y que saliera de la ciudad tan pronto como fuera posible, y le dijo:

—La razón por la cual Luis salió para Bogotá con Alberto Carrasco es que el magistrado suena para gobernador y Luis para ministro en el nuevo gobierno. Entiendo que Alberto no te puede ver ni en pintura y te acusa de la muerte del doctor Albán. Es mejor que salgas de aquí y cuanto antes mejor.

Federico y Arcila salieron para Cali a la madrugada, siguiendo el consejo de Pedro Lindo. Al cruzar el Puente del Humilladero, Federico recordó la foto del general Mosquera con don Juan Francisco en el salón de la casa de Sofía —posando para el fotógrafo, treinta años antes— y sintió un escalofrío. No quería volver a pasar por ese puente ni a pensar en nada que tuviera que ver con el profesor Usuriaga.

La atmósfera que encontraron en Cali Arcila y Federico fue muy diferente. Había gran optimismo por la importancia que tendría para la ciudad el ferrocarril de Cali a Buenaventura y una vez que los Estados Unidos continuaran con la obra del Canal para conectar los dos océanos, el puerto tendría conexión directa por mar con el mundo entero y Cali sería su puerta de entrada a la futura Colombia.

*   *   *

GUAYAQUIL, 1903–1904

EN EL VIAJE DE REGRESO A GUAYAQUIL, Federico y Arcila se embarcaron en Buenaventura. El viaje era más corto y Federico no tenía ni cinco de ganas de pasar por Popayán. Al llegar a su casa, recibió una mezcla agridulce de noticias. Sus hermanas quedaron consternadas al saber que Sofía se había ido al convento y que había perdido a su hijo. No sabían que decir por no herir a Federico. Él no les dijo una palabra sobre don Juan Francisco, era incapaz de compartir su secreto. Ellas, a su vez, le tenían una gran sorpresa: Clodomiro había desaparecido desde el mes de julio.

Según le contaron, desde que él y Arcila salieron para Popayán, Clodomiro comenzó a escaparse para ir a conversar con los marineros de los barcos mercantes que llegaban al puerto de todos los países del mundo. Mariana le dijo:

—No hablaba de otra cosa. Se amistó con el capitán de algún barco mercante y un triste día salió de la casa con sus loras antes del amanecer —sin que nadie lo viera— y se embarcó rumbo a Europa.

Federico no supo qué decir. No podía culpar a Clodomiro por irse en busca de aventuras. Como él, había aprendido algo de don Quijote.

El año siguiente, el capitán del *Targis* —un buque mercante alemán— le confirmó a Arcila que Clodomiro había viajado con él hasta Bremen y que le había oído decir que iría a Dresden para ver si podía unirse al Circo Sarrasani. Su sueño, dijo el capitán, era montar un acto en el circo con sus loras amaestradas.

✳   ✳   ✳

GUAYAQUIL, CALI 1904–1908

EN LA *LIBRERÍA COLOMBIA* DE GUAYAQUIL Federico entabló conversación con uno de los clientes de Mariana, Mr. Archer Harman, contratista del proyecto del Ferrocarril del Sur y director de la sociedad Guayaquil y Quito Railway Company. Su compañía había iniciado labores para terminar la conexión ferroviaria de Guayaquil a Quito, desde 1899, según le dijo. Cuando Mr. Harman se enteró de que Federico era ingeniero, le ofreció trabajo en el tramo del ferrocarril de Riobamba a Quito, la parte más difícil del trayecto. Eso le bastó a Federico para aceptar la oferta. Cuatro años más tarde, en junio de 1908 Federico entró triunfante a Quito. La ruta de Guayaquil a Quito era una realidad. Fue un evento histórico.

Don Pablo Borrero —gobernador del nuevo departamento del Valle del Cauca, creado durante la administración del presidente Rafael Reyes— era uno de los invitados a la ceremonia de inauguración de la vía Quito-Guayaquil y le propuso a Federico venir a Cali a trabajar en el proyecto del Ferrocarril del Pacífico. Federico le contó a don Pablo que el general Mosquera le había sugerido la misma idea en 1873 y aceptó la oferta. Otra vez el destino lo invitaba a seguir por el camino del Toboso en pos de sus ideales.

Sus hermanas, que sabían de los sueños de Federico de hacer un fe-rrocarril de Cali hasta el Pacífico y un Canal en Panamá desde que tenía quince años, lo animaron a seguir adelante. En agosto de 1908 Federico se embarcó para Buenaventura una vez más. Tenía la ilusión de hacer el ferrocarril antes que los americanos terminaran el Canal de Panamá. Quería ir en tren de Cali a Buenaventura, embarcarse para Panamá y cruzar el Canal. No necesitaba de más.

Antes de salir para Buenaventura, Federico sirvió de padrino de bo-das de Lola y Rosita en una ceremonia que tuvo lugar en la catedral de Guayaquil, oficiada por el Nuncio Papal.

*　　*　　*

CALI, 1908—PANAMÁ, 1914

CUANDO LLEGÓ A CALI UN AMIGO le contó de la muerte inesperada de Pedro Lindo. Por razones desconocidas, Pedro Lindo dejó su posición de contador en la gobernación una semana después del entierro de don Higinio. Nadie supo a ciencia cierta por qué tuvo que dejar un cargo en el cual se desempeñó con tanto brillo y distinción por más de una década. Para bien de todos se dedicó a su verdadera vocación, la práctica de la medicina homeopática, al servicio de todas las clases sociales, sin distinción de ingresos u origen hasta que murió en 1907 de una enfermedad contagiosa que le transmitió un enfermo de caridad. La ciudad entera atendió a sus honras fúnebres y el maestro Guillermo Valencia honró su labor y su memoria en un discurso fúnebre inolvidable. Como lo había dicho Antonio Ramos: Pedro Lindo fue un santo.

* * *

TODO RESULTÓ PRECISAMENTE COMO FEDERICO LO ESPERABA Y las dos grandes obras se completaron casi al mismo tiempo. El Canal de Panamá entró en servicio el 15 de agosto de 1914 y el 19 de enero de 1915 se inauguró en Cali el Ferrocarril del Pacífico.

En julio de 1914 Federico viajó a Panamá a recibir las locomotoras para el nuevo ferrocarril del Pacífico y se encontró en el hotel con Monsieur Phillipe Bunau-Varilla, su antiguo jefe durante el proyecto del Canal Francés. Bunau-Varilla sabía de la inauguración del canal y había viajado desde París para asistir al gran evento. El francés quedó encantado al verlo de nuevo y le contó que como él no había sido invitado a la ceremonia de inauguración —y siendo hombre de grandes recursos— se las había ingeniado para salirse con la suya. Tendría su propia inauguración y que mejor compañía que la de su viejo amigo Federico Lemos.

Los dos ingenieros viajaron en la cubierta del buque *Cristóbal* y juntos fueron los primeros en cruzar el canal desde el Atlántico hasta el Pacífico, el 3 de agosto de 1914, unos días antes de la ceremonia oficial. Gozaron contemplando sus sueños hechos realidad mientras compartían unas copas de la mejor champaña que se conseguía en Francia, burlándose de la comitiva oficial. El viaje duró doce inolvidables horas.

El canal se había construido con esclusas, como Bunau-Varilla y Federico habían propuesto, y los americanos habían hecho las esclusas copiando el diseño original de M. Phillipe.

La travesía se hizo desde la ciudad de Cristóbal, donde Colón tocó tierra en el Istmo por primera vez, hasta la ciudad de Balboa, donde don Vasco Núñez de Balboa se mojó los pies en las aguas del Pacífico añadiendo otra joya a la corona española.

Curiosamente, ni el presidente Roosevelt, ni el presidente Reyes estuvieron presentes en la inauguración del Canal de Panamá.

*   *   *

CALI, GUAYAQUIL 1918—1920

EN 1918 EL MUNDO ENTERO FUE AZOTADO por la gripe española, una enfermedad pandémica que mató a más de 100 millones de personas. Guayaquil, un puerto donde llegaban visitantes de todo el mundo, sufrió inmensamente del azote de la plaga.

Mariana, Lola y Rosita, se contaminaron y murieron en la misma semana. Federico las enterró en Guayaquil acompañado de sus cuñados, Arcila y los hermanos Lugarini.

Federico continuó trabajando con el Ferrocarril del Pacífico hasta 1920, cuando se retiró por razones de salud. Tenía sesenta y seis años. Decidió entonces buscarse una ocupación más sedentaria y abrió una librería de libros de segunda mano en la Plaza de Santa Rosa, lugar muy central en Cali. Desde allí, como lo había hecho en Popayán cuando tenía quince años, se dedicó a contemplar el mundo: pasado, presente y venidero, rodeado de sus mejores amigos, los libros.

*   *   *

AÑOS DESPUÉS DE ABRIR LA LIBRERÍA EN CALI, Federico recibió una visita inesperada de su cuñado Aniceto Arcila, quien le trajo noticias de Clodomiro a quien había visitado en Francia. Según él, Clodomiro había salido de Guayaquil porque Mama Pola le contó que sus padres eran don Gallardo Lemos y Carlota, la idiota. Por eso, resolvió que no quería seguir siendo parte de esa familia.

En Dresden convenció al director del Circo Sarrasani, Hans Stosch, que lo contratara para montar un acto con sus loras amaestradas que sabían hablar en varios idiomas. El acto se convirtió en una de las mejores atracciones del circo. Una enana francesa, Mlle. Marlène, baronesa de origen judío, heredera de gran fortuna, que era trapecista en el circo se enamoró de Clodomiro y pronto fueron marido y mujer.

Ya ancianos, se retiraron al castillo de Mlle. Marlène en las cercanías de Saint-Rémy-de-Provence. Allí, Clodomiro descubrió la obra de Nostradamus y dedicó el resto de sus días a descifrar sus profecías que tradujo a varios idiomas. En sus ratos de ocio entrenó a sus loras a repetirlas. Una vez que las aprendieron de memoria, las dejó en libertad para volar por el mundo. Clodomiro fue enterrado por su esposa en el *Cimetière de Juifs* en las afueras de Saint-Rémy-de-Provence. Los visitantes del cementerio cuentan haber oído las loras, que retornan cada año en la primavera, repitiendo las profecías. Andan en compañía de un cuervo, que habla con ellas solamente en inglés. Un académico de la India declaró haberlas escuchado recitando en perfecto sánscrito las profecías de Nostradamus y también algunos fragmentos del Kadambari, una balada romántica en que una lora le cuenta al rey una historia de amor.

XXXII: Sofía en el convento

En una noche oscura,
con ansias, en amores inflamada,
¡oh, dichosa ventura!,
salí sin ser notada
estando ya mi casa sosegada.

—San Juan de la Cruz, *Noche Oscura*

Desde su llegada a España, cuando visitaron a su familia en el País Vasco, sor Basilides fue la fiel guía y compañera de sor Emma en el convento de Barcelona por cerca de treinta años, hasta finales de 1931, cuando la anciana religiosa murió en santa paz, feliz de haber servido a los enfermos de la ciudad junto con su querida discípula.

Unos días antes de morir, la llamó a su celda y la invitó a que rezara con ella. Necesitaba ayuda de Dios para poder decirle algo que la inquietaba desde hacía años.

—Hija, no me falta mucho para ir a encontrarme con el Señor. Pero no puedo irme de este mundo sin decirte algo que debes saber. Sor Emma la miró confundida.

—Madre, ¿qué será?

—Alcánzame la lata de galletas que está sobre mi armario.

Sor Emma se la pasó y esperó, mientras ella trataba de abrir la caja de lata con sus torpes y artríticas manos. Cuando al fin la abrió, buscó entre las cosas que allí guardaba y sacó un zapatico negro forrado de peluche rojo y con su mano temblorosa se lo entregó.

—Toma, es tuyo. Era de tu hijo. El que trajo tu criada Betsabé al convento. No estaba muerto como te dijimos entonces. La madre Josefina me contó que al niño lo adoptó una pareja de Cali, que no pudo tener descendencia. Cuando se lo llevaron del convento, encontré uno de los zapaticos que le había regalado doña Ana María, tu madrina. Se les debió caer cuando lo vistieron para entregarlo a sus nuevos padres. Lo guardé de recuerdo. Reza por mí, para que el Señor me perdone por haberte mentido. Lo hice por tu bien. Y reza por Betsabé, ella le salvó la vida al niño.

Sor Emma casi se desmaya. En ese instante volvió a ser Sofía Usuriaga. «Mi hijo debe estar vivo, debe tener 31 años y si Federico vive —a los setenta y cuatro años—, él tampoco lo sabe. ¿Sería esta otra señal del Altísimo? ¿Dónde estarán?».

La mente se le llenó de ideas y sueños de antaño. Días después, cuando murió sor Basilides, le pidió a su directora espiritual que la ayudara a conseguir traslado a Colombia. Quería volver como misionera. Tenía una deuda de honor con Betsabé y la esperanza de un milagro que la ayudara a ver a su hijo y a volver a ver a Federico.

El cielo la bendijo. La superiora del convento en Barcelona no tuvo que pensarlo dos veces. Sor Josefina, superiora del convento de la monjas de Cali, había escrito a la Casa Principal solicitando voluntarias para las misiones y como sor Emma había servido muy bien como enfermera asistente de la madre Basilides, sería una misionera ideal. Por suerte, las circunstancias de España contribuyeron a hacer de su sueño una realidad.

*   *   *

El año de 1932 llegó a Barcelona con nefastas noticias para la Iglesia católica en España. El olor a guerra estaba en el aire. En enero el gobierno republicano ordenó disolver la Compañía de Jesús y confiscó todos sus bienes. La madre superiora juzgó que era el momento de actuar. Sor Emma llevaba casi treinta años sirviendo a la comunidad en Barcelona y a su edad era justo que regresara a su tierra natal. Sería un crimen que le tocara vivir —o morir— en otra guerra sin volver a ver su tierra natal.

Sor Emma recibió la orden de viajar de Barcelona a Cartagena en la primavera de 1932. Empacó lo poco que tenía y en la misma lata de galletas con el zapatico de su niño que heredó de sor Basilides y guardó el librito del Quijote con las cartas que se habían escrito con Federico. Eran sus únicas posesiones personales. Lo único que le quedaba de su vida como Sofía Usuriaga Carrasco.

*   *   *

CALI, 1932–1938

El convento de las monjas estaba dotado de un moderno edificio de tres plantas, situado cerca del río Cali que trae al Valle del Cauca las aguas de las montañas de la cordillera occidental de los Andes colombianos. El edificio tenía un gran patio central y amplios corredores con pisos de brillantes baldosas de vivos colores. La superiora —la madre Josefina— la recibió como si fuera un milagro de la Divina Providencia. Se entendieron muy bien desde el día que llegó y hasta le parecía que fueran de la familia. Sor Josefina la instaló en el dormitorio contiguo al suyo, en el segundo piso, junto a la capilla, frente a la fuente. La fuente del patio alegraba el espacio al pie de las palmeras.

Una vez que se acostumbró a la comunidad y al clima del trópico, sor Josefina le anunció a sor Emma que sería asignada a las misiones que operaban en la región de la costa del Pacífico. La tierra de Betsabé. Era el milagro que esperaba. Sor Emma resultó ser una magnífica misionera de la comunidad, trabajando como ayudante del padre Martens en las embrujadoras selvas. Por cinco años viajó por las inhóspitas regiones en visitas de misiones a lo largo de los ríos, donde paraban en los humildes ranchos de palma que levitaban sobre delgados zancos de chonta a la orilla del agua. Viajaban en canoa con un viejo palanquero que conocía los ríos y caños como la palma de sus enormes manos y que servía de motor, guía y pescador en los viajes. Pasaban de rancho a rancho, predicando la fe en Cristo, limpiando heridas y llevando medallitas, estampas y noticias del interior a los hombres de ébano, descendientes de los esclavos del oro. Rezaban avemarías por las noches, les contaban de Jesús, la Virgen y los santos y dormían entre ellos sobre el suelo de madera, arrullados por las lluvias interminables, mientras los murciélagos devoraban insectos en el aire, revoloteando sobre sus lechos de pobre.

En 1938, después de seis años en las misiones, sor Emma regresó a Cali para recibir tratamiento de una aguda infección de malaria. De nuevo, se alojó en el cuarto al pie del de la madre Josefina, y esta vez ella no la dejó volver a la selva. A su edad, se merecía un descanso. La puso cargo de la biblioteca del convento para distraerla de sus males y cuando se recuperó la nombró consejera de las novicias que enseñaban las primeras letras a los niños del kínder; uno para los niños y otro para las niñas.

Su trabajo con las novicias fue como un nuevo amanecer. La pasión de los niños por aprender y la compañía de las jóvenes novicias la llevaron de nuevo a su época de novia de Federico. En cada uno de los niños veía al hijo que nunca conoció. En las novicias veía la imagen que vio en el espejo el día que se encontró con Federico en la casa de Felisa y Víctor. Mas, tras las arrugas y las gruesas gafas de carey con lentes oscuros, no le quedaba sino el recuerdo de la bella mujer que había sido en su juventud.

Su favorita entre las novicias del kínder era sor Valeriana. El común amor por los libros y los niños cimentó la amistad entre ellas. Durante los fines de semana visitaban las iglesias del centro de la ciudad y salían de compras a la Plaza de Santa Rosa, en busca de libros para los niños y para la biblioteca del convento. Sor Valeriana le presentó a sus libreros amigos que pensaron que era española por su manera de hablar. Sor Emma notó que uno de ellos, un anciano bonachón y distraído que debía tener cerca de ochenta años —conocido como el Cojito— llevaba un anillo que le recordaba al que Federico había heredado de su abuelo, don Nicomedes.

Al volver al convento sor Emma rezó en la capilla pidiéndole a Dios ayuda para que le sacara las ideas acerca del viejo librero que tenía en la cabeza. No podía dejar de pensar en Federico en la librería y en la casita del Ejido. Ella trató, pero no pudo evitarlo pues sor Valeriana apreciaba mucho al viejo librero e insistía en saludarlo cada vez que pasaban por su pequeño negocio y cada vez que veía el anillo sor Emma volvía a pensar en Federico.

En una de sus visitas al negocio del Cojito, sor Emma tuvo la impresión de que el viejo librero la había mirado de manera muy rara, como cuando alguien busca un recuerdo en la memoria o sabe algo sobre uno que no puede decir. Pero descartó su presentimiento pensando que el pobre viejo ya no se acordaba de mucho.

«¿Quién sabe en qué estaría pensando cuando me miró así?», se preguntó sor Emma y ella misma contestó la pregunta.

«Deben ser cosas de la vejez», dijo hablando sola. Sor Valeriana la miró intrigada al escucharla hablando sola y pensó lo mismo: «Pobrecita, deben ser cosas de la vejez».

XXXIII: *Ramón y sor Emma*

Empecé mi vida como sin duda la acabaré:
en medio de los libros.

—Jean-Paul Sartre, *Las palabras*

El primer lunes de octubre de 1938, Ramón Bastos Ramos, de cinco años, caminó hasta el kínder de las monjas de la mano de su padre, don Joaquín Bastos Romero.

Sor Emma y sor Valeriana fueron sus primeras maestras y le enseñaron a descubrir la magia de las palabras. Aprendió a leer y a escribir.

Sor Emma, que tenía acento español, le decía:

—Ramón, debemos decir *vaca,* no *baca*. Mira mis labios. *¡Vvvvvaca! ¡Vvvvvaca! ¡Vvvvvaca!*

Él se moría de la risa pensando que la monjita era chistosa.

—Ramón, cantemos: *Viva, viva, Jesús mi amor, viva, viva, mi redentor.* Y ella gozaba pensando que él era un amor.

Fue algo que el niño nunca pudo olvidar. Pero no pudo aprender a pronunciar la *v* de vaca, como los españoles, que dicen *vaca*. Igual le pasó con *zapatos*. Continuó diciendo *baca* y *sapatos,* como se pronuncia en Cali.

*   *   *

CALI, 1951–55

AÑOS DESPUÉS, sor Emma y sor Valeriana aparecieron de nuevo en la vida de Ramón de la manera más inesperada. Tuvo que ver con la salud de su padre, don Joaquín Bastos Romero, que sufría entonces de dolores en el pecho y estaba en cama por órdenes del doctor Pontón.

Ramón estaba sentado al pie de la cama de su padre, acompañado de su madre —doña Laura Ramos, hija de su abuelo Antonio Ramos— y de su abuela Beca, cuando timbró el teléfono. Ramón contestó. Sor Valeriana llamaba del convento de las monjas para informar a la familia de la muerte de sor Emma. Ramón le agradeció la llamada y le mencionó la enfermedad de su padre, pidiéndole que rezara por él. Ella le ofreció rezar por su recuperación y se despidió. Cuando Ramón informó a sus padres y a su abuela de la muerte de sor Emma, sintió que temían algo que no podían decir. Su padre le dijo:

—Hijo, no sé si te acuerdas que sor Emma fue tu maestra en el kínder. Hazme el favor de ir a su funeral a representar a la familia. No te olvides que ella y sor Valeriana te enseñaron a leer y a escribir.

A Ramón no le quedó alternativa. No le podía negar nada a su padre. Sabía que su madre no lo dejaría solo por un momento y su abuela tampoco. Ella sabía que su hijo estaba de muerte.

El doctor Pontón le había dicho que don Joaquín no llegaría al fin del año; tenía un aneurisma en la aorta. Ramón fue al entierro pensando que sería una buena oportunidad de volver al kínder. No había estado en el convento desde entonces.

Las experiencias de ese día se grabaron en su memoria para siempre. El día del funeral de sor Emma resultó ser inolvidable para Ramón, en especial por la sorpresa que encontró al regresar a casa. Su padre había muerto durante la tarde, mientras él asistía al funeral de sor Emma. Quedó destrozado. Su padre aún no tenía cincuenta años y él acababa de comenzar su carrera universitaria. En unas pocas horas, pasó de ser un adolescente a ser un hombre hecho y derecho.

La muerte de su padre también transformó a su madre en otra persona. Doña Laura se volvió más distante y comenzó a sufrir frecuentes migrañas. Todo le dolía. La abuela Beca asumió la responsabilidad de cuidar de ella. A Ramón el tiempo apenas le alcanzaba para atender a sus estudios y a los varios trabajos con que ayudaba a mantener la familia.

Unos tres años después de la muerte de su padre, el doctor Pontón descubrió la fuente de los problemas de salud de doña Laura: tenía un tumor maligno en el cerebro. Ella decidió no operarse. No quería convertirse en un vegetal, según dijo, y en cosa de seis semanas murió durante el sueño.

El día del funeral de su madre se le convirtió a Ramón en otra memoria perpetua. Como sucedió con el funeral de sor Emma, la sorpresa que encontró al regresar del cementerio, donde la acababa de enterrar al lado de su padre, lo dejó apabullado. La abuela Beca, como cosa rara, le pidió una copa de vino, y dijo:

—Antes de que a mi también me llegue la hora de ir al cementerio, tengo que contarte algo que nunca pude compartir con tus padres. Que Dios los tenga en su gloria.

Ramón le trajo la copa de vino y también se sirvió una, preguntándose qué le diría. La abuela Beca lo miró por unos momentos, mientras se tomaba unos sorbitos de oporto para darse ánimo, y dijo:

—Tu padre no era hijo nuestro. Era adoptado. No pudimos tener descendencia. Era un hijo de la guerra, según nos dijeron las monjas. Estábamos en medio de la Guerra de los Mil Días y había muchos niños huérfanos que necesitaban padres. Nunca supimos quienes fueron sus padres. El bebé vino de Popayán. La madre del niño era una persona especial, según nos dijo la madre superiora.

Ramón no supo qué decir, y decidió tomarse otro oporto. Lo necesitaba. La abuela Beca se tomó otro también, lo miró y le dijo:

—Cuando trajimos el bebé a casa y le quité la manta en que lo envolvieron, para cambiarle el pañal, descubrí que apenas tenía un zapatico.

Al parecer, el otro se perdió cuando las monjas lo alistaron para entregarlo. Era un zapatico negro con forro de peluche rojo. Quiero que lo guardes. Voy a buscarlo. No me demoro un minuto.

Cuando regresó, le dijo:

—Aquí está el zapatico. —Y se lo entregó.

Ramón se preguntó: «¿Quiénes serían mis abuelos?». Fue una pregunta que no dejó de atormentarlo por mucho tiempo. El no saber de dónde venía le había creado un vacío, algo como no saber quién era.

*   *   *

CALI, VERANO DE 1955

LA ABUELA BECA MURIÓ EL AÑO SIGUIENTE como lo había presentido. Unos meses después del funeral de su madre, Ramón la acompañó al cementerio. No la olvidaría jamás. Las dudas que creó en su mente le habían convertido en otra persona.

Un día del verano de 1955 no mucho después de la muerte de la abuela Beca, cuando Ramón estaba a punto de terminar sus estudios universitarios, salió al centro de la ciudad en una de sus rondas en busca de libros interesantes. Había heredado de su padre el amor por los libros de segunda mano, desde que lo llevaba a las librerías de viejo a comprar biografías de personajes ilustres y libros de texto baratos. Ése día fue cuando entró a la librería de su amigo Hernando Tancredo —*El Oasis*— en busca de algún libro usado al alcance de su presupuesto de estudiante.

QUINTA PARTE

En busca de sí mismo

¿Quién eres tú? Preguntó la oruga.

—Lewis Carroll, *Alicia en el País de las Maravillas*

XXXIV: Una tardía sorpresa

...y en menos de un abrir y cerrar de ojos le llevan ó por los aires
ó por el mar donde quieren y adonde es menester su ayuda:
asi que, oh Sancho, este barco está puesto aquí para el mismo
efecto; y esto es tan verdad como es ahora de día.

—*Don Quijote,* segunda parte, capítulo XXIX

ESTADOS UNIDOS 2002

Unos años después, yo andaba en busca de unos negativos de los grabados del librito del *Quijote* y encontré una caja llena de tesoros de familia. Allí estaba también el zapatico negro que la abuela Beca me entregó cuando murió mi madre y me dijo que mi padre era adoptado. Al verlo, vi a la abuela Beca cuando me dijo: «Ramón, es la única cosa que tengo de él cuando era un bebé y ahora es tuya».

En ese momento, volvió a mi memoria la llamada del convento para invitar a mi padre a ir al funeral de sor Emma, mi maestra del kínder. Me pregunté: «¿Por qué llamarían las monjas a mi padre para anunciarle que sor Emma había muerto?» Nunca pensé en esas cosas entonces.

Las preguntas se convirtieron en una obsesión. Le conté a mi esposa, Ann, en qué estaba pensando y que necesitaba viajar a Cali. Tenía que intentar encontrar a sor Valeriana, la joven monja con quien había ido al funeral de sor Emma. Sólo ella me podría sacar de mis dudas.

El paso siguiente era viajar a Cali para ir al convento. No había visto a sor Valeriana desde 1950. «¿Estaría viva todavía?».

Nervioso, timbré en la puerta principal del convento. En unos minutos se abrió la ventanilla y una monja me preguntó quién era.

—Soy Ramón Bastos Ramos, un antiguo alumno del colegio. Aquí fui al kínder en 1938. Ando en busca de sor Valeriana.

La monja abrió la puerta y me pidió seguir a la salita de espera, un cuartico muy estrecho con tres asientos contra la pared.

—No demoro, señor Bastos —dijo.

Al cabo de unos diez minutos la portera regresó, acompañada de una monja anciana a quien no reconocí.

—La portera me ha dicho que me anda buscando. Soy sor Valeriana.

—Yo soy Ramón Bastos Ramos, no sé si me recuerda, hermanita. Tengo muy clara la memoria de la última vez que la vi.

—No. Lo siento mucho. No lo recuerdo. La memoria me está fallando, me estoy volviendo vieja; dicen que tengo ochenta y cuatro años. Ayúdeme a recordarlo, por favor. Una vez que nos pusimos de acuerdo, seguí con mi historia.

—Fue en 1950, en el funeral de sor Emma. Usted y sor Emma fueron mis maestras del kínder. —La monja sonrió y me dijo:

—Ya sé quién es usted. Sor Emma lo quería mucho. Lástima que no pudo verla antes de morir. Nunca podré olvidar su funeral. Fue algo inolvidable.

Le conté entonces que guardaba un recuerdo casi perfecto del funeral y que más de una vez lo había repasado en mi memoria, como una de esas cosas que no podemos olvidar y nos sirven de punto de referencia con nuestro pasado. La monjita me escuchó con atención y dijo:

—Si me permite abusar de su memoria, pues la mía no es tan buena como antes, quiero pedirle el favor que repasemos juntos ese día. Sor Emma fue mi consejera y me adoptó, como si fuera mi propia madre. Era una mujer maravillosa. Pero, antes de que me cuente de sus memorias, permítame invitarle a tomar un café. Las muchachas están haciendo galletas y es la hora de la merienda. A mi edad, no puedo pensar sin mi cafecito.

La invitación me pareció muy a propósito, puesto que el aroma de las galletas que hacían en el colegio de las monjas era algo que tenía grabado en mi mente como uno de los olores más deliciosos de mi infancia.

—Con el mayor de los gustos la acompañaré —le dije a la monja.

—Sígame, señor Bastos, y vamos al comedor que está junto a la cocina.

—¿Existe el kínder todavía donde estaba en 1938? —le pregunté.

—Sí, ahora lo veremos —dijo sor Valeriana.

XXXV: Funeral de sor Emma

No son los muertos, no, los que reciben
rayos de luz en sus despojos yertos,
los que mueren con honra son los vivos,
los que viven sin honra son los muertos.

—Antonio Muñoz Feijoo, *Un pensamiento en tres estrofas*

CALI, 2002

Durante la merienda, mientras gozábamos del café con galletas, sor Valeriana dijo:

—¿Podríamos volver a esos días? —Yo puse el café en la mesa, y dije:

—Cuando mi padre estaba a punto de morir, por allá en 1950, yo lo acompañaba con mi madre y con mi abuela Beca, al pie de la cama, cuando sonó el teléfono. Lo fui a contestar. Era usted, hermanita, llamando para informarle a mi padre —don Joaquín Bastos Romero— de la muerte de sor Emma. Le di las gracias y le conté de su enfermedad y usted me ofreció rezar por él y se despidió. Usted tenía un timbre de voz muy especial que nunca pude olvidar.

—Sí, lo recuerdo, me ha vuelto a la memoria. Hace falta el anzuelo para sacar al pez del agua.

—Volviendo a nuestras memorias, mi padre me pidió ir al funeral de
sor Emma en representación de la familia. Mi madre se quedó junto a él,
pues no consentía en separarse de él por un momento. Mi abuela Beca
tampoco quiso ir, supongo, porque sabía que su hijo estaba muy mal.

—Muy natural —dijo la monja.

—Honestamente, fui porque mi padre me lo pidió, y también por
volver a ver mi colegio del kínder, y por gratitud con sor Emma, quien
ocupaba un lugar de honor en las memorias de mi primera niñez. Ella
me enseñó a leer y a escribir.

La monja con sonrisa angelical comentó:

—Yo era su ayudante favorita. Me quedé de maestra del kínder de por
vida. —Asentí y seguí con mis memorias.

—Ese día, después de su llamada, tomé un taxi para ir el colegio y
cuando llegué al portón, toqué la campanita de la portería, la misma
campanita que oí cuando mi padre me llevó de su mano, casi arrastrado,
al primer día de clase. La portera, sor Vicenta, una suiza con mejillas
muy llenas y coloradas, abrió la puerta e iluminó el zaguán con la luz
de sus ojos azules. Me mandó, como si otra vez tuviera cinco años, a la
capilla, donde reposaba el cuerpo de sor Emma en un ataúd de madera
con ventana de vidrio. Parecía dormida y tenía un semblante de infinita
paz. En las manos generosas —que nos traían dulces durante las siestas
obligatorias del kínder— tenía el rosario con el mismo Cristo que llevó
colgado del cinturón del hábito por toda la vida. Viéndola en su postura
de paz eterna a través del vidrio, mi mente me llevó al kínder otra vez y
volví a ver al Niño Jesús de Praga en una cajita de cristal, con las mejillas
rosadas y una sonrisa permanente, como de muñeca alemana. Perdido
en mis memorias, no noté a qué horas la capilla se llenó de monjas,
antiguos estudiantes, curas y hasta las mujeres de la cocina, que llegaron
acompañadas del delicioso olor de las galletas y del pan de los hornos
del convento. El padre Martens, un belga muy robusto procedente de
Lovaina, ofreció una sencilla oración por el alma de sor Emma y nos

invitó a acompañarla al cementerio, donde oficiaría la misa del funeral y le daría la bendición por última vez, antes del entierro. Sin más ceremonia, cerró la caja e invitó a los que estábamos más cerca a cargarla hasta el carro mortuorio, que ya esperaba frente al hermoso edificio del convento.

—Ahora sí me acuerdo —dijo la monja. La miré y continué hilando mis recuerdos.

—Sin esperarlo, me tocó de cargador de la caja mortuoria. Tuve el mismo sitio que ocupaba al cargar al Niño Jesús de Praga durante las procesiones de los niños del kínder por todo el Colegio. Como entonces, bajamos la caja por las gradas, haciendo una pausa al llegar al descanso. Casi no pesaba. Parecía que una fuerza superior la llevaba levitando. Las monjas y postulantas cantaban con voces angelicales, siguiéndonos en procesión. El momento era irreal. Era difícil saber dónde estaba. La misma fuerza que levitaba la caja había borrado el tiempo.

—Sí, cantábamos el *Cristo, ten piedad. Señor, ten piedad...* —dijo ella, y yo, mirándola con atención, dije:

—Montado el féretro en el carro mortuorio, un Cadillac 1945, lo seguimos en tres buses del colegio y algunos autos particulares. Me senté en el bus en un banco junto a la ventana, detrás del chófer, y unos minutos después se sentó a mi lado una monjita muy hermosa que me dijo: «Soy sor Valeriana. Sor Josefina, nuestra superiora, me pidió llamar a su familia para informales de la muerte de sor Emma. Sor Josefina no pudo venir, pues ya no puede caminar y me pidió que lo saludara y preguntara por su papá.»

Quedé fascinado con la nueva pista: «Sor Josefina quería que mi padre supiera que sor Emma había muerto». Sor Valeriana sonrió.

—Sí, ahora lo recuerdo. Usted era un joven muy bien parecido.

—Y usted era una novicia muy hermosa —le dije y proseguí.

—Arrullados, nos dirigimos por las avemarías de las monjas hacia la parte antigua de la ciudad, hacia el cementerio. El cortejo era tan pequeño que no atrajo la atención de casi nadie. La ciudad no tenía tiempo para preguntarse quién iría en esa caja, acompañada por unos buses llenos de monjas. A unas dos o tres cuadras de la Iglesia de la Ermita, vi a un hombre, humilde y descalzo, que llevaba un saco café oscuro y estaba parado en el andén. Mostrando inmenso respeto, se quitó su viejo sombrero de pana, lo puso sobre el pecho y con la mano libre se santiguó lentamente sin dejar de mirar al cortejo. Yo lo imité sin pensar en lo que hacía. Allí se quedó el buen hombre, inmóvil, hasta que lo perdimos de vista.

¡Qué gran oración! ¡Qué nobleza! Como sor Emma nos había contado en el kínder de sus aventuras como misionera, pensé que ese hombre podría ser el embajador plenipotenciario de los hombres de ébano que ella había servido en las selvas del Pacífico Colombiano.

—Que mi Dios lo tenga en su gloria —dijo la madre Valeriana, santiguándose con devoción conventual: desde la frente hasta el pecho, desde el hombro izquierdo hasta el derecho.

—Entramos al cementerio por una calzada flanqueada de panales con tumbas, donde reposaban los difuntos, hacinados en sus sarcófagos como fósforos en cajas de cartón. Fuimos a la capilla y acomodamos el ataúd sobre una mesa, frente al altar. La congregación ocupó las bancas y el padre Martens, vestido con su tradicional sotana blanca de algodón con manchas de vino, hizo un breve recuento de la vida de servicio de sor Emma. Habló de su vida en el convento de Barcelona, de maestra de niños del kínder en Cali y de los niños de las selvas del Pacífico en Colombia. Para ella todos eran iguales. Hijos de Dios. En todas partes había dejado un reguero de amistades y gratitud por su capacidad de hacer el bien sin esperar recompensa alguna. Hasta que no pudo más.

—Sí, es cierto. No pudo más. ¡Pobrecita! Que Dios la tenga en su gloria.

—Escuchando al cura Martens, noté, en una banca vecina, a un hombre viejo de pelo muy blanco, algo encorvado por los años. Vestía un traje blanco de algodón, y llevaba camisa de cuello sin corbata. Se apoyaba en un bastón con cabezal labrado. No supe si me miraba por curiosidad, preguntándose quién sería, o si sabía quién era pero se había olvidado de mi nombre y trataba de recordarlo. Pudo ser que había llegado a la edad en que se pierde la memoria. Cada vez que lo miré, con disimulo, me encontré con su mirada inquieta, llena de preguntas, observándome desde el otro lado del corredor. Teníamos algo en común, una afinidad que parecía ser mutua. Opté por no volver a mirarlo, pero no pude dejar de sentir su presencia. Sentí que me seguía mirando. Al fin, me sobrepuse y volví a sor Emma y a mi niñez, contemplándola en el kínder, como si estuviera viva. El sonido de las campanillas de la consagración me sacó de mis ensueños y regresé a la capilla del cementerio. El viejo de blanco no comulgó. Después de la misa, el cura invitó a los que quisieran ir a acompañar a sor Emma a su última morada. Entonces, el viejo de pelo blanco, apoyado en el bastón, se acercó al ataúd cojeando y se quitó una flor amarilla que llevaba en el ojal del saco y la puso, con su mano temblorosa, sobre la tapa del ataúd.

Sor Valeriana, con la taza de café en la mano, me interrumpió diciendo:

—Fue un milagro. Recuerdo muy bien la flor, era una Catleya Amarilla con un cono rojo en el centro. Parecía un corazón —dijo, y se volvió a santiguar. La miré, hice una pausa y continué.

—El viejo me miró de reojo una vez más, con una intensidad que nunca olvidaré y salió de la iglesia pausadamente, cojeando y apoyándose en el bastón a cada paso. Le pesaban los años.

—Los del cortejo seguimos al cura con el ataúd hacia el lugar del entierro. Me preocupaba que se fuera a caer de la caja la flor amarilla. Amenazaba lluvia. Las nubes negras prometían un temporal. Al llegar a la tumba, alcancé a ver al viejo que nos seguía con la mirada desde lejos, parado junto a unas tumbas apoyado en su bastón.

—El sepulturero esperaba, parado en su escalera de albañil, con una placa de mármol y mezcla de cemento en un cajón de madera, listo para cerrar la tumba reservada para sor Emma en la parte más alta del bloque.

Allí, el cura Martens entonó las palabras del responso de difuntos, echándole agua bendita al ataúd y a la flor, diciendo:

> *«RÉQUIEM AETERNAM DONA EI DOMINE.*
>
> *ET LUX PERPETUA LUCEAT EI. REQUIESCAT IN PACE. AMEN.»*

—Dicha la oración, respondimos: AMÉN. Levantamos el ataúd hasta la tumba y el sepulturero lo empujó, a medias, hacia adentro. En ese momento, desde las nubes negras, brotó un rayo de sol que iluminó la flor amarilla y las gotas de agua bendita que la decoraban y llenó el oscuro agujero de un resplandor bíblico. Quedé fascinado por el milagro de la luz y oí una voz, que dijo:

> *«EL AMOR, COMO LA LUZ PERPETUA, ES INMORTAL.»*

—Era su voz, sor Valeriana. La misma que llamó a la casa para informar de que sor Emma había muerto.

—Sí, señor. No sé de dónde me salieron esas palabras. Algo que leí o escuché en alguna parte. —Una vez más, ignoré su interrupción y regresé a mis recuerdos del funeral:

—El sepulturero esperó un momento —como para darle tiempo a sor Emma de subir por la Escala de Jacob— y empujó la caja lentamente hasta el fondo. Usted y yo salimos conversando sobre la belleza del momento y entonces le pregunté quién era el señor que había puesto la flor sobre la caja. Usted me dijo: «Es un viejo librero, le comprábamos libros para el convento. Era muy amigo mío».

—Sí, señor, ahora lo recuerdo muy bien. ¿Cómo lo podría olvidar?

Intrigado por su comentario, le pregunté:

—¿Por qué lo recuerda tan bien?

—Esa es otra historia. Como le dije antes, sor Emma me adoptó desde que se encargó del noviciado. Unos días, antes de morir, me entregó una caja de lata —de esas que traían galletas o chocolates extranjeros— y me pidió que, después que muriera, se la entregara al librero amigo mío, al que visitábamos juntas.

—¿Y se la entregó a él?

—Sí, señor. Yo misma fui a su librería en la Plaza de Santa Rosa y le entregué la cajita. ¡Que Dios me perdone!

—¿Por qué le pidió perdón a Dios por entregarle la cajita al librero?

—No fue por entregarla. Fue por ser tan curiosa que no pude resistir la tentación de abrirla, antes de llevársela.

—Y, ¿qué tenía adentro? Si me permite ser curioso también.

—Tenía un librito del *Quijote,* de esos de bolsillo, y un zapatico negro, forrado de peluche rojo por dentro.

—¿Recuerda cómo se llamaba el librero?

—Le decían el Cojito, pero su nombre era Federico Lemos, natural de Popayán. Lo mató un bus, allí mismo en la Plaza de Santa Rosa, no mucho después de la muerte de sor Emma. No lo supe sino mucho más tarde. Me dijeron que no tenía a nadie. ¡Pobrecito!

—Dígame, sor Valeriana, ¿qué cara puso el Cojito cuando usted le entregó la caja de lata?

—Nada me ha impresionado tanto en la vida. Apenas abrió la cajita y vio el librito se le llenaron los ojos de lágrimas. Comenzó a ojearlo como buscando algo. Nada tan triste como ver a un hombre viejo llorando como un niño. No me quedó otro recurso que abrazarlo. El pobrecito no podía dejar de llorar.

—«Que Dios se lo pague hermanita» —me dijo y se quedó mirándome como si fuera una aparición. No supe que más decir. Al fin, decidí que sería mejor dejarlo solo y me despedí. Cuando salía de su negocio, me dijo, «Yo la quise tanto, tanto.» —Me quedé muda y seguí mi camino.

Casi me desmayo. Lo único que se me ocurrió en ese momento fue sacar el librito del Quijote del bolsillo de mi saco para mostrárselo a la monjita. Ella, se santiguó tres veces al verlo, y dijo:

—¡Santísima Trinidad! ¡Es un milagro! ¡Es el mismo librito!

Entonces, le hice mi última pregunta antes de despedirme.

—Sor Valeriana, ¿sabe usted el nombre de sor Emma en el mundo? Quiero decir, antes de que entrara al convento.

—Si, señor, se llamaba Sofía Usuriaga y era de Popayán.

Fin

Epílogo

A PRINCIPIOS DEL AÑO 2012, cuando el borrador del manuscrito de la novela estaba casi terminado, le dije a mi esposa, Linda: «Tengo que descubrir quienes fueron Sofía y Federico. Debo ir a Popayán para tener una visión más clara del espacio en que vivieron para sentir el ambiente en que escribieron las cartas. ¿Me acompañas?»

Con esas ideas en mente, hicimos un plan de viaje para ir a Colombia. Fuimos en febrero para escapar del invierno y disfrutar del clima tropical. A diferencia de un típico viaje de visita a mis parientes, este sería un viaje de investigación histórica.

Una vez en Bogotá, donde llegamos primero, Miguel Wenceslao Quintero, mi amigo, colega y gran autoridad en genealogía colombiana[13] me ayudó a encontrar al doctor Cajiao. Era en efecto el doctor Domingo Cajiao Caldas[14], miembro del Directorio Liberal del Cauca alrededor de 1900, casado con Zoila Candia Velasco. Durante la Guerra de los Mil Días, estuvo preso en Popayán y después en Bogotá. Fue un dato precioso, pues cuando Federico estaba preso en la cárcel con el doctor Cajiao, Sofía le pidió en una de sus cartas hablar con Domingo para ver si quería que ella hablara con Zoila para hacerle unas chinelas. El doctor Domingo Cajiao Caldas resultó ser, a la vez, el doctor Cajiao y Domingo el marido de Zoila, personajes nombrados en las cartas y que para mí ya eran en la novela dos personas distintas, puesto que en las cartas,

Federico se refiere a él como el doctor Cajiao, y Sofía como Domingo, lo que sugiere diferencias entre las relaciones que tenían con ellos. Una formal y la otra familiar. Con estas nuevas pistas, volamos a Cali y de allí fuimos a Popayán por tierra en busca de datos claves sobre las cartas en el Archivo Histórico de la Universidad del Cauca.

Los bellos paisajes del Valle —cañaduzales, potreros de ganadería, lagunas pobladas de flores, garzas solitarias, casitas de adobe con mata de plátano y arbustos de café, y el río Cauca— nos llevaron hasta las ondulantes y verdes colinas de las cercanías de Popayán, la cuna de mis abuelos y la tierra de Sofía y Federico.

A mi señora no le gustó el cuarto del hotel que teníamos reservado y decidimos buscar un sitio más a su gusto. Fue un cambio fortuito y sorprendente. Nos alojamos en el tradicional Hotel Monasterio. El edificio del hotel conserva su antigua arquitectura de estilo colonial. Es una joya histórica y parte esencial del casco de la Ciudad Antigua. Allí apreciamos la arquitectura de lo que fue un espacio familiar para Sofía y Federico. Según el profesor Arboleda Llorente[15], el edificio data de 1570 cuando la orden Franciscana puso en marcha el proyecto que le dio vida. Desde entonces ha servido de convento, monasterio, casa de la moneda, colegio, sede de Gobierno del Estado del Cauca, cuartel del batallón Junín, cárcel y, eventualmente, hotel de turismo. Junto al hotel está la iglesia de San Francisco, con la cual comparte muros.

El embrujo de la parte antigua de Popayán nos trasladó al espacio físico donde vivieron los personajes de las cartas entre el siglo XIX y el XX. De la ventana del cuarto en el hotel alcancé a ver la casa que, según me contaron, fue de mis abuelos maternos, frente a la Iglesia de San Francisco.

Al día siguiente, después de desayunar en el restaurante del hotel con buen café del Cauca, pan fresco y frutas tropicales, caminamos hacia el Archivo Histórico del Cauca, pasando por la Plaza de Caldas, y llegamos a las ocho en punto, hora de nuestra cita con la directora del archivo, Hedwig (Hepi) Hartmann Garcés.

Hepi es un encanto de persona y experta profesional. Nos recibió con los brazos abiertos como si nos hubiera conocido desde siempre. Dos de sus asistentes nos facilitaron material original de los archivos, haciendo nuestra labor más ágil.

La estrategia que tenía en mente para encontrar a Sofía y Federico, se basaba en el aforismo inglés: *follow the money* —sigue al dinero— usado por periodistas e investigadores. La idea era buscar documentos oficiales de compraventa de propiedades, escrituras públicas, donde figuraran personas llamadas Sofía o Federico con cualquier apellido. Puesto que Pedro Lindo —identificado desde muy temprano en la historia— tenía treinta y un años en 1900 y era contemporáneo de Federico, decidí buscar en los Archivos de las Notarías de 1870 a 1930, para identificar datos que revelaran la identidad de Federico y Sofía y estuvieran de acuerdo con el contenido de las cartas del librito del *Quijote*.

El Archivo Histórico del Cauca fue organizado bajo la dirección del doctor José María Arboleda Llorente —mentor de la directora—. Cuando le mencioné mi estrategia, su mirada se achispó y dijo:

—¡Juan! Tengo *exactamente* lo que necesitas.

De una estantería situada cerca de la mesa de estudios, donde pusimos los materiales de trabajo, bajó ella misma los índices notariales donde figuraban referencias a las transacciones de propiedad raíz en Popayán en el lapso de tiempo de interés.

Con ayuda de mi esposa, buscamos los apellidos de los negociantes en orden alfabético, haciendo una pausa cada vez que encontramos algún Federico o una Sofía listados en los índices notariales. Con las referencias que fuimos encontrando Linda y yo, los expertos archivistas buscaron los documentos originales, escritos a mano en papel sellado de la República de Colombia.

La tensión que sentíamos pasando páginas y leyendo tan rápido como podíamos era de película de misterio. Más que tensión, era presentimiento de lo que nos esperaba.

Muy pronto, encontramos en los índices nombres de personas conocidas de la familia y de otras gentes de Popayán que yo había oído nombrar en casa de mis padres, pero los ignoramos para no perder de vista el propósito de las pesquisas. Me encontré entre ellos el nombre de Pedro Lindo en varios documentos de compraventa de propiedad raíz. Eso me animó; íbamos por buen camino. Así pasó la mañana de ese lunes sin haber encontrado nada de interés especial. Tan solo algunos documentos donde figuraba algún Federico o Sofía. Los pusimos de lado, esperando encontrar más datos que ligaran el contenido de los documentos a las cartas. Fue un principio poco propicio.

Al mediodía salimos a almorzar, era obligatorio: el Archivo cierra desde las doce del día hasta las dos de la tarde. Bien comidos, volvimos al Archivo conversando sobre los documentos y observando los distintos edificios de interés histórico que son parte de la Ciudad Antigua. Ver la antigua Torre del Reloj, situada en costado sur de la Plaza de Caldas, hizo la caminata más placentera

Ambos acordamos que la tarea no era tan fácil. Buscar datos con guantes de látex y máscara de cirujano —precauciones importantes al manejar documentos antiguos— no es lo más cómodo en una tarde calurosa. Obliga al investigador a adoptar una reverencia quirúrgica por los documentos, sobre la vida y milagros de gentes de épocas pretéritas. La reverencia, casi monacal, del trabajo la demandaba también el arzobispo Mosquera, hermano del general Tomás Cipriano de Mosquera, que nos vigilaba, impasible, desde su estatua en el centro del patio empedrado.

Sentado frente a la mesa de trabajo tenía una idea muy clara de la baja probabilidad de tener éxito en la empresa. Pero continué en la labor, animado por el optimismo de investigador curado en muchas luchas imposibles y por la intuición de que en alguno de esos libros, cuna de documentos escritos a mano hace cien o más años, nos esperaban Sofía y Federico. No sabía que tantas historias estuvieran escondidas en el Archivo Histórico, donde se guardan documentos que datan de principios del siglo XVI —antes de nacer don Miguel de Cervantes— hasta nuestros días, pero de todas las que allí se esconden me interesaba solo una. Con tal idea de guía, seguí con mis pesquisas luchando contra el sueño que desata un buen almuerzo payanés.

A eso de las tres de la tarde, cuando mis ojos, enrojecidos por la lectura rápida con lentes bifocales, pedían tregua, encontré un documento de interés[16]: Federico Lemos y Sofía Uzuriaga —así lo escribió ella en el documento— vendían un lote de propiedad suya en negociación, pagadera en castellanos de oro, con Bolívar Mosquera Arboleda, último hijo del general Tomás Cipriano de Mosquera, nacido poco antes de la muerte del general en 1878.

El documento databa de 1901, muy de acuerdo con la época de las cartas. Mi pulso se aceleró, al fin tenía una pista de interés. Le mostré el dato a mi esposa y le dije:

—Creo que pueden ser ellos. Pero hay que probarlo.

—Juan, ¿qué más necesitas? —me dijo Linda con cierta impaciencia.

Por dentro, la intuición me decía: «¡Son ellos!» Más, al pie de la intuición, el hada de las ciencias decía: «Eso no es prueba de nada. Sigue buscando. La prueba, para ser aceptable, debe ser incontrovertible.»

Aceleramos la búsqueda. Además de los nombres, teníamos dos apellidos: Lemos y Uzuriaga. No menos importante, Lemos era el apellido de doña Antonia Lemos Largacha, la esposa de don Miguel Wenceslao de Angulo, el de la firma invisible del tomo III. Una conexión importante en una ciudad pequeña. Y una conexión con las cartas. Todos los datos eran de especial interés.

Como sabuesos —atraídos por el olor de la presa—, seguimos en busca del elusivo animal. Una hora más tarde, agotado de leer, encontré otra escritura[17]. Tenía los nombres de Federico Lemos, Sofía Uzuriaga de Lemos y Constantino Usuriaga —notar la diferencia en el apellido—.

¡Habíamos llegado al Toboso! La emoción fue inmensa. Mis pupilas se dilataron al confirmar que no me engañaba. Era cierto: eran Federico,

Sofía y Constantino, juntos otra vez. En la última carta de Federico a Sofía el nombró a Constantino. Ahora no se trataba de probabilidad: teníamos a tres de los personajes claves. ¡Eran ellos! Y eran los mismos del documento del negocio con Bolívar Mosquera.

Sin duda, eran Sofía y Federico. Una gran sorpresa fue que Constantino resultó ser hermano de Sofía. Al parecer Sofía prefería usar la *Z* en lugar de la *S* para escribir su apellido, como lo hizo Constantino. Era distinta. Especial.

Confirmé que los dos documentos del Archivo se reforzaban y estaban de acuerdo con los personajes de las cartas. La búsqueda eterna se coronó pocos momentos después cuando vimos las firmas de Federico y Sofía en las escrituras originales y comparamos la caligrafía de Sofía con las letras que escribió en el libro del *Quijote*. Eran idénticas.

Los nuevos documentos, como el librito, habían estado en manos de Federico y Sofía más de un siglo antes. Encontramos en uno de ellos a Sofía, como Sofía U. de Lemos, indicando que en 1901 ya eran marido y mujer —algo muy distinto de lo que he dicho en la novela. La conexión con Miguel Wenceslao de Angulo y con doña Antonia Lemos era intrigante. En efecto, Federico y doña Antonia eran parientes según la obra de Gustavo Arboleda citada antes. Doña Antonia y Federico eran parte de la misma familia Lemos.

Era el momento de celebrar. Suspendimos y pasamos a compartir nuestra alegría con la directora. Ella quedó encantada con el increíble progreso en tan corto tiempo. Lamentamos mucho que ella no pudiera acompañarnos esa noche al Hotel Monasterio para celebrar.

De regreso a nuestro cuarto pensé —tal vez animado por generosas ginebras con agua tónica— que un siglo antes Federico había dormido por meses en la cárcel a unos cien metros de nuestra alcoba en el Hotel Monasterio, en un cuarto muy parecido al nuestro. Perdido en esas meditaciones vi a Sofía pasar frente al hotel por el mismo andén que habíamos cruzado al regresar del archivo.

Los espíritus de los amantes flotaban en el ambiente. No pude dormir. La imaginación me llevó de su mano por los corredores del hotel en compañía de Federico que quería mostrarme su celda y a Sofía, que nos saludó desde el andén de la Calle de Pandigüando. No supe con seguridad si estaba soñando, imaginando o viendo lo que veía. Poco importa. Lo sentí y eso es lo que cuenta. Fue un encuentro maravilloso. No podía pedir más. La ciudad se había apoderado de mí. Hasta sus espantos nos daban la bienvenida. Algunos, vestidos a la usanza del siglo XVII, pudieron ser don Quijote y Sancho acompañados por los fundadores de la ciudad.

Al día siguiente después de desayunar con mucho café del Cauca en el restaurante del patio del hotel, regresamos al Archivo y continuamos la búsqueda de datos sobre Federico y Sofía.

A eso de las diez de la mañana mi esposa encontró otro nuevo documento[18] con los nombres de Federico, Mariana y Dolores Lemos. Puesto que en la primera carta Sofía le dice a Federico «tus hermanas», Dolores debía ser era otra de las hermanas de Federico. Crecía la audiencia. Teníamos a otra hermana de Federico y al hermano de Sofía. Además, Linda quedó feliz de poder ayudar a añadir otro personaje a la historia.

Más tarde confirmé en la obra de Gustavo Arboleda que había otras hermanas de Federico: Rosa, célibe como las dos mencionadas arriba, y Avelina, esta, casada, con su primo hermano Francisco Antonio Arboleda. También descubrí que Federico tenía varios hermanos. En total, los hijos Lemos Cajigas fueron doce.

Poco antes del mediodía encontré un gran documento de sucesión[19] de Juan Francisco Usuriaga, padre de Sofía, que no alcancé a estudiar. Salimos a almorzar y comentamos el increíble progreso en el Archivo. Estábamos flotando en el espacio histórico, completamente perdidos en el mundo de Sofía y Federico. Después del almuerzo regresé al Archivo para leer los documentos de sucesión del doctor Juan Francisco Usuriaga y mi señora se fue a hacer la siesta.

A las dos de la tarde, sentado otra vez frente a la mesa de trabajo disfrazado de cirujano con guantes y máscara, reflexionaba sobre todo lo descubierto, en preparación para leer el documento de sucesión del doctor Usuriaga, cuando llegó la directora en compañía de un señor. Me dijo:

—Juan, quiero presentarte a un viejo amigo que vino a visitarme de sorpresa. —El señor, extendiendo una mano amiga, dijo:

—Soy Víctor Usuriaga.

Era un hombre alto, enjuto, de mirada sincera, auténtico y sencillo. Debía ser mi contemporáneo. Sentí algo parecido a una descarga eléctrica, como si Federico y Sofía me estuvieran dando la mano y no él. Fue una conexión viva con los personajes de las cartas lo que sentí al saludar al visitante que acababa de conocer.

Víctor, como descubrí más tarde, resultó ser tataranieto del doctor Juan Francisco Usuriaga —padre de Sofía y Constantino— y ni la directora ni Víctor sabían que yo tenía sobre la mesa de trabajo los documentos de sucesión de su tatarabuelo. Mientras lo saludaba con un caluroso apretón de manos después de oír su apellido, pensé:

«Esto va más allá de todas las probabilidades, es casi un milagro, *alguien* me está ayudando».

Se me puso la piel de gallina. Le expliqué a Víctor lo que tenía sobre la mesa y él no lo pudo creer. La emoción fue tal que no encontré palabras para expresarme. Miraba a Víctor y me parecía increíble. Un momento casi eterno. Quedé como paralizado por unos instantes. Otra vez fuera del tiempo. ¡Estaba en la presencia de un descendiente directo de don Juan Francisco!

Una vez que volví en mí, me levanté y le ofrecí a Víctor la silla en que me preparaba para estudiar el documento de su tatarabuelo. Le mostré el voluminoso libro con el nombre del doctor en enormes letras:

Juan Fco. Usuriaga

Poco después llegó mi señora y compartimos con ella las novedades del momento. Nos acompañó, en una de las bancas del patio, frente al arzobispo, mientras yo le contaba a Víctor algo sobre las cartas del libro donde se menciona a su bisabuelo, Constantino, el hermano de Sofía. Víctor quedó fascinado con la historia. No era para menos. Tampoco lo podía creer. Para él la sorpresa fue monumental. Una bomba atómica.

Al día siguiente, Víctor me entregó un papel que había preparado, con ayuda de su tía, con datos de familia, donde confirmó que descendía de Constantino, en línea directa.

Una vez que Víctor salió del Archivo, continué leyendo el documento de sucesión. Allí se menciona a Julia Velasco como la madre de Sofía. Julia Velasco Cajiao era hija de Manuel Velasco López casado con María Ángela Cajiao Pombo, como pude confirmar en la obra de Gustavo Arboleda donde también descubrí que uno de los hermanos de Julia era Emilio Velasco Cajiao, casado con Ana Vargas, muy posiblemente el tío Emilio quien le prometió a Sofía que iría a la cárcel a ver a Federico y a Domingo (el doctor Domingo Cajiao Caldas) y luego reportó que Domingo estaba mal pero que Federico estaba bien. Ese dato estaba de acuerdo con la obra de Gustavo Arboleda, que menciona el traslado del doctor Cajiao al Panóptico (cárcel) de Bogotá durante la Guerra de los Mil Días.

Pensé que puesto que ambos Emilio y Domingo eran Cajiao, a don Emilio le tocaba dar de alta a su pariente, pero no a Federico quien era apenas el pretendiente de su sobrina Sofía y alguien que, presuntamente, no le gustaba como futuro familiar.

Vi también que se menciona, en la misma obra, a una Delfina como hermana —célibe— de Julia Velasco Cajiao, lo que sugiere que la Delfina de las cartas pudo ser una tía de Sofía y explica por qué la fueron a ver para que ayudara con el escape de Hernandes por petición de Federico, a lo que la obligaba el parentesco con Sofía. Sin embargo, esta idea no encaja con el lenguaje usado por Sofía (que se refirió a ella como «esa señora») al menos que no la quisiera, aunque fuera su tía.

Otro personaje de las cartas —mencionado por Sofía— es Alberto, quien según dijo Sofía, se iba a interesar por Federico. Pensé que era muy posible que fuera Alberto Velasco Cajiao, otro de los parientes de Sofía, quien se graduó[20] de doctor en jurisprudencia en la Universidad del Cauca en 1880. Los datos no dejaban duda que habíamos encontrado a Sofía y Federico. La evidencia era incontrovertible.

El último día de nuestra estadía en Popayán, la directora encontró en el Internet una cita sobre Federico Lemos. Se trataba de alguien que ofrecía para la venta un archivo de documentos antiguos —cartas y documentos escritos en Popayán, muchos de la época de la Guerra de los Mil Días— y entre una larga lista de decenas de personas aparecía Federico Lemos. De inmediato envié una nota pensando que, si el personaje del aviso vivía en Popayán, podría verlo antes de salir de la ciudad. Pero no sucedió así.

La semana siguiente, recibí respuesta en el correo electrónico. El señor del aviso era residente en España, y me envió, gentilmente, fragmentos de tres documentos enviados por Federico Lemos al gobernador del Cauca, general Luis Enrique Bonilla. No podía creerlo. Un desconocido me venía a ayudar desde el otro lado del Atlántico con datos preciosos sobre la posible detención de Federico por orden del prefecto.

En el primer documento[21], fechado 3 de febrero de 1900, Federico agradece al gobernador la fineza que ha tenido al comunicarle la exigencia que le hace el prefecto y añade: «Eso no puede obedecer sino a intrigas de algún malqueriente mío». También le pide el favor de hablar con el prefecto para que le conceda unos días más de libertad mientras se mejora de su enfermedad.

El gobernador —según la obra de Gustavo Arboleda— casado con Ana María Velasco Velasco, parienta de Sofía Uzuriaga Velasco, tenía razones de familia para informar a Sofía y a Federico de la exigencia que hacía el prefecto, quien se proponía poner a Federico en prisión por su presunta implicación en el asalto a Popayán el día de Navidad de 1899.

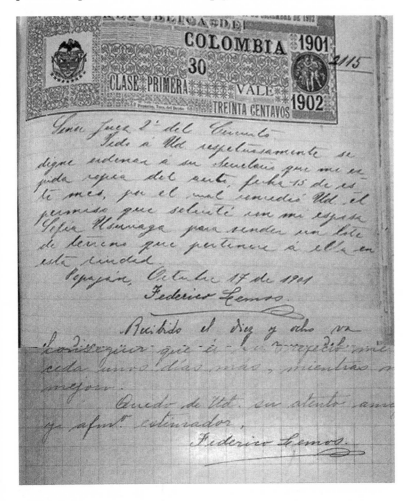

Fig. 8—Firma de Federico en su carta al gobernador del 3 de Febrero de 1900 (abajo) y firmas de Federico y otros testigos en un documento notarial de 1901 (arriba).

Federico se defiende en la carta diciendo que son intrigas de malquerien-tes y pide al gobernador que diga al prefecto que le consideren —tal vez porque no espera escaparse de ir a la cárcel— por estar enfermo. Evi-dentemente lo encarcelaron y el prefecto tuvo mucho que ver con eso por lo que dicen las cartas cambiadas entre Federico y Sofía, donde pide que le diga a sus hermanas que no le vayan a dar dinero al prefecto pues les hacen la del otro día y Sofía le dice «Dicen los mismos godos, que tú no tienes compromisos que probarte». La firma y la fecha de la carta al gobernador, 3 de febrero de 1900, me dieron un punto de referencia sobre cuándo entró Federico a la prisión y están de acuerdo con la cartas del tomo III. Además, están muy de acuerdo con los datos del asalto a Popayán a finales de 1899.

Después de un año de negociaciones, conseguí que el señor del aviso me vendiera la primera carta de Federico Lemos. La firma es la misma firma de los documentos del Archivo Histórico (ver fig. 8) y la *f* escrita por Sofía al margen de una página (ver fig. 6 en la página 121) del *Quijote* de 1844 es idéntica a la *f* de la firma de Sofía en varios documentos de escrituras que encontramos en el Archivo Histórico.

Sin duda alguna, no solamente había encontrado los apellidos de Sofía y Federico, sino que tenía varios documentos con sus firmas, su letra y los nombres de sus familiares y descendientes. Para completar, Víctor y su tía eran los únicos miembros de la familia Usuriaga que aún vivían en Popayán —una ciudad de 350.000 almas en el día de nuestro encuentro—.

Habíamos llegado a Popayán en el momento preciso, al minuto, a una cita que se había gestado más de un siglo antes sin que lo supiéramos o sospecháramos. Estimé que el encuentro era más increíble que ganarse el premio gordo de la lotería. Cosas así como ésas sólo le suceden a los caballeros andantes embarcados en alguna aventura maravillosa.

¿Adónde más? En Popayán.

Agradecimientos

DE LA MANERA MÁS SINCERA AGRADEZCO a las muchas personas que contribuyeron de una u otra manera en la creación de esta novela. Comenzando con Hernando Acevedo, dueño del *Banco del Libro*, a quien compré el tomo III del *Quijote*. Por medio suyo llegué a don Emiliano Rivas, quien le vendió el libro a Hernando y a su vez él se lo compró al Cojito. Sin ellos no existiría esta novela.

También hago venia a Ana Luisa Garcés Caicedo, mi tía, Sor Emma en el convento, cuya vida de servicio y las ceremonias de su funeral inspiraron el final de la obra.

Mi abuelo materno, Antonio Muñoz Obando, fue mi primer maestro sobre de la Guerra de los Mil Días y sembró en mi mente de niño la habilidad de entrar en el mundo de los espejos encantados, el reino de la imaginación, donde aún vivo por buena parte de mi tiempo.

Mis padres, hermanos y hermanas son parte esencial de la novela. Mi padre, don Joaquín Garcés Caicedo, según me dijo, estudió en Popayán en 1905 con un niño hijo de Pedro Lindo. Mi madre, Laura Muñoz Obando, me inició en las genealogías del viejo Cauca. Mi hermano Cristián, gran amigo del *Quijote,* colaboró en su edición. De ellos y otros parientes escuché desde muy niño anécdotas de la vida en Popayán a principios del siglo XX. No puedo olvidar el impacto de las empleadas del servicio doméstico de mi familia (las muchachas) que fueron parte de la magia de mi niñez y me enseñaron a ver el mundo desde abajo. Ellas inspiraron algunos de los personajes de la novela.

Debo mucho a varios amigos que leyeron el manuscrito. Pedro Valencia, compañero desde la niñez, aportó datos históricos y ayudó a editar la novela. Miguel Wenceslao Quintero, experto en genealogías de Colombia, me brindó su ayuda profesional. Ramiro Velásquez, mi discípulo, compartió sus comentarios sobre mi obra. Pilar Caicedo, colega y amiga de siempre, hizo preguntas interesantes sobre la trama y me puso en contacto con agentes y publicistas. Manuel Quintana, compañero y gran amigo, me ofreció sugerencias sin par para mejorar la estructura de la obra. María de Laburu, española por excelencia, leyó los manuscritos y me animó a publicar la novela. Igual digo de Lilian Escudero, otra hincha de la historia de las cartas.

En Popayán me colaboraron: Hedwig "Hepi" Hartmann Garcés, directora del Archivo Histórico del Cauca, parienta y amiga, quien nos orientó en la búsqueda de Sofía y Federico; Giovanni Castrillón, facilitó imágenes de la ciudad de principios de siglo XX; Víctor Usuriaga, artista y orfebre, bisnieto de Constantino, el hermano de Sofía, por su gentileza y datos genealógicos de su familia; Tomás Castrillón Valencia, profesor de la universidad y pariente, facilitó datos de arquitectura local.

En mi familia inmediata, Linda, mi esposa, es parte de todos los aspectos de la novela en ambos idiomas. Su interés en mi obra y su apoyo para crearla no tienen precio. Nuestra hija Marcela, profesora de español, ayudó como consejera y editora de los dos manuscritos. Martha, nuestra hija menor, se encargó del montaje y diseño artístico de la novela, de su cubierta y de la página web en el Internet. Su esposo, Tom Nehil, leyó e hizo sugerencias sobre el primer manuscrito. Además del montaje de la obra, Martha colaboró con mi hijo Andrés y su esposa, Sabrina Marques, para adaptar una pintura de Sabrina, titulada "Amor Eterno", para crear la imagen que aparece en la cubierta. Todos los demás miembros de mi familia y sus consortes, más los nietos, me brindaron su apoyo moral para sacar la obra adelante.

La inmensa tarea de editar la obra la inició la profesora María Francisca Sabló Yates. No tengo palabra para agradecer su paciencia inigualable y su crítica constructiva. La profesora Elvira Sánchez Blake leyó y comentó la obra sabiamente. Mis editores: Clare Allen, a cargo de la versión en inglés, y Víctor J. Sanz, responsable por la versión en español, convirtieron los manuscritos en documentos listos para publicar.

No puedo cerrar esta nota sin agradecer la ayuda de varios amigos que colaboraron en el proceso de crear la novela. Tim Davis, Karen Clark, Jody Bunce, Stacey Trapani, Howard Means, Marie Zuckerman, Elizabeth Meyette, Larry Levy, Liz Grose y recientemente Andrés Suárez. Además, a todos los que olvidé por descuido o fallas de mi memoria y que, a su manera, me ayudaron a dar un paso más en el peregrinaje que me ha llevado desde el principio hasta el final de una maravillosa aventura.

PERSONAJES DE LA NOVELA

Ramón, su familia y amigos

Ramón Bastos Ramos, narrador de la novela, vecino de Cali, estudiante universitario que descubrió las cartas de Sofía y Federico escritas en código secreto, con puntos hechos con lápiz en el Tomo III de *Don Quijote* en una edición de 1844. Hijo de Don Joaquín Bastos y Doña Laura Ramos.

Don Joaquín Bastos Romero, profesor y padre de Ramón. Hijo adoptivo —lo que nunca le contaron— de Don Ramón Bastos y Doña Beca Romero, vecinos de Cali.

Doña Laura Ramos Téllez, la madre de Ramón, hija de Don Antonio Ramos y Doña Rosa Téllez, vecinos de Popayán.

Don Antonio Ramos, nacido en Popayán y amante secreto de la madrina de Sofía, Ana María Carrasco, la esposa del gobernador. Casó con Doña Rosa Téllez y pasó a vivir en Cali. Preso político en la cárcel de Popayán durante la Guerra de los Mil Días, compañero de Federico y abuelo de Ramón a quien contó de sus hazañas en la Guerra de los Mil Días.

Doña Rosa Téllez, esposa de Don Antonio Ramos y madre de Doña Laura Ramos Téllez.

Doña Beca Romero, la madre adoptiva de Don Joaquín Bastos Romero, casada con Don Ramón Bastos.

Don Ramón Bastos, padre adoptivo de Don Joaquín Bastos Romero.

Don Emiliano Rimas, adoptó a Ramón como amigo y le contó que el Cojito le había vendido el tomo III del *Quijote* en su negocio de la Plaza de Santa Rosa.

Hernando Tancredo, antropólogo retirado dueño de *El Oasis,* venta de antigüedades y libros viejos.

Sofía y su familia

Sofía Uzuriaga Carrasco, hija del profesor Juan Francisco Usuriaga y Doña Julia Carrasco Argüello. Sofía es la amante de Federico y autora de las cartas en clave del tomo III del *Quijote.* Estudió en el colegio de María y sirvió de correo y cómplice de Federico en la Guerra de los Mil Días.

Don Juan Francisco Usuriaga, profesor y médico, estudioso de lenguas muertas, casó muy tarde con Doña Julia Carrasco Argüello. Tenía razones especiales para oponerse a la relación de Sofía con Federico. Fue médico de la familia Lemos.

Doña Julia Carrasco Argüello, la madre de Sofía. Tenía el poder de hablar con el ánima de Don Juan Francisco cuando se sentaba a trabajar en su oficina, después de almuerzo así como la había hecho cuando él estaba vivo. Doña Julia esperaba casar a Sofía con su pariente, el jurisconsulto, Alberto Carrasco Maisterrena. Era hermana de Don Emilio Carrasco, el médico de la prisión donde Federico estaba preso.

Betsabé Balanta, criada de origen africano al servicio de Sofía. Más que criada y señorita, eran amigas y confidentes.

Doña Ana María Carrasco, la madrina de Sofía y prima de Doña Julia Carrasco. Esposa de Don Luis Enrique Zorrilla y amante de Don Antonio Ramos. Le sugirió a Sofía la idea de comunicarse con Federico por medio de cartas en clave escondidas en el *Quijote* y usó su influencia para conseguir ayuda del Sargento Llaves al intercambiar el libro.

Alberto Carrasco y Maisterrena, pretendiente de Sofía y pariente de Doña Julia Carrasco y de la madrina. Jurisconsulto de gran influencia política y social y rival de Federico en su relación con Sofía. Aliado de Don Emilio en la lucha política.

Don Emilio Carrasco, médico, hermano de Doña Julia y primo de la madrina, Doña Ana María Carrasco. Don Emilio, el tío Emilio, traicionó a Sofía y dejó a Federico en la cárcel, pero recomendó que Domingo podía salir por estar muy enfermo.

Delfina Bocanegra Beltrán, dueña de una fonda junto a la Cárcel Militar en Popayán. Amante de Martín Cienfuegos, el carcelero.

Federico y su familia

Federico Lemos Beltrán, nieto favorito de Don Nicomedes, joven ingeniero que trabajó por varios años en el proyecto del Canal de Panamá, como ayudante de los ingenieros franceses a cargo de la obra. Preso político, autor de las cartas, amante de Sofía y de libros de ciencias políticas y miembro de la resistencia liberal durante la Guerra de los Mil Días. Se suponía que era hijo del profesor Gallardo Lemos y Doña Micaela Beltrán.

Don Gallardo Lemos Lorenzo, el padre de Federico, hijo de Don Nicomedes Lemos y Doña Domitila Lorenzo, los abuelos de Federico. Se casó con Doña Micaela Beltrán, el amor de su vida. Después de luchar en la cruenta guerra de 1860, se volvió alcohólico y eventualmente, se enloqueció. Tuvo un hijo natural, Clodomiro, con Carlota, una idiota al servicio de sus padres.

Doña Micaela Beltrán, la madre de Federico, Mariana, Lola y Rosita. Murió muy joven durante un parto.

Don Nicomedes Lemos, comerciante de libros, emigró de Galicia, España, junto con su esposa encinta, Doña Domitila Lorenzo, para abrir la librería *El Libro*, en Popayán.

Mariana Lemos Beltrán, hermana y cómplice de Federico. Confidente de Sofía. La mayor de las hermanas de Federico, ella, Lola y Rosita manejaron la librería junto con Federico y Clodomiro. Casó con Aniceto Arcila después de emigrar a Guayaquil.

Pedro Lindo, niño de origen humilde que trabajó en la librería *El Libro,* como ayudante de Don Nicomedes. Pedro, lector voraz y amigo de Clodomiro, estudió medicina y se graduó de médico, cuando era apenas un adolescente, prestando servicios a todos los ciudadanos sin mirar su color, su origen o sus ingresos. Murió de una enfermedad contraída de un paciente de caridad.

Clodomiro, el enano ayudante en la librería y correveidile de Federico y Sofía. Hijo natural de Carlota, idiota al servicio de la familia Lemos Beltrán, y del profesor Don Gallardo Lemos, el padre de Federico. Heredó su nombre de un famoso gallo, Don Clodomiro, que, presuntamente, pisó a Carlota y la dejó embarazada.

Mama Pola. La más antigua de las sirvientas de la familia de Federico.

Personal de la Cárcel Militar y de la Resistencia Liberal

Hernandes, preso político originario de Santander. Aliado del general Bustamante en la lucha contra el gobierno conservador durante la Guerra de Los Mil Días. Federico colaboró con Sofía para sacar a Hernandes de la Cárcel Militar.

Constantino Zambrano, telegrafista, amigo y cómplice de Federico.

Víctor y Felisa, campesinos, él carnicero, ella yerbatera. Alojaron a Federico en su casa del Ejido, en las afueras de Popayán, durante su convalecencia.

Domingo Cervantes, preso político en la Cárcel Militar de Popayán durante la Guerra de los Mil Días. Compañero de celda de Federico. Casado con Zoila, amiga de Sofía.

El Doctor Cajiao, Jefe del Directorio Liberal de Popayán durante la Guerra de los Mil Días. Líder del liberalismo caucano y nacional. Rector de la universidad, médico y diplomático.

Aniceto Arcila, negociante radicado en Guayaquil. Confidente de Federico y enlace de la Resistencia Liberal con el Presidente del Ecuador, Don Eloy Alfaro. Se casó con Mariana.

Martín Cienfuegos, oficial a cargo de la Cárcel Militar. Amante de Delfina.

El Sargento Llaves, carcelero de Federico. La madrina le pidió ayudar a pasar el libro del *Quijote* entre Federico y Sofía, lo que no podía rechazar.

El gobernador, Don Luis Enrique Zorrilla, jefe militar. Esposo de Ana María Carrasco.

El prefecto, Saturnino Belalcázar, jefe civil de la ciudad, casado con Marisa.

El Sargento Orlando Barbosa, presentó a Federico la orden de captura que lo condenaba a ir a la cárcel.

El Teniente Froilán Bordón, llevó a Federico a la cárcel.

Salustio Guzmán y Evaristo Rengifo, amigos de Federico y de leer libros prestados. Mariana no los podía ver ni en pintura.

Delfino Alegría, pagador del ejército y amigo del gobernador y de Federico.

Don Higinio, sepulturero de la ciudad y de la cárcel.

Personajes del convento

Sor Emma de la Concepción, nombre adoptado por Sofía al entrar al convento.

Sor Basilides, maestra de Sofía en Popayán y su mentora en Barcelona.

Sor Josefina, asistente de la Madre Superiora en Popayán. Sabía de la adopción del hijo de Sofía y Federico.

Sor Valeriana, asistente de Sor Josefina y maestra de Ramón en el kindergarten. Amiga del Cojito, vendedor de libros en la Plaza de Santa Rosa.

El padre Martens, cura de origen belga, párroco del convento. Gran amigo de Sor Emma y su compañero en las misiones.

APÉNDICE B:

REFERENCIAS

1. Arboleda, Gustavo, *Diccionario biográfico y genealógico del antiguo departamento del Cauca,* 1926.

2. Arboleda, Gustavo, op. cit.

3. Reyes, Rafael, *Memorias 1850–1885,* Compiladas por Ernesto Reyes Nieto. Fondo Cultural Cafetero, Bogotá, 1986.

4. Morris, Edmund, *Theodore Rex,* Random House, New York, 2001.

5. Rivas, Raimundo, *Historia Diplomática de Colombia 1810–1934,* Imprenta Nacional, Bogotá, 1961.

6. Aragón, Arcesio, *Popayán, Ciudad Procera.* Bogotá: Imprenta Nacional, 1941 (p. 185).

7. Maya, Rafael. *Poesía* (Don Quijote muere en Popayán), Banco de la República, Bogotá, 1979 (p. 491).

8. Uribe Uribe, Rafael, *Documentos Militares y Políticos Relativos á las Campañas del general Rafael Uribe Uribe,* Imprenta del Vapor, Bogotá, 1904.

9. Caballero, Lucas, *Memorias de la Guerra de los Mil Días,* El Ancora Editores, Bogotá, 1982.

10. Uribe Uribe, Rafael op. cit.

11. Museo Negret, Popayán.

12. Uribe Uribe, Julián, Memorias, Toro Sánchez, Edgar (Editor), Bogotá, Banco de la República, 1994.

13. Quintero Guzmán, Miguel Wenceslao, *Linajes del Cauca grande: Fuentes para la Historia* Primera edición, Bogotá, Ediciones Unidandes, tres tomos, 1486 págs. 2006.

14. Arboleda, Gustavo, *Diccionario biográfico y genealógico del antiguo departamento del Cauca,* 1962.

15. Arboleda–Ll. , José María, Guía Turística de la Ciudad de Popayán, U. del Cauca 1963.

16. Índice de Escrituras Popayán 1897–1923, Folio 2110, Escritura 456, p–149, 1901. Archivo Histórico U. del Cauca.

17. Archivo Histórico del Cauca. Escritura: Federico Lemos, Sofía Uzuriaga de Lemos y Constantino Usuriaga, Folio 5352, p152, Escritura 1370, 1904.

18. Archivo Histórico del Cauca, documento: Federico, Mariana y Dolores Lemos, Escritura 2, Folio 4, Vol. I, 1901.

19. Archivo Histórico del Cauca. Usuriaga, Juan Francisco. Sucesión: Escritura 314, Folio 1102, Vol. 2, 1899.

20. Monografía Histórica de la Universidad del Cauca, Octubre a Diciembre 1977, tomo II, no 71, 1977.

21. Carta de Federico Lemos al gobernador Luis Enrique Bonilla, febrero 3 de 1900. Archivo personal del autor.

Made in the USA
Columbia, SC
19 April 2021

36350097R00193